Ultimes confidences

TIFFANY REISZ

Délicieuse soumission

MEGAN HART

Et bien plus si affinités

EVA CASSEL

Un anniversaire très spécial

ALISON RICHARDSON

Les chemins du plaisir

EDEN BRADLEY

Les surprises de la nuit

TIFFANY REISZ

Délicieuse soumission

éditions HARLEQUIN

Collection : Spicy

Titre original :
SUBMIT TO DESIRE

Traduction française de TYPHAINE DUCELLIER

Spicy® est une marque déposée par le groupe Harlequin

Réalisation graphique couverture : L. SLAWIG (Harlequin SA)

83-85, boulevard Vincent-Auriol, 75646 PARIS CEDEX 13.
Service Lectrices — Tél. : 01 45 82 47 47
www.harlequin.fr
ISBN 978-2-2802-8636-7 – ISSN 1958-0223

— Et une victime de plus ! lança Charlotte en levant son verre.

Deux autres verres rencontrèrent le sien, et le choc occasionné lui fit renverser de l'amaretto sur ses doigts et sur le sol.

— Bon débarras, un petit ami nul en moins, déclara London, avant de terminer son fuzzy navel[1] et de poser son verre vide sur le comptoir.

— Je suis bien d'accord, renchérit Sasha.

Et elle avala la dernière goutte de son thé glacé Long Island.

— C'est ça, le problème.

Charlotte s'interrompit pour ramener une mèche de cheveux rouges à l'intérieur de son chapeau de cow-boy.

— Nick n'était pas nul. Il était… gentil.

Sasha et London l'observèrent par-dessus leur verre.

— Tu l'as déjà largué, Char. Inutile d'ajouter la souffrance à l'humiliation, observa London en

1. Cocktail à base de schnaps à la pêche et de jus d'orange.

agitant sa serviette en papier dans les airs avant de la jeter en direction de Steele, le barman.

— Vous êtes bien toutes les mêmes ! déclara ce dernier en posant trois verres à shoot devant elles. Dieu vous garde de sortir avec un mec qui oserait être gentil avec vous.

— Nick *était* gentil, répondit Sasha en attrapant son verre. Et plutôt sexy. Ce n'est pas une tare d'être gentil. C'est juste… barbant.

— Barbant, répéta London.

Charlotte soupira et plongea son regard dans le fond de son verre.

Nick était gentil. Trop gentil. Tellement gentil qu'elle avait envie de le tuer parfois. La goutte d'eau qui avait fait déborder le vase datait de la semaine précédente, lorsqu'elle s'était endormie pendant l'amour. Missionnaire. Cinq minutes de préliminaires. Cinq minutes de sexe. Suivies de dix minutes de « J'aime absolument tout chez toi ». Comme d'habitude, comme dirait la chanson.

— Barbant, vous avez raison, les filles ! dit-elle en relevant les yeux.

Son regard croisa alors celui d'un homme qui traversait le bar. Il semblait avoir dans les trente-cinq ans, et sa sombre chevelure, qui lui descendait jusqu'aux épaules, encadrait un visage d'un teint mat. D'après ce que Charlotte pouvait voir, il portait un étrange costume, dans une sorte de style victorien, qui semblait tout droit sorti de la couverture d'un roman d'amour. En outre, il n'avait pas l'air de marcher mais plutôt de se balader, comme si le Cirque de Nuit[1] n'était pas un club mais un parc au printemps, et lui un châtelain en pleine promenade dominicale.

— Steele, c'est qui, ce type ? demanda London.

Steele gratifia les trois jeunes femmes d'un sourire à demi amusé.

— C'est Kingsley Edge. Et il est tout sauf barbant. D'ailleurs, si vous avez ne serait-ce qu'un tout petit peu de bon sens, vous ne vous approcherez pas de lui.

— Le peu de bon sens qui me restait vient de retirer sa petite culotte et de s'allonger devant lui, dit Sasha avec un ricanement alcoolisé.

— Mon Dieu, on dirait un pirate, surenchérit London en caressant le pourtour de son verre.

— Je trouve qu'il a l'air dangereux, ajouta Sasha alors qu'elle adressait à l'inconnu son plus beau sourire dans la catégorie « Viens par ici ».

Charlotte soupira. Sasha et London s'étaient engagées à lui faire passer une soirée entre filles pour lui remonter le moral après une énième histoire ratée. « Sans hommes », avaient-elles promis. Uniquement de la danse et de l'alcool. C'était mal parti… Il était peut-être temps pour elle de se trouver des vraies amies. Des amies qui tiendraient leurs promesses, elles.

— Il aurait bien besoin d'une coupe de cheveux, fit-elle remarquer en buvant son shoot d'une traite.

1. En français dans le texte original.

— Fais ton tour de magie, Char ! implora Sasha. Ça attirera son attention.

— Mais je ne veux pas attirer son attention. C'est un proxo.

Charlotte avait entendu parler de Kingsley Edge, comme tous les habitués du monde de la nuit new-yorkaise. Il disposait d'un patrimoine professionnel très respectable qui comptait plusieurs des meilleurs clubs de la ville. Les rumeurs sur son compte allaient cependant bon train. Des rumeurs qui racontaient que la majorité de son profit provenait, non pas de cocktails, mais de services en nature.

Steele rit en entendant la remarque de Charlotte, ce qui fit pivoter les trois amies sur leurs tabourets.

— Kingsley n'est pas un proxénète, expliqua-t-il en servant à Charlotte un autre amaretto bien frais. C'est un dénicheur de talents.

— Un dénicheur de talents ? Quels genres de talents ?, demanda Charlotte.

Ses yeux suivirent Kingsley Edge alors qu'il se déplaçait dans la pièce. Il faisait quelques pas, puis marquait une pause pour l'observer à travers la foule, puis recommençait le même petit manège.

— Peut-être ton genre de talent, répondit Steele en lui faisant un clin d'œil.

Charlotte avait travaillé au Cirque de Nuit quelques années auparavant, avant « l'ère Kingsley Edge », et y avait appris un tour ou deux.

Sasha et London dévisageaient Charlotte, une expression suppliante sur le visage. Si Charlotte se sentait déjà passablement ivre, ses deux amies, elles, l'étaient totalement. Et elles lui demandaient de se donner en spectacle, tout ça pour capter l'attention d'un parfait inconnu. Très bien. Si elles insistaient.

En soupirant, elle s'empara d'un verre à shoot empli de paraffine liquide. Demain, c'était juré, elle se trouverait des nouvelles amies !

Puis elle attrapa le briquet que lui tendait Sasha. A ce signal, cette dernière et London applaudirent puis sautèrent à bas de leur tabouret pour aller s'installer plus loin. Charlotte regarda autour d'elle. Ce brouhaha avait non seulement attiré l'attention de la plupart des hôtes du club, mais il avait également alerté Kingsley Edge. Il se tenait debout, appuyé contre une colonne, un sourcil levé.

Parfait. Elle inspira profondément, but d'un trait la paraffine liquide, pinça les lèvres, alluma le briquet et recracha l'air si fort que ses oreilles se débouchèrent. Elle souffla une boule de feu sur une distance de plusieurs mètres, provoquant les cris et les applaudissements de toute l'assistance. Elle continua à souffler une fois le feu éteint, sachant qu'il lui fallait exhaler l'intégralité du contenu de sa bouche.

Puis, descendant de son tabouret, elle effectua une petite révérence avant de retourner à son verre. C'était son cinquième de la soirée. Un pour chacun des petits amis qu'elle avait largués au cours des cinq dernières années…

*
* *

Deux heures plus tard, Charlotte se réveilla en position fœtale, allongée sur le sol du carré VIP. Elle entendit deux voix masculines parler au-dessus d'elle. L'une semblait être celle de Steele. L'autre avait une sonorité presque mélodique… profondément masculine, et aussi enivrante que l'alcool dont elle était imbibée.

— On va fermer, patron. Qu'est-ce que je fais d'elle ?

— Je vais me charger du *petit dragon*[1].

— Vous êtes sûr ?

Elle était à deux doigts de s'évanouir, mais elle fut frappée par le rire de l'inconnu. Un rire grave, chaud, qu'elle n'avait pas le sentiment d'entendre mais de sentir. Un rire qui glissait le long de son corps, de son cou jusqu'à ses chevilles.

— Absolument sûr, dit la voix avec un accent que l'esprit embrouillé de Charlotte crut identifier comme français. J'aime les femmes qui en ont dans le ventre.

Dans un grognement, elle ouvrit les yeux et vit une paire de bottes basses d'équitation en cuir, qui montaient jusqu'aux genoux de leur propriétaire. Elles appartenaient à une paire de longues jambes, croisées au niveau des chevilles, et qui utilisaient son dos comme un repose-pieds. En levant les yeux,

1. Kingsley Edge étant d'origine française, le texte en italique est en français dans le texte d'origine.

elle aperçut Kingsley Edge qui se prélassait dans le carré VIP, avec entre les mains une tasse de thé raffinée posée sur une sous-tasse. Il lui sourit, tout en sirotant son thé.

— J'espère que tu ne m'en voudras pas de dire ça, *chérie*, mais tu as besoin d'un nouveau passe-temps.

Elle mit beaucoup plus de temps qu'il ne lui en aurait normalement fallu pour comprendre ses paroles.

— Un passe-temps ? Qui es-tu ?

— Tu sais très bien qui je suis. Et je sais qui tu es.

Il tenait à la main son permis de conduire, qu'il examinait de ses yeux sombres.

— Charlotte Brand. D'après Steele, tes amies t'appellent Char. Quel dommage. Je vais t'appeler Charlie, si ça ne te dérange pas.

— Peut-être que ça me dérange.

— Vingt-sept ans… Un bon âge, Charlie, dit-il en continuant à examiner son permis de conduire.

— Tu vas vraiment m'appeler Charlie ?

— *Oui*. J'adore les femmes qui portent des noms d'hommes. Ça satisfait un certain côté déviant de ma personnalité.

— Et tes bottes sur mon dos, c'est déviant aussi ?

Kingsley ôta ses pieds de son dos avec grâce, et Charlotte s'assit.

— Qu'est-ce que tu veux que je te dise ? Quand je vois une belle femme tellement ivre qu'elle finit par s'endormir sur le sol, j'en déduis qu'elle aime servir de paillasson.

— Merci pour la leçon de morale. J'ai entendu dire que tu étais proxénète. Tu es prêtre aussi ?

— *Non.* Mais j'ai un prêtre dans mes numéros favoris, au cas où.

Un sourire malicieux se dessina sur les lèvres de Kingsley.

— Accepterais-tu de venir chez moi, Charlie ?

— Pour y faire quoi ?

Le visage de Kingsley devint sérieux pour la première fois. Elle avait entendu dire qu'il était français. Ou à moitié français, enfin, quelque chose comme ça. Il était riche, et avait la moitié des juges et des flics de la ville à sa botte. Elle avait aussi entendu dire qu'il était beau, mais ce qualificatif était loin de rendre justice à l'homme qui se tenait face à elle.

— Au menu, douche et petit déjeuner. Et ensuite, on pourra peut-être discuter d'une certaine opportunité professionnelle.

Les mots « opportunité professionnelle » lui rappelèrent quelque chose qu'elle avait entendu pendant la soirée. Steele avait dit que Kingsley n'était pas un proxénète mais un dénicheur de talents. Un dénicheur de talents… Quelque chose lui disait qu'elle savait exactement en quoi allait consister cette opportunité professionnelle.

— Je n'aurais rien contre une douche et un petit déjeuner. Mais en ce qui concerne l'opportunité professionnelle, inutile de perdre ton temps : c'est non.

— On en reparlera une fois que tu auras goûté à mes pancakes.

Il posa sa tasse et lui tendit la main.

Hésitante, elle mit sa main dans celle de Kingsley. Dans quoi était-elle en train de s'embarquer ?

Enroulant ses doigts autour des siens, il l'aida à se relever, mais, légèrement vacillante sur ses talons, elle dut poser la main sur son torse pour retrouver son équilibre. Il couvrit aussitôt sa main avec la sienne, et leurs yeux se rencontrèrent.

— Tu es une très belle femme.

Ses yeux étudiaient son visage à travers ses longs cils.

— Même avec le teint brouillé, ajouta-t-il.

En rougissant, elle s'essuya le visage.

— Ne t'en fais pas, on nettoiera ça chez moi. On y va, Charlie ?

— Donc, tu vas m'appeler Charlie. Et moi, comment je peux t'appeler ?

— Tout le monde m'appelle Kingsley ou King. Ou Monsieur. C'est toi qui choisis.

— Monsieur ?

— *Mon père était français et j'ai servi dans la légion étrangère française.*

Charlotte cligna des yeux et tenta de comprendre ce que Kingsley venait de lui dire. Mais sa phrase n'avait aucun sens, tout au plus une sonorité poétique.

— J'ai dit que mon père était français et que j'avais servi dans la légion étrangère française.

Elle le dévisagea. Français… des bottes d'équitation… le costume… et il l'appelait Charlie.

— Tu es un peu cinglé, Kingsley, non ?

— *Oui*, et tu t'apprêtes à venir chez moi, répondit-il en la gratifiant d'un sourire éclatant.

— Touché.

Kingsley se mit en route, et elle lui emboîta le pas. Il s'arrêta en passant à côté du bar, attrapa le chapeau de cow-boy de Charlotte que quelqu'un avait laissé là, et le lança dans sa direction.

— Je te le rends, mais ne va pas croire que tu auras le droit de le porter en ma présence.

— Et pourquoi pas ?

— Parce que tu as les plus magnifiques cheveux bordeaux que j'aie jamais vus. C'est criminel de les cacher sous un chapeau.

Charlotte roula des yeux.

— Ce n'est pas ma couleur naturelle. Enfin, les cheveux sont vrais, mais pas la couleur. Je suis coiffeuse.

— Je m'en fiche, que ce soit naturel ou non. Je ne suis pas né bilingue mais ça ne change rien au fait que tu trouves ça excitant que je le sois. *Pas vrai* ?

— *Oui*, admit-elle.

— *J'accepte*.

Et il ouvrit les portes du club.

Charlotte abrita son visage, ses yeux douloureusement aveuglés par la lumière étincelante du petit matin. Une fois installée à l'intérieur de la voiture de Kingsley, elle remarqua l'intérieur luxueux en cuir et l'atmosphère ancienne qui régnait au sein de l'habitacle.

— Ça alors… C'est une Rolls-Royce ?

Kingsley était assis sur la banquette face à elle.

— C'en est une. Pas ma préférée, mais elle fait l'affaire pour aller faire les courses.

— Alors je suis une marchandise ? demanda-t-elle.

— Je ne sais pas. Tu es à vendre ?

Kingsley lui lança un regard qui lui donna la chair de poule. Charlotte regarda par la fenêtre et vit les habitants de la ville en route pour le travail : des hommes en costumes élégants, des femmes en robes strictes. Et elle était là, assise dans une Rolls-Royce, avec une des personnalités les plus célèbres du New York underground.

— Pas encore.

Kingsley sourit.

— Bonne réponse, Charlie. On y est.

La Rolls s'arrêta devant une élégante demeure en briques noires et blanches qui devait compter au moins trois étages.

Kingsley sortit de la voiture en premier et lui tendit la main. Elle tenta de rester stable sur ses pieds tandis qu'il l'aidait à s'extirper du véhicule, et la conduisait en haut d'un double escalier. Là, une jeune femme incroyablement belle tendit rapidement un dossier à Kingsley, avec une attitude des plus courtoises.

— Tu peux te doucher pendant que je lis, Charlie, dit-il.

— Tu vas vraiment me faire prendre une douche ?

— Je peux te donner le bain, si tu préfères.

— Je ne pense pas, répondit-elle, pas certaine d'être elle-même très convaincue par ce qu'elle venait de dire.

Kingsley ouvrit une série de portes doubles délicatement travaillées.

Jamais auparavant elle n'avait vu une chambre plus exotique et accueillante. Elle aurait aimé avoir davantage de connaissances en architecture afin de pouvoir la décrire correctement à ses amies… si jamais elle sortait de cet endroit un jour. Elle aurait voulu pouvoir étudier les plafonds voûtés ornés de peintures noires et blanches qui représentaient des couples dans des positions pornographiques et artistiques. Ou l'imposante cheminée de marbre noir, ou encore les luxueux tapis orientaux qui recouvraient les sols carrelés, noir et blanc eux aussi.

Mais en réalité, ce qui la frappait le plus, c'était le lit. Ce gigantesque monstre à baldaquin attirait son attention tout en attisant son imagination. Elle n'avait jamais vu des draps aussi rouges, d'un rouge identique à celui du sang frais, ni des oreillers si épais qu'elle aurait pu s'y noyer et mourir la plus heureuse des femmes.

— Pas mal, le lit…, dit-elle lorsque Kingsley surprit son regard. C'est vraiment… grand. King-size, je suppose.

— Kingsley-size, répondit-il avec un clin d'œil, tout en pointant du doigt une porte de l'autre côté de la chambre. La salle de bains est par là. Il y a un peignoir que tu peux utiliser pendant que je fais nettoyer tes vêtements.

Charlotte pénétra dans la salle de bains, et découvrit un univers tout aussi luxueux que celui de la chambre. Elle ferma la porte à clé derrière elle et se contempla dans le miroir. Quel désastre ! Parler de teint brouillé était un doux euphémisme. Sa joue gauche était barrée d'une trace d'encaustique noire qui ressemblait presque à un hématome. Ses yeux bouffis portaient des traces de restes de maquillage, et l'alcool et la paraffine avaient fait couler son rouge à lèvres. Bien décidée à faire disparaître cette terrible image, elle tourna le dos au miroir et entra dans la douche à vapeur. Là, elle laissa l'eau très chaude ruisseler sur sa peau, longtemps, purifiant son corps de la crasse du club, éclaircissant un peu son esprit embrumé. Qu'est-ce que Kingsley pouvait bien lui vouloir ? A vrai dire, à cet instant, elle n'en avait pas grand-chose à faire.

Après de longues minutes, elle coupa l'eau et s'enveloppa dans la serviette la plus moelleuse qu'elle n'avait jamais vue. Après avoir essuyé ses cheveux, elle se glissa dans le peignoir de soie noire, et retourna dans la chambre uniquement vêtue de ce minuscule bout de soie. Kingsley était affalé sur une chaise, les pieds posés sur une méridienne. Il avait ôté sa veste de costume et chaussé une paire de lunettes à monture d'acier. Un cocktail à la main, il parcourait le dossier en sa possession.

— Hypocrite ! lança-t-elle en désignant le cocktail d'un geste de la tête.

Elle tenta d'ignorer combien il était désirable dans sa veste d'intérieur brodée, avec ses manches de chemise d'un blanc éclatant qui, relevées, révélaient des poignets et des avant-bras délicieusement musclés.

— Tout est à consommer avec modération, *ma chérie*. A part les orgasmes. Assieds-toi.

Ne voyant nulle part où s'asseoir à l'exception du lit, elle s'assit sur le sol. Inutile de lui faire croire qu'elle espérait quelque chose en choisissant le lit… La voyant patienter ainsi à ses pieds, Kingsley lui lança un regard étrange. Un regard dans lequel perçaient simultanément désir et autosatisfaction.

Il sortit de sa poche un élégant téléphone portable noir et composa un numéro. Lorsque son interlocuteur répondit, il égraina dans un français rapide ce qui ressemblait à des instructions, avant de raccrocher.

— Les pancakes ne vont pas tarder. Tout cela est très intéressant, ma foi.

Il tourna une autre page dans le dossier.

— Tu as obtenu d'excellents résultats à l'université de New York avant d'abandonner ta première année. *Pourquoi ?*

Elle se redressa.

— Ce dossier… C'est un dossier sur moi ?

— *Oui*. Pendant que j'attendais que tu sortes de ton coma à l'amaretto, j'ai demandé à ma secrétaire de mener une petite enquête. Tu es une femme fascinante, Charlie.

— Et toi un beau salaud. Je ne peux pas croire que tu fouilles dans mon passé !

— J'ai l'intention de coucher avec toi avant que tu ne quittes cette maison, Charlie. M'immiscer dans ton passé serait donc plus intime que m'immiscer dans ton corps ?

Elle ferma la bouche et resta assise par terre, rougissante à l'idée de Kingsley penché au-dessus d'elle, de Kingsley en elle.

— Je pense que oui, finit-elle par répondre.

— Moi aussi, en réalité.

— C'est une vision plutôt vieux jeu du sexe, dit-elle. En particulier pour un proxénète.

— Je ne suis pas un proxénète. Mes employés ne font pas du sexe un commerce. Je me qualifierais éventuellement d'agent. Ou…

— De dénicheur de talents, acheva-t-elle. Oui, Steele m'a dit. Donc, tu étais à la recherche de nouveaux talents au club la nuit dernière ?

— Oui. Et j'ai trouvé une cracheuse de feu. Un talent pas particulièrement utile, mais néanmoins très intéressant. Tout comme ceci : ta mère est morte quand tu avais dix-neuf ans.

Charlotte avala péniblement sa salive.

— Un accident de voiture. Ça n'a rien d'intéressant. C'est juste horrible.

— Horrible, *très*. Tu as abandonné l'école pour élever ton frère. Ça aussi, c'est intéressant.

— Simon et mon père ne s'entendent pas très bien. Il était terrifié à l'idée de vivre avec mon père. Dieu merci, on est tombés sur un juge compatissant.

Kingsley lui sourit par-dessus ses lunettes.

— Ton père n'est pas quelqu'un de bien ?

Charlotte resserra le peignoir autour d'elle.

— C'est un homme strict et conservateur. Une fois, j'ai dépassé le couvre-feu d'une heure quand j'avais seize ans. J'étais allée au cinéma avec une copine, puis on était allées manger une glace. Il a tout de suite imaginé le pire et m'a traitée de tous les noms. Lui et ma mère ont fini par divorcer la même année. Je n'aurais pas pu laisser Simon vivre avec lui… Surtout que…

— Ton frère est gay.

— Oui… Comment tu le sais ?

— Il a été stagiaire auprès de groupes de défense des droits des gays lorsqu'il était au lycée puis à la fac de droit. Tu as abandonné la fac et commencé à travailler afin que ton frère gay n'ait pas à vivre avec un père conservateur. C'est plutôt noble de ta part, Charlie.

Elle regarda à terre.

— Mon père aurait détruit Simon. Ça n'a rien de noble. C'était la seule solution.

— C'est faux, mais le fait que ce soit ce que tu crois en dit beaucoup sur toi. Voyons voir, dit-il en tournant quelques pages de plus. Tu as travaillé dans un salon de coiffure comme réceptionniste puis comme apprentie après avoir abandonné la fac.

Tu étais aussi serveuse au Cirque de Nuit plusieurs soirs par semaine. C'était sûrement avant que j'achète le club. Je me serais rappelé une serveuse capable de cracher du feu.

— Ça rapporte de bien meilleurs pourboires de se donner en spectacle. C'est le serveur qui travaillait là avant Steele qui m'a appris le truc de cracher du feu.

— Ton frère étudie en fac de droit. Et il bénéficie d'une bourse d'études qui couvre tous ses frais, à ce que je vois. Il n'y a donc rien qui t'empêche de reprendre les cours.

— J'ai passé l'âge. Et puis ça me plaît de travailler. Je suis dans la vie active depuis mes dix-neuf ans, et c'est aussi depuis cet âge-là que je m'occupe de mon frère et moi sans l'aide de personne. Je ne pense pas que je pourrais reprendre mes études.

Kingsley referma le dossier et se pencha en avant. Il s'apprêtait à dire quelque chose, mais quelqu'un frappa à la porte et il s'interrompit.

— *Entrez.*

Le valet entra, portant un plateau recouvert de mets pour le petit déjeuner. Il le déposa sur le sol, devant Charlotte, puis quitta rapidement la pièce.

— Maintenant que tu as pris une douche et que tu es en train de petit-déjeuner, parlons de la proposition professionnelle que tu as déjà refusée.

— Parlons-en autant que tu voudras, mais c'est toujours non.

Elle venait d'engloutir sa première bouchée de

pancake, et force était d'avouer que Kingsley n'avait pas menti : c'était absolument délicieux.

— Très bien, déclara Kingsley en se levant et en ôtant ses lunettes. C'est moi qui parle. Toi, tu n'as qu'à manger.

— Parfait.

Il commença à se promener tranquillement dans la chambre.

— Tu sais, quand je t'ai dit que je n'étais pas un proxénète ? C'est la vérité. Il y a un aspect sexuel dans le travail que font mes employés, mais aucun d'entre eux n'a de relations sexuelles pour de l'argent. Du moins pas pendant leurs heures de bureau. Les clients que nous servons sont des personnes inhabituelles, avec des désirs inhabituels. Si nos clients voulaient juste du sexe, ils pourraient l'obtenir auprès de leurs maris, de leurs femmes, de leurs partenaires. Ce qu'ils attendent de nous est plus compliqué que ça.

— Tu parles de choses un peu spéciales, c'est ça ?

Kingsley hocha la tête.

— *Absolument.* Bondage, domination, ou encore sadomasochisme… J'ai dit que j'étais un dénicheur de talents, mais me qualifier d'entremetteur ne serait pas non plus très loin de la vérité. J'ai des clients qui ont des désirs spécifiques, et je tente de trouver pour eux la bonne personne au sein de mon équipe. Et il se trouve qu'un de mes clients, un riche homme d'affaires, pas désagréable à regarder, est actuellement à la recherche d'une relation plus profonde que celles qu'il a connues précédemment. Il souhaiterait trouver une belle femme entre vingt-cinq et trente-cinq ans. Pas de préférence en termes de couleur de peau, de taille ou de religion. Par contre, elle se doit d'être intelligente. Et aussi très courageuse.

Il se retourna et l'observa alors qu'il prononçait ce dernier mot.

— Une femme qui crache du feu lorsqu'elle est ivre et qui accepte de venir chez moi lorsqu'elle est sobre est sans doute une des personnes les plus courageuses que compte cette ville. Tu ne crois pas, Charlie ?

Elle le dévisagea. Elle n'arrivait pas à croire ce qu'il était en train de lui demander.

— D'accord… Que les choses soient claires, je ne suis pas en train de dire oui ou quoi que ce soit. Je suis juste curieuse. Que comprend cet arrangement exactement ?

— Ce client apprécie occasionnellement le sadomasochisme, mais ce qui l'intéresse surtout, c'est une domination sexuelle absolue. La peur l'excite particulièrement.

— C'est un violeur alors ?

— Non. Les dominants, comme on les appelle, trouvent qu'il y a quelque chose de très érotique dans la soumission. Maîtriser une femme et la prendre de force est un acte d'attaque et de violence. Ce qu'un dominant désire, c'est que sa soumise lui fasse suffisamment confiance pour lui permettre de la prendre même lorsqu'elle a peur. Il prend, certes, mais c'est elle qui donne. Et en ce qui te concerne, *ma chérie*, tu as toutes les qualités d'une soumise de toute première classe.

— Je trouve ça étrange.

— Ah bon ? Laisse-moi te présenter les choses autrement. Les deux poupées Barbie qui étaient avec toi hier soir, c'étaient bien Sasha Walsh et London Faber ?

— Oui. On s'est rencontrées dans le salon. C'est moi qui leur coupe les cheveux.

— Leurs parents pèsent à peu près aussi lourd que le budget de l'Etat du Vermont. Ce sont des enfants gâtées, fades et insipides. Tout le contraire de toi. Qu'est-ce que tu fabriques avec elles ?

— C'est facile de fréquenter des riches. Ils ont tout l'argent dont on peut rêver. Et ils prennent toutes les décisions.

— Et ils vous laissent seule, évanouie sur la piste de danse de mon club. Il aurait pu t'arriver n'importe quoi. Tu aurais pu être volée, attaquée, violée… Ce ne sont pas des amies pour toi.

— Je sais. C'est pour ça que j'aime bien sortir avec elles. C'est plus facile comme ça.

— C'est plus facile d'être avec des gens qui n'en ont rien à faire de toi ?

— C'est plus facile d'être avec des gens dont moi, je n'ai à faire. C'est stupide, je sais.

— *Pas du tout*. C'est compréhensible. Ta mère est morte, tu as élevé ton frère et l'as protégé de votre père…

Charlotte jouait avec le dernier pancake qui subsistait encore dans son assiette.

— *Oui*, acquiesça-t-elle.

— Tu as dû assumer de très lourdes responsabilités à un très jeune âge. Ce que tu dois comprendre, c'est que les femmes soumises ne sont pas faibles, au contraire. Elles sont souvent bien plus fortes que les hommes qui les dominent. Elles doivent être fortes et courageuses pour parvenir à se soumettre sans perdre les pédales. Et je pense que tu es ces deux choses-là à la fois. Et…

Il s'interrompit pour s'accroupir devant elle.

— Et je pense qu'une partie de toi aimerait énormément ne pas avoir le contrôle, pour une fois.

Elle leva les yeux vers lui. Quelqu'un d'aussi beau ne devrait pas être aussi perspicace.

— Je n'ai jamais fait ça avant, finit-elle par avouer.

— Je t'apprendrai tout ce que tu as besoin de savoir.

— Tu m'apprendras ?

Kingsley lui tapota la joue et lui sourit, et quelque chose dans son sourire lui noua l'estomac.

— C'est une perspective aussi terrible que ça ?

Charlotte le regarda fixement. De toute sa vie, elle n'avait jamais rencontré un homme aussi viscéralement attirant. Il avait l'air d'être capable de lire dans ses pensées rien qu'en la regardant dans les yeux.

La partie rationnelle et sensée de son cerveau lui criait de se lever et de partir. Malheureusement, le reste de son corps et de son esprit ne semblait pas du tout du même avis.

— Mets-toi debout, ordonna-t-il, et Charlotte se leva.

Il l'examina de haut en bas avant de lui décocher un dangereux sourire. Il leva la main à la hauteur de son visage et caressa doucement sa bouche avec son pouce, tandis que, de sa main libre, il ouvrait un tiroir de la table de nuit. Un tiroir dont il extirpa une paire de menottes.

— Hors de question ! dit Charlotte en reculant rapidement d'un pas.

Kingsley ne répondit pas, et se contenta d'emprisonner son propre poignet gauche dans les menottes.

— *S'il vous plaît*, dit-il en tournant sur lui-même afin d'indiquer qu'il souhaitait qu'elle lui attache les mains derrière le dos.

Elle se saisit nerveusement des menottes et les referma sur l'autre poignet de Kingsley.

Il se retourna de façon à lui faire face.

— Tu te sens en sécurité avec moi, maintenant ?

Elle hocha lentement la tête. Qu'est-ce qu'il pourrait bien lui faire avec les mains menottées, après tout ?

— Maintenant, retire ton peignoir.

Elle resserra immédiatement le tissu autour de son corps.

— Charlie… Ote ce peignoir. Maintenant.

Quelque chose avait changé dans la voix de Kingsley, une note autoritaire et dure, qui semblait s'adresser à quelque chose de profondément enfoui en elle. Lentement, elle défit la ceinture, et le peignoir glissa jusqu'au sol. Il détailla son corps nu de haut en bas, la jaugeant du regard tandis qu'elle se tenait face à lui, découverte et rougissante.

Il fit un pas en avant, et elle ressentit immédiatement le besoin de reculer. Mais au lieu de cela, elle resta immobile tandis qu'il tournait autour d'elle.

— Tu as des seins exquis. La taille idéale pour tenir dans la paume d'une grande main. Je suis certain que tes précédents amants ont dû te le dire.

L'un de ses anciens petits amis lui avait bien dit, une fois, qu'elle avait des « nibards supers », mais ça n'était pas allé plus loin.

— Pas dans ces termes.

— C'est bien dommage. Et tes hanches… superbes, elles aussi. Rondes, mais bien définies. Oh !

Il marqua une pause, se livrant à un examen détaillé de son dos.

— Tu as une tâche de naissance.

A ces mots, chaque muscle du corps de Charlotte se contracta. Kingsley s'agenouilla derrière elle.

— Oui, une toute petite.

— On dirait…

La voix de Kingsley se transforma en un bas murmure.

— On dirait la tour Eiffel.

Charlotte se mit à rire, un rire qui s'étrangla dans sa gorge lorsque les lèvres de Kingsley se posèrent sur la tâche de naissance qui ornait l'arrière de sa hanche gauche. La chaleur de son baiser sur sa peau se répandit dans tout son bassin, et finit par aller s'enfouir profondément dans son ventre. Le souffle court, elle ne put retenir un gémissement, et Kingsley se releva.

— Des jambes longues, mais pas trop. Pas trop minces non plus. Une peau claire splendide et un nez grec ravissant.

— Grec ? C'est une autre manière de dire busqué ?

— *Oui*. Tu feras parfaitement l'affaire, Charlie.

— Euh… *Merci ?* dit-elle, se souvenant d'un autre mot français.

— *De rien*. Maintenant, dis-moi… Est-ce que ça te dérangerait de passer un mois ici, avec moi ? Afin que je puisse te former et faire de toi la parfaite soumise sexuelle.

— J'ai un métier, tu sais.

Elle attrapa le peignoir qui gisait au sol et s'en enveloppa de nouveau.

— Je te paierai l'équivalent de deux fois ton meilleur salaire de l'année dernière. En liquide, naturellement.

— Naturellement…

Sa voix s'étrangla dans sa gorge. Bon sang, il était vraiment sérieux. Ce Français riche, bizarre, et beau à se damner, souhaitait qu'elle reste avec lui pendant un mois. Et il voulait bien plus que ça : il voulait lui apprendre à devenir une soumise sexuelle pour l'un de ses riches clients. De la folie. Et pourtant, la pensée de tourner le dos à cette offre… Enfin, pas à l'offre. Plutôt à Kingsley…

Elle ne pouvait pas se résoudre à le quitter.

— Je ne donne mon accord pour rien du tout. Je ne l'ai même pas rencontré, ce type.

— Je ne te demande aucun accord d'aucune sorte jusqu'à ce que tu le rencontres. Et il en va de même pour lui. Nous consacrerons les prochaines semaines à ta formation, et une fois que tu seras prête, j'organiserai une rencontre. Si vous vous plaisez et décidez de faire un essai, il me paiera les frais de « trouveur », qui sont au passage relativement exorbitants, et toi et lui pourrez trouver l'arrangement financier qui vous convient le mieux à tous les deux. Tel que je le connais, il t'offrira sûrement une chambre dans sa gigantesque maison, et la liberté d'aller et venir comme il te plaira tant que tu restes à sa disposition trois à cinq soirs par semaine. Il aura une partenaire qui sera son égale sexuelle, et de ton côté, tu auras quelqu'un qui est, dans l'ensemble, heureux de prendre toutes les décisions ou presque, de telle sorte que tu n'auras pas à le faire, pour une fois dans ta vie.

Elle ne put s'empêcher de sourire.

— Mes amies féministes me tueraient !

— Les gens comme nous sont trop occupés à prendre leur pied au lit pour se préoccuper de la guerre des sexes. Il est exact que la plupart des soumis sont des femmes, et que la majorité des dominants sont des hommes. Mais j'ai plusieurs soumis hommes dans mes contacts, et je connais toutes les dominatrix[1] de la ville. Je peux t'assurer que la majeure partie de mes clients sont des hommes qui veulent être dominés par des femmes. Inutile donc de t'inquiéter quant au fait d'abandonner ton droit de vote et ton droit à un salaire égal. La seule chose que tu abandonnes, c'est le sexe traditionnel et ennuyeux, et crois-moi, ça ne te manquera pas. Dis oui, Charlie. On sait tous les deux que tu en as envie.

Elle laissa passer un silence.

— C'est vrai… J'en ai envie.

— Belle, courageuse et honnête. Je vais finir par avoir envie de te garder. Tu peux rester dans la chambre adjacente à la mienne. J'enverrai ma secrétaire s'assurer que tu as tout ce dont tu as besoin. En attendant, j'ai bien peur de devoir bien me tenir… J'ai du travail à faire aujourd'hui.

Elle inspira lentement et profondément.

— Très bien, je resterai quelques jours. Peut-être un mois. Après tout, ça fait deux ans que j'essaie de prendre des vacances.

Kingsley tourna la tête dans sa direction et lui sourit d'un air entendu.

— *Ma chérie*… Ce sera loin d'être des vacances.

Il rit, et quelque chose dans son rire la fit frissonner. Le rire se propagea à tout son corps, s'en-

1 Une dominatrix est une dominatrice professionnelle.

roula autour de ses hanches, pour enfin s'enfoncer dans son ventre.

A cet instant, savoir que les poignets de Kingsley étaient toujours retenus par les menottes était à la fois un soulagement et une déception.

— O.K..., dit-elle, brusquement consciente de sa nudité sous le peignoir. Je suppose que je devrais y aller et te laisser travailler.

Elle commença à se diriger vers la porte, puis s'arrêta à mi-chemin.

— Mais peut-être que je devrais d'abord te retirer tes menottes.

Elle eut à peine le temps de finir sa phrase qu'elle se retrouva le dos acculé à la porte, suffocante, les bras de Kingsley l'emprisonnant de part en part. Les menottes pendaient à son poignet droit.

— *Pas de problème*, Charlie. Je m'occuperai de tout ce qui a besoin d'être retiré.

Ce fut tout d'abord la peur qui maintint Charlotte paralysée contre la porte. Elle sentait la force de fer des bras de Kingsley, de ce corps qui la retenait prisonnière. Il s'avança jusqu'à ce que leurs hanches et leurs poitrines se touchent, et la peur fut remplacée par un autre sentiment, tout aussi puissant et terrifiant.

— Laisse-moi, murmura-t-elle.

— *Non.* Pas encore.

Du bout des doigts, il lui caressa la joue droite.

— Tu es ici pour apprendre. Et voilà ta première leçon. L'homme pour lequel je vais te former apprécie ce genre de jeux : des jeux mêlant la passion et la peur. Il voudra que tu sois toujours prête pour lui. Il est parfaitement capable de te réveiller en plein milieu de la nuit pour assouvir sa… faim. Il peut très bien te trouver en train de lire un soir et décider de te confisquer ton livre et te déshabiller sans dire un mot. Tu le croiseras dans un couloir, et il te prendra dans ses bras, te plaquera contre un mur, et te possèdera. *Tu comprends ?*

Charlotte avala péniblement sa salive.

— Alors c'est ça, la leçon ? Apprendre à me taire pendant qu'il me fait ce que bon lui semble ?

Kingsley secoua la tête, et fit glisser sa main vers ses seins. Elle inspira profondément alors qu'il prenait le gauche en coupe et en malaxait délicatement le téton entre son pouce et son index.

— La leçon, c'est que tu dois apprendre à parler lorsqu'il fait quelque chose que tu ne veux pas qu'il fasse. Tu sais ce qu'est un mot de code, Charlie ? C'est ce qu'on utilise, dans mon monde.

— Non, répondit-elle, alors qu'elle commençait à ressentir une sensation de chaleur au niveau des hanches.

— Il s'agit d'un mot, n'importe quel mot, sur lequel les deux parties concernées se mettent d'accord. C'est le mot que tu dois utiliser pour arrêter quelque chose qui serait en train de t'arriver et que tu ne veux pas qu'on te fasse.

— Je ne peux pas juste dire non ?

— Non.

La main de Kingsley descendait de plus en plus bas le long de son ventre frémissant.

— Pour cet homme pour lequel je vais te former, prononcer le mot « non » d'une voix peureuse et plaintive ne fera que déchaîner encore plus sa passion. C'est un jeu, tu vois. Plus tu résisteras, plus il te désirera. Dis « non » et il continuera. Tu peux dire « ne fais pas ça » si tu veux, ça ne l'empêchera pas de te faire tout ce qu'il a envie de te faire. Dis-moi d'arrêter, si tu l'oses.

Kingsley passa sa main de son ventre à son entrejambe.

— Arrête, implora-t-elle à voix basse, sans en penser un seul mot.

— Que j'arrête quoi ? Ça ?

Il glissa son majeur en elle. Les yeux clos, elle précipita ses hanches vers sa main.

— Oui, haleta-t-elle. Arrête ça…

— Est-ce que je devrais arrêter ça, aussi ?

Un deuxième doigt vint rejoindre le premier, et Kingsley commença à bouger sa main, allant et venant en elle avec ses doigts.

Elle hocha la tête, incapable de parler sous le choc du plaisir provoqué par ce contact.

Elle sentit la bouche de Kingsley tout contre son oreille.

— *Non*, dit-il de nouveau. Je m'amuse beaucoup trop pour arrêter. Quel sentiment délicieux. Si doux, si humide… Tu savais que si je te touche juste ici, je peux sentir ton pouls ?

En prononçant ces mots, il changea l'angle de sa main et, du bout de son doigt, pressa avec force sur son point G.

— Kingsley…

Son nom était le seul mot qui pouvait franchir les lèvres de Charlotte. Il le prit apparemment comme un encouragement, puisqu'un troisième doigt vint rejoindre les autres, et, comme malgré elle, elle écarta davantage les jambes afin de pouvoir les accueillir en elle.

— Maintenant, et même si on sait tous les deux que ce n'est pas le cas, prétends, l'espace d'une seconde, que tu ne prends pas un plaisir fou à faire ce que tu es en train de faire.

Tout en lui parlant, il imprimait en elle des cercles paresseux avec sa main.

— Inimaginable, *non* ?

— *Oui*, lâcha-t-elle d'une voix rauque.

De fait, elle ne parvenait pas à se rappeler la dernière fois qu'elle avait ressenti autant de plaisir. Le savoir-faire de Kingsley, sa pression, ses mouvements étaient affolants. Mais ce qui l'était encore plus, c'était le pouvoir de l'homme qui la pressait contre la porte et refusait de la laisser partir en dépit de ses « non », de ses « arrête » et de ses « ne fais pas ça ».

— Imaginons maintenant que tu veuilles vraiment que j'arrête, reprit-il, sans cesser de la caresser. Sauf que j'adore ce mot, j'adore que tu protestes, j'aime tellement ça que je n'en tiens pas compte. Et puis on sait tous les deux que quand tu dis « arrête », tu ne le penses pas vraiment. Pas avec moi. C'est pour cela qu'il te faut un mot qui veuille vraiment dire stop, et auquel je réagirai immédiatement. C'est ça, ton mot de code. Tu comprends ?

— Je crois que oui…

Elle saisit l'avant-bras gauche de Kingsley et s'y cramponna, sentant les prémices de l'orgasme l'envahir. C'était fou. Elle avait la gueule de bois… Elle était effrayée… Elle se trouvait dans la maison d'un parfait étranger… Et néanmoins, elle débordait tellement de désir qu'elle pouvait à peine respirer.

— Quel est mon mot de code ?

Chaque muscle en elle se resserrait autour de la main de Kingsley, et elle ressentit un élan humide entre ses cuisses.

— Puisque tu es mon petit cracheur de feu à cheveux rouges, ton mot de code devrait être « dragon ». Tu dois le dire dès que tu désires vraiment que j'arrête ce que je suis en train de faire. Rien d'autre ne m'arrêtera, aucun mot, aucune protestation.

La respiration de Charlotte se faisait de plus en plus saccadée à mesure que la main de Kingsley bougeait en elle, de plus en plus vite et de plus en plus profondément. Son pouce massait son clitoris. C'était la première fois qu'elle rencontrait un homme capable de stimuler aussi bien le corps d'une femme.

Il traça une pluie de baisers jusqu'à son épaule, et elle enfonça ses ongles dans le tissu de sa veste.

— Donc, si tu veux vraiment que j'arrête ce que je suis en train de faire, tu diras… ?

— Dragon.

Brusquement, Kingsley retira sa main et recula d'un pas. Charlotte s'effondra presque sous le choc de cet arrêt brutal, tous les muscles de son sexe palpitant de dépit et de frustration.

— *C'est ça*, dit Kingsley. C'est magique.

Il fit un pas en avant, prit la main de Charlotte et en embrassa le dos.

— Installe-toi. Je dois aller travailler maintenant. Pas de répit pour les braves.

Puis il sortit en sifflotant une chanson dont elle se demanda s'il s'agissait de l'hymne national français.

Au supplice, Charlotte s'adossa à la porte et ferma les yeux. Elle aurait voulu cracher du feu au visage de Kingsley jusqu'à le réduire en cendres ! Elle dut soupirer trop fort car Kingsley cessa de siffler.

— Patience, Charlie, lui lança-t-il depuis le couloir. Nous avons un mois.

Après être retournée à son appartement chercher assez de vêtements et d'affaires pour un mois, Charlotte passa le reste de l'après-midi dans la chambre que Kingsley lui avait attribuée, et qui était presque aussi luxueuse que la sienne. Elle reçut la visite de la secrétaire, venue rassembler des informations à son sujet : les personnes à prévenir en cas d'urgence, ses préférences en matière de nourriture, et même ses allergies.

— Des allergies ?

— Oui. Au latex, par exemple ? répondit la secrétaire sans rougir ni même sourciller.

— Mon Dieu.

Quand la jeune femme fut sortie, Charlotte essaya de dormir, mais son esprit était plutôt d'humeur à s'engager sur des chemins dangereux. Kingsley Edge… Le seul et l'unique Kingsley Edge. Elle trouva finalement le courage d'appeler son petit frère et de lui raconter dans les grandes lignes ce qui était en train de lui arriver.

Simon soupira profondément, si profondément que Charlotte eut du mal à se retenir de ne pas éclater de rire.

— Tu es sûre de toi, Char ?

— Je l'aime bien.

— Tu l'aimes bien parce qu'il est riche et tristement célèbre, ou alors tu l'aimes vraiment bien ?

Elle s'accorda quelques secondes pour réfléchir à la réponse à cette question qui était, de fait, totalement justifiée.

— Réponse B.

Après avoir obtenu la bénédiction de Simon, ou du moins sa promesse de ne pas appeler la police, elle raccrocha et observa sa chambre, sans arriver à croire qu'elle s'apprêtait à passer un mois ici. Qu'est-ce que Kingsley allait bien pouvoir lui faire pendant son séjour ? Une partie de son être était terrifiée à cette idée. Mais une autre partie, qui dominait clairement la première, mourait d'impatience de le savoir.

Elle fut soudain interrompue dans ses pensées : quelqu'un venait de glisser une enveloppe sous sa porte. Elle alla la ramasser, et trouva à l'intérieur une invitation manuscrite.

« Charlie — présente-toi à la porte de ma chambre à 21 heures. Sois aussi belle et élégante que possible. Nous assisterons à un récital de piano dans la salle de musique. Ne sois pas en retard. Si c'était le cas, les conséquences seraient à la fois douloureuses et fort agréables. »

Une invitation ? Plutôt une sommation. Et même si elle savait que cet ordre de se présenter à l'heure sous peine d'être punie était supposé l'irriter, en réalité, elle avait presque envie d'être en retard pour forcer Kingsley à mettre sa menace à exécution.

A 21 heures tapantes, Charlotte attendait fébrilement devant la porte de la chambre de Kingsley.

Elle était restée plus d'une heure à se pomponner devant le miroir de la salle de bains, et à transformer sa chevelure, qui lui descendait jusqu'à la taille, en épaisses boucles rouges. Avec un peu de chance, songea-t-elle en replaçant une de ses boucles derrière son oreille, l'effet produit par sa coiffure détournerait l'attention de Kingsley, et il ne remarquerait pas la simplicité de la petite robe noire qu'elle avait passée — la tenue la plus élégante qu'elle possédait.

Est-ce que tout cela n'était pas complètement fou ? se demanda-t-elle pour la millième fois. Elle connaissait à peine Kingsley, et plus le temps passait depuis leur conversation du matin, plus elle se demandait si elle avait pris la bonne décision en acceptant de rester un mois. Personne un tant soit peu sain d'esprit n'aurait accepté cette offre. Alors pourquoi faisait-elle une chose pareille ?

Ce fut ce moment que choisit Kingsley pour ouvrir la porte, et elle sursauta, frappée par l'évidence.

L'explication qu'elle cherchait à sa conduite se tenait devant elle.

— Waouh, dit-elle, incapable de trouver quoi que ce soit de plus spirituel à dire.

— Je te plais ? demanda Kingsley, un léger sourire retroussant le coin de sa bouche sensuelle.

Elle hocha lentement la tête.

— Euh… oui. Tu as l'air… super.

— Quant à toi, *ma chérie*, tu es divine.

Il lui prit la main et la baisa.

— Absolument délicieuse, ajouta-t-il.

Il souleva la main de Charlotte au-dessus de sa tête, et lui fit effectuer une lente pirouette.

— *Parfait*, Charlie, conclut-il.

— *Merci*, dit-elle en accompagnant ses paroles d'une révérence. La robe ne vaut pas grand-chose, mais je n'ai rien d'autre qui fasse habillé.

Kingsley l'attrapa par le bras et emprunta le couloir.

— Ça sera très joli sur le sol à côté de mon lit.

Charlotte rougit, avant d'éclater de rire.

— Pourquoi tu t'habilles comme si on était en plein XIXe siècle ?

— Parce que je le peux. Et c'est bien la seule raison qui importe, déclara-t-il en l'escortant vers le cœur de la maison.

Sans cesser de lui tenir le bras, il la conduisit jusqu'à la salle de musique, et une fois arrivés, il la présenta à ses invités. La plupart des hommes étaient assis sur des chaises et des divans. Certaines des femmes présentes étaient assises à même le sol, au pied des hommes qu'elles accompagnaient, et ce en dépit du fait que la pièce comptait assez de sièges pour tout le monde. L'une des femmes, proche de la quarantaine et d'une beauté exceptionnelle, s'assit impérieusement sur une chaise et claqua des doigts. Son compagnon, un homme d'environ trente ans, vint s'asseoir à ses pieds. Charlotte se tourna vers Kingsley, qui lui sourit, une expression diabolique dans les yeux.

Elle savait désormais pourquoi personne ne demandait qui elle était ou comment elle et Kingsley avaient fait connaissance. Tous ses invités faisaient partie de sa petite communauté « spéciale ».

Lentement, elle glissa jusqu'au sol et s'adossa contre les genoux de Kingsley, qui passa une main possessive dans ses cheveux bouclés. C'était plutôt confortable, en réalité. Le tapis était épais et luxuriant, et les doigts de Kingsley qui couraient dans ses cheveux et le long de son cou lui procuraient une sensation extraordinaire : un mélange de sensualité, de séduction et de relaxation. Elle aurait pu rester là toute la nuit.

Un homme blond de haute taille entra dans la pièce et s'installa au piano, sous les applaudissements des convives. A sa grande surprise, elle constata qu'il était vêtu comme un prêtre. Un prêtre, ici ? Une belle jeune femme à la chevelure noire arriva à sa suite, et s'assit sur le sol à côté de son tabouret. Une fois que les applaudissements cessèrent, il commença à jouer.

Comme elle observait la scène, aussi ébahie par l'extraordinaire beauté du pianiste que par l'air satisfait de la femme qui reposait à ses pieds, Kingsley se pencha en avant et colla sa bouche contre son oreille.

— Il est beau comme un dieu, je sais. Et tu peux l'admirer autant que tu veux. Mais pas touche. Ce que tu vois là, dit-il en désignant le prêtre et la jeune femme, c'est un coup de foudre.

— Un coup de foudre ? répéta-t-elle. Que tu as orchestré ?

— Absolument pas. C'est le destin qui a fait se rencontrer ces deux-là. Je n'ai rien à voir avec ça. Par contre, quand le destin échoue, là on m'appelle.

— Tu devrais mettre ça sur tes cartes de visite, plaisanta-t-elle.

Kingsley mit la main dans sa poche et en sortit

une carte de visite noire ornée de lettres argentées, qu'il lui tendit.

« Kingsley EDGE, P.-D.G., Edge Entreprises.
Quand le destin échoue… »

Elle couvrit sa bouche de sa main afin de s'empêcher de rire à voix haute, les yeux levés vers Kingsley. Il lui souriait. Mais ce n'était pas le sourire habituel de bonne humeur ou de satisfaction, plutôt un sourire qui fit grimper d'un coup sa température corporelle.

Elle se retourna et tenta de se laisser apaiser par la musique. Mais le pianiste jouait avec tant de passion et de talent qu'elle avait l'impression que les notes voulaient la séduire autant que Kingsley.

Et les deux y parvenaient.

A la fin du récital, elle désirait Kingsley avec un tel désespoir qu'elle fit semblant de trébucher en se relevant, juste pour pouvoir s'appuyer contre lui. Il l'attira tout contre lui, et elle se perdit dans l'odeur chaude et masculine de son parfum. Le sentir si proche d'elle la mettait dans tous ses états. C'était comme si tous ses muscles s'étaient contractés d'un seul coup, terrassés par le désir.

Et lorsqu'il prit congé de ses invités et l'escorta à l'étage, elle avait tellement envie de lui qu'elle en tremblait presque.

— Alors, balbutia-t-elle quand ils arrivèrent devant la porte de sa chambre. C'est vraiment un prêtre ? Le pianiste ?

— Je t'ai dit que j'avais un prêtre dans mes numéros favoris. Tu devrais vraiment apprendre à me faire confiance.

— J'essaie, murmura-t-elle d'une toute petite voix. C'est tout nouveau pour moi.

Il posa sa main sur le cou de Charlotte, et appuya son pouce dans le creux de sa gorge.

— Je ne te ferai aucun mal, Charlie. Ou du moins, corrigea-t-il avec un sourire espiègle sur les lèvres, je ne te blesserai pas. Tu me crois ? On n'avancera pas tant que tu ne comprendras pas que le moment où tu as le plus peur de moi est aussi le moment où tu as le moins de raisons d'avoir peur.

Charlotte inspira. Pour une raison qu'elle ne s'expliquait pas, elle lui faisait confiance.

— Je vais essayer de ne pas avoir peur.

— Tu peux avoir aussi peur que tu veux, tant que tu ne laisses pas la peur te stopper.

Il lui prit la main, y déposa lentement un baiser, puis la lâcha.

— Bonne nuit, Charlie.

Et il s'éloigna.

Incrédule, elle le suivit des yeux jusqu'à ce qu'il entre dans sa chambre, puis elle entra dans la sienne en traînant les pieds. Comment avait-il pu la quitter de la sorte ? Blessée et embarrassée, elle envisagea un instant de rassembler ses affaires et de quitter cette maison de fous. Ce type avait passé toute la soirée à la séduire au moindre regard, au moindre contact, au moindre sourire. Et maintenant, il la plantait là et allait nonchalamment se coucher ?

Elle prit une grande respiration, et se remémora ce que Kingsley lui avait dit : « Tu devrais vraiment apprendre à me faire confiance. » Peut-être que c'était un test. Peut-être qu'il voulait voir si elle allait se fâcher et tenter de partir.

Elle envoya valser ses chaussures, et apprécia le bruit qu'elles firent lorsqu'elles allèrent rebondir contre le mur. Très bien, décida-t-elle, elle allait accorder à ce drôle d'endroit le bénéfice du doute, et rester un jour de plus. Pour autant, elle ne parvenait pas à oublier totalement le sentiment de déception et de frustration qui l'étreignait. Kingsley savait qu'elle était plus que prête à coucher avec lui. Peut-être que ça l'excitait de la provoquer ? Eh bien, peut-être que quand il l'inviterait dans sa chambre, ce serait à son tour à elle de lui embrasser la main puis de partir tout comme il venait de le faire.

Elle se rendit dans la salle de bains et se brossa les dents, tout en s'observant dans le miroir. Kingsley lui avait dit qu'elle était belle : elle n'avait pourtant jamais eu ce sentiment. Jolie à la rigueur, mais pas belle. Ce soir, néanmoins, avec la cascade de boucles rouges qui entouraient son visage, elle savait qu'elle n'avait jamais autant été à son avantage.

Oui, sauf que ça n'avait pas suffi à monsieur Edge.

Furieuse, elle retourna dans sa chambre.

Elle s'immobilisa lorsqu'elle sentit quelque chose derrière elle. Elle se retrouva soudain incapable de faire le moindre mouvement, deux bras d'une force incroyable la ceinturant en un instant, et une main lui recouvrant la bouche. Elle se jeta de toutes ses forces dans la bataille pour se libérer de l'étreinte, mais plus elle se débattait, plus les bras resserraient leur prise.

— Chut…

La bouche de Kingsley était, une fois de plus, collée à son oreille.

— Ce n'est que moi.

Savoir que ce n'était « que » Kingsley ne la tranquillisa absolument pas. Elle tenta de s'échapper une fois de plus, mais il la tenait serrée contre lui. Elle tenta de crier, mais la main de Kingsley lui couvrait toujours la bouche, et elle put à peine émettre un son.

— Charlie, je sais que tu as peur à cet instant. Et tu as le droit d'avoir peur. Je veux que tu aies peur.

Sa voix était basse et intime. Elle jeta son corps contre le sien de toutes ses forces, dans l'espoir de lui faire perdre l'équilibre et de pouvoir ainsi échapper à son emprise. Mais il était bien trop grand et bien trop fort. Elle tourna la tête et tenta de crier, mais là encore, la main de Kingsley lui clouait la bouche.

— Comme je te l'ai déjà expliqué, les gens comme nous ont un mot de code, et c'est ce mot-là que tu dois prononcer lorsque tu veux que le jeu s'arrête. Ton mot de code est « dragon », parce que tu es ma petite cracheuse de feu aux cheveux rouges. Et à la seconde où j'ôterai ma main de ta bouche, tu n'auras qu'à dire « dragon » pour que je te laisse partir. Ou alors… tu peux choisir de ne pas craindre ta peur. Le sexe traditionnel est une question de confiance. Le viol, une question de peur. Et nous, nous vivons à mi-chemin entre la peur et la confiance. Fais-moi confiance, Charlie. Ne crois pas qu'avoir peur signifie qu'il faut que tu t'arrêtes.

Charlotte ferma les yeux. Elle tenta de se dégager, en vain.

— Je vais enlever ma main de ta bouche maintenant. Dis ton mot de code si tu le souhaites. Mais avant de le dire, demande-toi comment tu te sentiras au moment où je te quitterai ce soir. Demande-toi comment tu te sentiras demain si tu me rejettes maintenant.

Charlotte haletait contre la paume de sa main. Il l'ôta lentement de sa bouche. Elle s'apprêtait à dire quelque chose, mais les mots moururent sur ses lèvres.

Elle entendit le rire prétentieux de Kingsley résonner à son oreille.

— J'ai vraiment bon goût en matière de femmes, tu ne trouves pas ?

Elle ouvrit la bouche pour protester mais il la poussa avec force sur le lit et se pencha au-dessus d'elle. Il lui attrapa les bras, qu'il lui bloqua derrière le dos, et la maintint coincée dans cette position, l'avant du corps appuyé contre le matelas. Tenant ses poignets d'une main, il glissa son autre main sous sa robe, la promena sur l'arrière de ses cuisses, puis le long de ses hanches, et finit par la glisser à l'intérieur de sa culotte.

— Ton clitoris est gonflé et tu es complètement trempée.

Elle serra les dents, trop humiliée pour opposer une réponse. Les doigts de Kingsley parcouraient son corps avec rapidité. Elle vacilla au moment où il arracha sa culotte d'un geste brusque. Désormais nue sous sa robe, plus rien ne faisait écran entre lui et elle. Avec ses genoux, il la força à écarter davantage les jambes, puis il recommença à la toucher de sa main libre, et elle grogna lorsqu'il glissa un doigt en elle.

— A la seconde où je t'ai vue cracher du feu dans mon club la nuit dernière…

Tandis qu'il murmurait ces mots, son doigt se faisait deux, puis trois.

— J'ai su que je devais te posséder… sentir ce feu en toi.

Il retira brusquement ses doigts et la laissa effrayée et haletante sur les draps.

— Ne bouge pas, ordonna-t-il.

Fermant les yeux, elle enfonça ses mains entre les draps et tenta de recouvrer une respiration normale, en dépit de la peur qu'elle ressentait.

— Ce n'est pas de la peur que tu ressens, Charlie.

Il ouvrit un tiroir et en extirpa quelque chose, un objet qui émit un son métallique. Elle suffoqua tandis qu'il se saisissait de nouveau de ses poignets et les coinçait derrière son dos.

— Ce qui t'envahit en ce moment, c'est l'adrénaline. Tu n'as pas peur de moi. C'est tout simplement la première fois de ta vie que tu es excitée à ce point.

— Je te trouve drôlement arrogant, siffla-t-elle tandis que Kingsley emprisonnait ses poignets dans le métal froid d'une paire de menottes.

— Je ne suis pas arrogant. Je suis français.

Il lui fit encore une fois écarter les jambes, pendant qu'elle se débattait contre les menottes. Le métal lourd et glacé s'enfonçait dans la chair de ses poignets. Elle se sentait seule au monde, dénuée de tout espoir. Il lui aurait suffi d'un seul mot pour se sortir de là. Tout ce qu'elle avait à faire, c'était prononcer ce mot, et Kingsley la laisserait tranquille. Mais elle ne pouvait pas s'y résoudre. Même effrayée et humiliée, elle ne pouvait pas nier qu'elle avait envie de lui, à un tel point que son désir l'effrayait davantage que les menottes et l'homme qui avait pris possession de sa personne.

— Charlie, je vais m'introduire en toi dans deux secondes. Si tu as une objection, à ta place je parlerais maintenant.

Charlotte garda le silence, pendant que de chaudes larmes de honte lui montaient aux yeux.

— C'est bien ce que je pensais, dit-il.

Puis il entra en elle. Il était si imposant que le recevoir fut presque douloureux. Elle se débattait contre les menottes et enfonçait son visage dans le lit, au rythme des assauts à la fois durs et lents de Kingsley. D'une main, il trouva de nouveau son clitoris, et, plein d'adresse, il le titilla jusqu'à ce qu'elle se mette à crier. Alors que l'orgasme avait atteint son paroxysme et commençait à s'estomper, Kingsley la retourna brutalement sur le dos et lui écarta de nouveau les jambes.

Il lui arracha sa robe d'un coup sec, dénudant ainsi sa poitrine. Sa bouche se posa sur son cou, ses épaules, ses seins, embrassant et mordant avec une telle force, une telle violence, qu'elle sut qu'elle serait couverte d'hématomes le lendemain. Et pourtant elle aimait ça…

Il se redressa soudain, et se mit à pétrir ses seins pendant qu'il la pénétrait de nouveau. Haletante, elle écarta davantage les jambes et l'accueillit aussi profondément que possible.

Il se pencha au-dessus d'elle, et leurs yeux se rencontrèrent.

— Tu arques beaucoup les hanches. Tu aimes qu'on te pénètre profondément, n'est-ce pas ?

Elle détourna la tête et s'obstina à fixer le mur en silence. Mais il lui prit la tête entre ses mains et la força à le regarder.

— Réponds-moi.

— Oui… J'aime qu'on me pénètre profondément.

— Dans ce cas…

Il lui attrapa les genoux, et renversa ses jambes au-dessus de ses épaules, lui offrant un accès total. A la seule pensée de la vue qu'elle devait lui offrir, elle sentit l'excitation monter encore d'un cran. Et quand il reprit ses coups de reins, chacun semblant cogner la base de son estomac, elle se cambra, pantelante.

Elle détestait le plaisir qu'elle éprouvait à être prise de la sorte, se détestait elle-même d'apprécier autant toute cette brutalité. Il la manipulait comme si elle était sa chose, la touchait comme si elle était un livre ouvert qu'il lui suffisait de lire pour le connaître par cœur.

Ecartelée entre ces émotions contradictoires, elle tourna la tête et pressa son visage contre son bras. Kingsley entreprit alors de malaxer son clitoris entre son pouce et son index, et la fit jouir si fort que des larmes lui jaillirent au coin des yeux.

Sans même attendre que ses spasmes de plaisir se soient calmés, il lui fit ramener ses jambes à l'horizontale, et recouvrit son corps du sien. Instinctivement, elle enroula ses jambes autour de sa taille alors qu'il continuait d'aller et venir en elle. Il lui mordait le cou, les épaules, l'embrassait au creux de la gorge, tout en continuant à la pénétrer.

— Ça te plaît, Charlie.

— Oui, murmura-t-elle tout en tressaillant sous le coup d'un assaut particulièrement brusque.

— Appelle-moi « monsieur » quand je suis en toi, Charlie.

— Oui, monsieur, souffla-t-elle, partagée entre l'envie de l'embrasser et celle de le gifler dès qu'elle aurait les mains libres.

Elle continua d'attendre qu'il en ait fini avec elle. Mais le plaisir qu'il lui infligeait semblait ne pas connaître de fin. Il poussa encore et encore, jusqu'à ce qu'elle sente son sexe se contracter, prémice de la jouissance à venir. Relevant les hanches, elle l'accueillit profondément une fois encore, et elle ferma les yeux alors qu'un nouvel orgasme la déchirait. Mais, même jouir, il ne le lui laissa pas faire à sa guise. Les mouvements de Kingsley se firent de plus en plus rudes et rapides, et ses doigts se refermèrent sur l'arrière de son cou, l'immobilisant, la forçant à le regarder dans les yeux. A l'issue d'un dernier assaut brutal, il jouit, ses yeux vissés aux siens.

Puis, encore en elle, leurs deux sexes pulsant des derniers soubresauts du plaisir, Kingsley baissa la tête et, pour la toute première fois depuis qu'il l'avait rejointe, il l'embrassa.

Elle ouvrit la bouche, et il y glissa sa langue. Son baiser, doux et subtil, était aux antipodes du rapport sexuel qu'il venait de lui imposer. C'était divin.

Elle aurait voulu le garder dans sa bouche et dans son ventre toute la nuit. Kingsley arrêta de l'embrasser et lui sourit.

— Vous avez mis un certain temps à m'embrasser, monsieur, dit-elle, se souvenant de ses ordres et se rappelant qu'il était toujours en elle.

— Tu es une cracheuse de feu, Charlie. Tu ne peux pas me reprocher d'être méfiant lorsque je m'approche de ta bouche.

Elle rit doucement, mais grimaça lorsqu'il se retira

de son corps endolori. Tandis qu'il disparaissait dans la salle de bains, elle s'étira doucement, laissant son cœur revenir à un rythme normal après toute cette frénésie. De quoi avait-elle l'air à cet instant ? Elle n'avait pas été violée, mais c'était sans doute à ça que la scène ressemblait. Sa robe était déchirée, encore enroulée autour de son estomac, et elle savait déjà qu'elle était couverte de bleus. Même l'intérieur de son corps lui donnait le sentiment d'être couvert d'hématomes causés par les assauts sans merci de Kingsley.

Il sortit de la salle de bains et vint à côté du lit. Son costume, qu'il n'avait pas quitté pendant qu'il la prenait, était immaculé. Seuls ses pieds étaient nus, et il avait abandonné sa veste. Il fouilla dans sa poche, en tira la clé des menottes, et la libéra. Elle roula sur le côté et tenta de réajuster sa robe.

— Quoi ? demanda-t-elle alors que Kingsley l'observait.

— Tu es magnifique.

— J'ai l'air d'avoir été victime d'un viol.

Elle s'essuya les yeux, et une trace d'eyeliner vint se déposer sur ses doigts.

— Tu as l'air d'une femme qui a été violée et qui a adoré ça.

— Tu m'as vraiment fichu la trouille en m'attrapant comme ça.

Kingsley s'assit à côté d'elle sur le lit.

— Ça te plaît, d'avoir la trouille.

Elle ne répondit pas. Kingsley lui saisit la joue,

délicatement cette fois. Il caressa sa lèvre inférieure de son pouce.

— Ça te plaît, d'avoir la trouille, dit-il de nouveau. N'aie pas peur de ta peur, Charlie. Tu as tout à fait le droit d'avoir peur et d'aimer ça.

— Les gens normaux ne sont pas censés aimer ça. Les gens normaux ne sont pas censés aimer être jetés à terre, attachés et pratiquement violés !

— Ma belle Charlie.

Kingsley l'embrassa lentement.

— Il est peut-être temps pour toi d'admettre que tu ne fais pas partie des gens normaux.

Charlotte se réveilla de bonne heure le lendemain. Elle enfila le peignoir noir, et trouva la porte de la chambre voisine entrouverte, mais aucune trace de Kingsley dans la maison.

Après avoir pris le petit déjeuner dans la luxueuse cuisine, elle retourna à l'étage pour se doucher et s'habiller. Lorsqu'elle sortit de la douche, ce fut pour trouver Kingsley qui l'attendait là avec une serviette.

— Tu essaies de me tuer ! dit-elle en lui arrachant la serviette des mains. Préviens-moi, si tu as l'intention de me traquer jusque dans la douche.

— Tu dois apprendre à toujours être sur le qui-vive. Viens par ici, Charlie, et jetons un coup d'œil aux dégâts, tu veux ?

Elle sortit de la douche, et Kingsley, debout face

à elle, lui ôta la serviette. En dépit de la session des plus intenses de la veille, se tenir ainsi en face de lui était bizarre et embarrassant. Quant à Kingsley, il semblait légèrement émoustillé et amusé à la fois, comme toujours.

— Alors ?

— Catastrophique. Je t'ai à peine marquée. Il faudra remédier à ça.

— Comment tu appelles ça, dans ce cas ?

Elle désigna les hématomes qui couvraient sa poitrine et ses épaules.

— Ça ? Des mordillements, tout au plus.

Il en profita pour mordre son cou encore humide.

— Tu sais que c'est injuste ? dit-elle, les bras croisés sur sa poitrine dénudée. Moi, je ne t'ai pas encore vu nu.

— Les femmes ont tendance à tomber amoureuses de moi quand je me déshabille.

— Quel narcissique tu fais ! Allez… Juste un coup d'œil.

Kingsley eut un petit sourire énigmatique.

— Très bien. Si tu insistes.

Il sortit de la salle de bains, et Charlotte le suivit, après avoir récupéré sa serviette.

Elle se tenait au milieu de la pièce lorsqu'il commença à retirer ses vêtements. Son look du jour se rapprochait davantage du style édouardien que victorien. Sa veste était ornée de cinq boutons, et c'est avec brusquerie qu'il les défit tous en même temps, sous le regard impatient et avide de Charlotte.

Se débarrassant de sa veste, il desserra sa cravate et sortit sa chemise blanche de son pantalon. Elle retint son souffle lorsqu'il retira sa chemise et se retrouva torse nu face à elle.

— Mon Dieu.

Sous le choc, elle se couvrit la bouche.

— Je t'avais prévenue.

Elle tendit la main, hésitante, et toucha sa poitrine.

— Qu'est-ce qui t'est arrivé ?

Elle leva les yeux vers son visage.

— J'étais dans la légion étrangère française quand j'avais à peine plus de vingt ans. Blessures par balle.

— On t'a tiré dessus ?

— Quatre fois. Heureusement, c'était toujours des petits calibres, et ça n'a jamais touché un organe vital. Surtout pas mon organe vital préféré.

— Dieu merci.

Elle tenta de rire, mais c'était loin d'être chose facile, avec les quatre petites marques qui ornaient le torse et l'estomac de Kingsley.

— C'est arrivé pendant une bataille ?

— Deux des coups de feu se sont produits lors d'une échauffourée. Et les deux autres sont dus à des tirs amis.

— Des tirs amis ?

Il lui décocha un large sourire.

— Pas vraiment amis, en fait. Mon commandant m'a trouvé au lit avec sa femme.

Cette fois, elle rit pour de bon.

— Tu l'as bien mérité, donc.

— A peine… Cette pauvre femme me suppliait de l'attacher et de la maltraiter. Elle m'implorait littéralement.

— Tu as toujours été un aussi mauvais garçon ? demanda-t-elle en promenant ses mains sur son torse nu.

— *Au contraire*. J'ai toujours été un aussi gentil garçon.

Il l'attrapa par les poignets et la guida jusqu'au lit. Il ouvrit le tiroir de la table de nuit et en tira une corde.

— Est-ce qu'un homme t'a déjà frappée, Charlie ? lui demanda-t-il alors qu'il lui ôtait sa serviette, qu'il jeta sur le côté.

Elle frissonna.

— Non, finit-elle par répondre. Papa criait mais il ne frappait jamais.

— Et tes petits amis ? Pas même une petite fessée ?

Elle secoua la tête, et son cœur commença à battre la chamade. Est-ce qu'il allait vraiment la frapper ?

— Tes amants ont vraiment fait dans la dentelle. Tragique. Ça te plaisait de coucher avec eux, au moins ?

Elle haussa les épaules.

— Ils étaient gentils. J'avais des orgasmes. C'était loin d'être horrible. Juste…

— Ennuyeux ? Frustrant ? Bourgeois ?

— Tout ça à la fois, j'imagine. Simon m'a dit que j'étais folle de toujours larguer des mecs aussi formidables. Et il a ajouté que ça ne le dérangeait pas de les récupérer si moi je n'en voulais plus !

Elle avait à peine fini sa phrase que, sans prévenir, Kingsley lui saisit les poignets et, avec une cordelette, les attacha en hauteur à une des colonnes du lit. Elle était encore ruisselante après sa douche, et l'eau courait le long de son dos et de ses jambes, jusqu'à ses chevilles. Les gouttes la titillaient et la chatouillaient mais il lui était impossible de se pencher pour les essuyer.

— Ç'aurait été de la folie de rester avec des hommes qui ne te comprenaient pas. Faire des compromis, c'est une chose. Renier ta vraie nature en est une autre. Maintenant…

Il se plaça derrière elle.

— Je vais te faire quelque chose qui n'est ni ennuyeux ni bourgeois. Je vais te fouetter pendant cinq minutes. Et si tu parviens à supporter ces cinq minutes sans prononcer ton mot de code, je te procurerai un orgasme. Ensuite, je te fouetterai pendant huit minutes. Puis je te procurerai un autre orgasme. Et ainsi de suite. J'ajouterai trois minutes chaque fois. Le jeu s'arrêtera seulement lorsque tu utiliseras ton mot de code.

— Et si je ne l'utilise pas ?

— Alors on va en avoir pour un sacré bout de temps, murmura-t-il à son oreille. Parce que rien au monde ne m'excite davantage que de battre une femme pour la faire jouir ensuite. Bon, qu'est-ce que j'ai fait de ce chat ?

— Un chat ? Tu as un chat ?

— Un chat à neuf queues. Un martinet, Charlie. Maintenant, sois gentille et tiens-toi tranquille, je dois mettre la main sur quelques petites choses.

Charlotte était presque sûre que Kingsley connaissait pertinemment l'emplacement des objets qu'il recherchait. Il voulait tout simplement la laisser attachée au lit à l'attendre, nue, de telle sorte qu'elle finisse par avoir peur. Elle entendit un bruit qui ressemblait à une malle qu'on ouvre, et sentit qu'il se tenait de nouveau derrière elle. Quelque chose atterrit sur le lit : quelque chose de marron, en cuir, avec une poignée de quinze centimètres et neuf lanières en cuir. Ça n'avait pas l'air terrifiant. Mais ça n'avait pas l'air marrant non plus. Autre chose atterrit sur le lit : un tube de lubrifiant. Un autre bruit sourd contre le matelas : un vibromasseur, aux dimensions relativement impressionnantes. Elle cligna des yeux alors que Kingsley agitait un chronomètre devant son visage.

— Cinq minutes, dit-il en réglant le chrono. Prête ?

— Oui, monsieur.

— Tu penses que je vais te faire l'amour si tu m'appelles « monsieur », c'est ça ? Tu as raison. Mais pas tout de suite.

Avant qu'elle puisse répondre quoi que ce soit, le martinet n'était plus sur le lit et le premier coup s'abattait sur son dos. La douleur, soudaine et brûlante, la fit tressaillir. C'était incroyablement tranchant, mais pas insupportable. Elle se mit à respirer par le nez, des respirations courtes et désespérées. Elle était bien décidée à ne pas dire son mot de code. Pas parce qu'elle voulait à tout prix un orgasme, mais surtout parce qu'elle voulait prouver à Kingsley qu'elle n'était pas ennuyeuse.

Lorsque l'alarme du chronomètre retentit, elle s'effondra, soulagée. Kingsley pressa son torse nu contre son dos en feu. Le martinet se retrouva de nouveau sur le lit.

— Ça t'a plu, Charlie ?

— Non, répondit-elle, encore essoufflée.

— Bien. Je déteste frapper des masochistes. La douleur leur procure du plaisir, et au final, ça les amuse.

— Mais en te laissant me faire ça, ça ne fait pas de moi une masochiste ? demanda-t-elle entre deux respirations.

— Oh non. Charlie. Tu n'es pas une masochiste. Tu es une traînée.

— Je ne suis pas…

Il l'interrompit avant la fin de sa protestation outragée.

— Charlie, dans cette maison, le mot « traînée » est le plus beau des compliments qu'on puisse te faire. Ça signifie que tu es une personne qui a un contrôle total de sa sexualité, et n'a pas peur d'ouvrir son corps et son esprit à de nouvelles expériences. Moi aussi, je suis une traînée.

— J'avais remarqué…

— Après tous tes efforts, j'imagine que tu attends un peu de réconfort.

Kingsley s'empara du lubrifiant et en versa une dose généreuse dans sa main, qu'il glissa entre les jambes de Charlotte afin d'en enduire ses lèvres. La sensation froide et humide la fit frissonner, tandis que le plaisir que lui procuraient les doigts experts la délectait.

— Je sais que j'ai été un peu dur avec toi hier soir. Mais je peux être indulgent.

Il attrapa le vibromasseur et le mit en marche, avant d'écarter les jambes de Charlotte et de le glisser délicatement en elle. Elle inspira à mesure qu'il la pénétrait plus profondément, et son corps se détendit progressivement afin de l'accueillir en entier.

— Tu trouves ça indulgent ? parvint-elle à plaisanter, malgré le trouble qui l'envahissait.

— Au moins, c'est plus petit que moi.

Il faisait aller et venir l'objet tout en titillant son clitoris, et les effets se firent ressentir sans attendre. Elle cria alors que son corps se contractait autour du vibromasseur et contre la main de Kingsley. Il le retira et le déposa de nouveau sur le lit.

— Tu en auras un autre dans huit minutes, lui susurra-t-il.

Il régla encore une fois le chronomètre. Elle se convulsait encore de plaisir lorsque le martinet s'abattit sur son dos endolori. Elle se concentra sur son plaisir décroissant et tenta d'ignorer la douleur grandissante.

Elle se rendit compte que si elle faisait le dos rond au lieu de contracter ses muscles, la douleur était plus douce, moins mordante. Elle pencha la tête en arrière, et fixa son attention sur le plafond. Voilà, comme ça. C'était ça qu'il fallait faire. Fixer son attention sur autre chose. Après quelques minutes, c'était à peine si elle sentait encore quelque chose.

Une sonnerie la tira de sa transe.

Kingsley saisit de nouveau le vibromasseur et en pressa l'extrémité contre son clitoris. L'onde de plaisir qu'elle ressentit la fit suffoquer. Elle n'avait jamais été avec un homme qui comprenait aussi bien comment manipuler le corps d'une femme. La pression sur son clitoris était parfaite. Les doigts de Kingsley en elle trouvaient tous ses points sensibles. Il paraissait d'ailleurs bien plus préoccupé par ses orgasmes à elle que par les siens. Mon Dieu, c'était à peine croyable ! Elle était attachée à un lit pour se faire fouetter, et tout ce à quoi elle pouvait penser, c'était à quel point elle se sentait bien grâce à lui.

L'orgasme la foudroya, et elle tressaillit avec une telle violence que tout son corps se contracta d'un coup, la laissant au bord de la crampe généralisée.

— Si tu réussis à supporter onze minutes de correction, je te ferai l'amour, lui chuchota-t-il à l'oreille. Qu'est-ce que tu en dis ?

— Très bien.

Il la frappa brutalement sur la fesse droite.

— Je veux dire, très bien, monsieur.

Elle savait désormais comment gérer le châtiment. Elle ferma les yeux et laissa la douleur glisser sur elle. Dans sa tête, elle était détachée, allongée sur le dos avec Kingsley penché au-dessus d'elle et profondément enfoui en elle. Avant qu'elle ne s'en rende compte, la sonnerie de l'alarme retentit une nouvelle fois.

— Dieu merci, murmura-t-elle.

Une minute de plus, et elle aurait demandé grâce.

— Ne me remercie pas.

Il jeta le martinet sur le lit, puis, debout derrière elle, il promena ses mains sur tout l'avant de son corps. Il les arrêta sur ses seins et se mit à titiller ses tétons jusqu'à ce qu'ils soient durs et douloureux. Puis, il l'embrassa dans le cou et sur l'épaule.

— Dis-moi la vérité, Charlie, demanda-t-il en lui passant la main sur les fesses. On t'a déjà prise par là ?

— Tu veux dire… la sodomie ? Une seule fois…

— Tu as aimé ?

— Difficile à dire.

— C'est parce que tu ne l'as jamais fait avec moi. On va corriger ça, d'accord ?

Elle n'était pas sûre de vouloir. Mais en même temps, elle savait très bien qu'elle n'avait pas envie de l'arrêter. Son cœur palpitait d'angoisse. Mais elle se souvint des paroles de Kingsley : elle ne devait pas laisser la peur se mettre en travers de sa route.

Il s'empara du lubrifiant et lui en appliqua. Elle

soupira de plaisir en ressentant la sensation du liquide froid qui se répandait en elle. Kingsley prit son temps pour la préparer. Elle tenta de se détendre autant que possible. Avec un membre de la taille de celui de Kingsley, il lui faudrait être très détendue pour réussir à l'accueillir en elle…

Il se pressa contre elle. Elle ferma les yeux lorsqu'elle sentit qu'il commençait à la pénétrer. Il entrait lentement en elle, centimètre par centimètre. La nuit précédente, il avait été incroyablement brutal avec elle, et maintenant, il était le plus attentionné des hommes. L'avoir en elle de cette façon était si étrangement délicieux qu'elle en frissonna. Il bougeait en elle avec des mouvements doux et prudents.

Les yeux toujours clos, elle ne se rendit pas compte qu'il s'était une fois de plus emparé du vibromasseur. Mais lorsqu'il commença à le lui introduire, sous le choc, elle ouvrit de grands yeux.

— Respire, Charlie. Tu peux prendre les deux.

Il introduisit toute la longueur du vibromasseur, tout en continuant à l'assaillir délicatement par-derrière.

— On ne t'a jamais pénétrée comme ça, en double ? demanda-t-il.

— Non… jamais.

— Mais enfin, ma pauvre, tu étais presque vierge.

Elle entendit son rire suffisant résonner à son oreille pendant qu'il continuait ses va-et-vient. C'était incroyable, ça ne ressemblait à rien de ce qu'elle avait connu. Elle bougeait les hanches en suivant le rythme imposé par Kingsley, avec l'impression d'être exposée comme jamais. Comme si elle ne s'appartenait plus…

En quelques instants, elle jouit avec une rare violence, mais cela ne s'arrêta pas. Kingsley ne s'interrompit pas pour autant, et les sensations qui l'envahissaient étaient tellement intenses qu'elles en devenaient presque douloureuses. Presque : vite, la douleur se changea en plaisir, et elle eut un second orgasme, encore plus fort que le premier. Là, seulement, Kingsley retira le vibromasseur.

Mais il n'en avait pas fini avec elle pour autant. La saisissant par les hanches, il accéléra le rythme. Les deux précédents orgasmes avaient été si intenses qu'ils l'avaient rendue quasiment insensible, et elle se contenta de se laisser pendre au bout de la corde qui maintenait ses poignets pendant qu'il la prenait.

Elle grimaça alors qu'il resserrait son étreinte, et, avec une dernière poussée, plus forte que les autres, il jouit dans un souffle épuisé.

Il se retira doucement. Une minute plus tard, il revient à côté du lit, et elle le vit s'approcher du martinet.

— Dragon, dit-elle sans même réfléchir.

Il le laissa aussitôt tomber, et entreprit de dénouer ses liens. Elle s'effondra dans ses bras : il l'attrapa et l'allongea sur les draps. A genoux sur le sol à côté du lit, il passa la main à travers ses cheveux rouges encore humides.

— Trop douloureux, *ma chérie* ?

Le fait qu'elle l'ait stoppé ne semblait pas le contrarier le moins du monde.

— Non.

Elle secoua la tête et lui renvoya un sourire fatigué, pendant que ses muscles, à l'intérieur, continuaient à se contracter.

— Trop bon.

Les semaines qui suivirent « Chez Kingsley », comme il appelait sa maison, défilèrent dans un brouillard de sexe, de douleur, et d'encore plus de sexe. Kingsley était une source quasiment intarissable de connaissances et d'expériences sexuelles alternatives. Il l'avait introduite à quelque chose de nouveau tous les jours. Un jour, c'étaient des pinces à tétons. Le lendemain, la fessée. Il lui avait appris à le supplier de la prendre. A ramper pour lui. Un jour, il enfilait un pantalon en cuir et la fouettait. Le jour d'après, il la parait de lingerie, l'attachait au lit au moyen d'écharpes de soie et violait tous ses orifices. Le week-end précédent, il avait même filmé leurs ébats pour lui faire visionner la vidéo ensuite. Après ça, il lui avait donné l'unique copie de l'enregistrement, et lui avait laissé le choix d'en faire ce qu'elle voulait. Son premier réflexe avait été de la détruire.

Elle ne l'avait pas fait.

Et souvent, au moment où elle s'y attendait le moins, lorsqu'elle était certaine qu'il n'était pas à la maison, ou qu'il était en réunion, il la surprenait, l'attrapait, la plaquait contre un mur ou au sol ou encore sur le lit et la prenait brutalement. Il avait beau le faire souvent, ça la terrifiait chaque fois. Il avait beau le faire souvent, elle adorait ça chaque fois.

Charlotte n'était pas sûre de ce qu'il allait lui faire ce soir-là. Il lui avait intimé l'ordre de l'attendre dans sa chambre, nue, sur le grand fauteuil. Elle s'allongea contre le tissu moelleux et ferma les yeux. Le siège faisait presque la taille d'un divan. Il l'avait déjà prise plusieurs fois dessus. Les accoudoirs étaient parfaits pour qu'elle y appuie ses jambes pendant qu'il la possédait.

Elle laissa son esprit vagabonder. Il ne lui restait qu'une semaine à passer avec Kingsley avant de rencontrer le client pour lequel il l'avait formée. Elle ne se croyait pas capable de partir avec cet homme, aussi riche et « pas désagréable à regarder » qu'il puisse être. Et de toute façon… elle ne pouvait pas non plus s'imaginer quitter cet endroit et retrouver pour de bon son ancienne vie. Kingsley l'avait marquée, et pas juste avec des hématomes.

Son job lui manquait, néanmoins, et elle serait contente de retourner travailler. Elle avait coupé les cheveux de tous les employés de Kingsley, excepté ceux de Kingsley lui-même. Il lui avait expliqué que personne n'avait le droit de s'en approcher, à l'exception de son coiffeur en France. Elle l'avait traité de lâche, et il l'avait vicieusement punie pour cet affront.

— Tu as un magnifique sourire, Charlie. J'aimerais savoir si c'est moi qui en suis la cause.

Ouvrant les yeux, elle vit Kingsley qui se tenait au-dessus d'elle.

— J'étais en train de penser à ce que je ferais à tes cheveux si tu me laissais les couper. C'est très stylé, ce bazar, mais je pourrais te donner encore plus d'allure.

— Approche-toi de moi avec tes ciseaux, et je m'assurerai que tu te réveilles avec une chevelure beaucoup moins volumineuse, toi aussi.

Elle rit. Il l'avait rasée dans le bain, la veille au soir. S'il n'avait eu aucun remords à la débarrasser de sa pilosité la plus intime, elle savait qu'il n'hésiterait pas une seconde à lui couper les cheveux.

— Très bien. Je laisse tes cheveux tranquilles. Mais tu n'arrêtes pas de me dire que je dois te faire confiance. Quand est-ce que tu vas commencer, toi, à me faire un peu confiance ?

— Je te fais entièrement confiance. Sauf pour mes cheveux. Mais je suis content que tu abordes le sujet de la confiance.

Il lui tendit une écharpe noire.

— Un bandeau ?

— *Très bien, ma chérie.*

Tout ce que Kingsley lui avait fait, il le lui avait toujours fait avec les yeux ouverts. Le bandeau la rendait nerveuse, et elle pouvait voir à l'expression de Kingsley que ce petit manège l'amusait beaucoup.

Il lui banda les yeux, la plongeant dans l'obscurité.

Puis il lui attrapa les chevilles, lui écarta les jambes et les fit reposer sur les accoudoirs du fauteuil. Elle l'entendit approcher la méridienne. Elle savait qu'il était assis dessus, face à elle, devant son corps exposé. Un mois plus tôt, elle aurait été terrifiée et mortifiée. Aujourd'hui, elle était toujours un peu terrifiée mais Kingsley lui avait appris à ne pas avoir honte. Et elle adorait ça. Pas une fois elle n'était sortie danser ou boire un verre depuis qu'elle l'avait rencontré. Il était toute la décadence dont elle avait besoin.

— Jouons aux devinettes, Charlie. Tu devines les cinq correctement, et je te laisse me faire ce que tu veux une fois le jeu terminé.

— Ce que je veux ?

— Tant que c'est légal. Ou du moins tant qu'on ne se fait pas prendre.

— Et qu'est-ce que je dois deviner ?

— Tu vas deviner quels objets je mets à l'intérieur de toi.

Toute sa satisfaction quant à sa fierté et son impudeur se volatilisa en un clin d'œil.

— Tu vas mettre des trucs en moi, et je dois deviner ce que c'est ?

— C'est ce que je viens de dire, il me semble. Prête ?

— Non, objecta-t-elle, mais elle ne dit pas le mot de code. Au contact de Kingsley, elle avait vite appris que pour lui, « non » voulait dire tout sauf « non ». A moins de dire « dragon », elle était coincée.

Elle sentit le bout des doigts de Kingsley écarter les lèvres de son sexe, puis introduire en elle quelque chose de légèrement plat. L'objet avait une base ronde, qui allait en rétrécissant. Elle essaya d'imaginer ce que ça pouvait être. Elle sentit quelque chose sur l'objet qui chatouillait ses grandes lèvres. Quelque chose de doux, comme des poils.

— Bon sang, Kingsley, c'est ma meilleure brosse à cheveux. Tu sais combien ça coûte, au moins ?

— Très bien, *ma chérie*, dit-il en retirant la brosse. Une brosse à cheveux d'une telle qualité est certainement lavable. Un sur cinq. Suivant.

L'objet suivant était froid, doux, et s'élargissait en haut. Elle se rappela du dîner avec Kingsley le soir précédent, une fête avec plusieurs de ses amis aussi pervertis que drôles. Il l'avait autorisée à boire un seul verre de vin. Au milieu du dîner, il l'avait surprise en train de le regarder. Il lui avait fait un clin d'œil en vidant le reste de la bouteille dans son verre avant de porter un toast à sa santé.

— C'est une bouteille de vin.

— Tu es une petite chatte très intelligente, Charlie.

Elle rit alors qu'il retirait la bouteille. Elle se crispa légèrement lorsqu'elle sentit de nouveau ses doigts. L'objet qu'il introduisait en elle était métallique et lourd. Et grand. La base était plate, et les côtés rainurés.

— Un indice ? demanda-t-elle.

— Tu trouveras la réponse très… éclairante.

Elle rit.

— C'est une lampe torche ?

— *Bien, ma chérie.* Trois sur cinq, dit-il en retirant délicatement la lampe. Pour l'objet suivant, je suis quasiment sûr que tu l'as déjà eu en toi auparavant.

— Ça m'étonnerait. C'est la première fois que je fais ça.

— Tu en es sûre ?

Il l'écarta encore une fois avec ses doigts. Là encore, c'était une froide sensation de métal. Mais cet objet-là était différent. Il était divisé en deux parties. Elle entendit un bruit, similaire à celui d'une vis qu'on tourne, et sentit que son vagin commençait à s'ouvrir.

Elle prit une grande respiration.

— Tu as ton propre speculum ?

— Bien sûr. J'adore jouer au docteur. Particulièrement avec une patiente aussi belle.

Elle attendit qu'il le referme et le retire. Mais il laissa le speculum en position. Elle entendit un déclic.

— Et la lampe de poche trouve un nouvel emploi.

Le cœur de Charlotte se mit à battre à tout rompre. Maintenant, elle était *vraiment* mortifiée. Elle savait qu'il était en train de regarder en elle.

Elle sentit qu'il promenait sa main le long du ventre de Charlotte, et s'arrêtait sur ses seins. Quand il lui pinça un téton, son corps répondit à ce signal en se contractant intensément, et Kingsley se mit à rire. Evidemment. Il venait de voir ses muscles les plus intimes se contracter de l'intérieur…

— Quatre sur cinq. Encore un, et tu gagnes. Je commence à être nerveux.

— C'est moi qui suis nue, béante et violée dans mon intimité pour l'instant, lui rappela-t-elle.

— C'est vrai. C'est bien pour ça que je m'attends à une vengeance de ta part.

En dépit de ses paroles, cette perspective ne semblait pas l'inquiéter le moins du monde. Il ferma le speculum et le retira doucement.

— Dernière devinette. Si tu ne trouves pas celle-là, je serai très déçu, Charlie.

— Fais du pire que tu peux.

— C'est prévu.

Elle frissonna lorsque quelque chose de doux vint caresser l'intérieur de ses cuisses. Oh oui, elle savait bien ce que c'était.

— Ta langue, devina-t-elle, sachant qu'elle avait raison.

Il faisait aller et venir sa langue, et embrassait les lèvres de son sexe avec la même passion et la même dextérité que lorsqu'il embrassait sa bouche. Il suça son clitoris, fit courir sa langue sur elle de haut en bas. Sa bouche la dévora pendant ce qui lui parut être une éternité. Enfin, il glissa deux doigts en elle, puis la fit jouir férocement avec sa langue et sa main. Tout son corps tremblait et ondulait. Son dos se cambra, et elle s'enfonça dans le fauteuil alors que son orgasme s'évanouissait, la laissant pantelante et épuisée. Elle sentit la main de Kingsley derrière sa tête. Il lui retira le bandeau, et la lumière la fit cligner des yeux. Kingsley la regarda avec, sur les lèvres, un dangereux sourire.

— A mon tour, dit-il.

Roulant sur le côté, elle s'agenouilla face à la méridienne et déboutonna le pantalon de Kingsley. Et elle l'accueillit dans sa bouche. Pour un homme aussi dominateur que lui, il n'exigeait pas souvent de sexe oral. Il lui avait dit une fois que si elle était déjà à genoux, il préférerait la prendre en levrette, et qu'ainsi ils passeraient un bon moment tous les deux. C'était une logique plutôt imparable. Mais à cet instant, elle pouvait affirmer qu'il était définitivement d'humeur.

Penché vers l'arrière, il s'appuya sur ses mains et cambra ses hanches vers elle. Elle marqua une pause suffisamment longue de façon à déboutonner également sa chemise. Baladant ses mains sur son torse puissant, elle embrassa son ventre musclé avant de le prendre de nouveau dans sa bouche. Il était toujours si dominateur, il avait toujours un tel contrôle sur tout, qu'elle ressentait une immense satisfaction à le voir essoufflé et le sentir tressaillir sous l'effet du plaisir qu'elle était en train de lui infliger.

Kingsley passa ses doigts dans les cheveux de Charlotte, caressa sa joue, son cou. Elle était toujours surprise de voir à quel point il pouvait être dépravé, puis gentil et attentionné l'instant suivant.

Elle le prit plus profondément dans sa bouche, aspirant avec force. Elle le titillait et le caressait avec sa langue, le léchait, l'embrassait, et faisait tout ce qui était en son pouvoir pour le faire gémir avec autant de désespoir que lorsque les rôles étaient inversés. Enfin, il prit une grande respiration et jouit. Elle avala son sperme avec bien plus de plaisir qu'elle ne l'admettrait jamais, puis elle se pencha en arrière pour le regarder. Avec sa chemise ouverte et sa poitrine striée d'impacts de balles, il était sans aucun doute possible l'homme le plus sensuel qu'elle avait jamais rencontré.

Il boutonna son pantalon et se leva. Il prit la main de Charlotte, la fit se relever, et la gratifia d'un baiser long et passionné. Elle adorait le fait de sentir encore son goût salé sur sa langue.

— Tu as gagné, Charlie. Qu'est-ce que tu vas faire de moi ?

— Tu as dit que je pouvais faire tout ce que je voulais ?

— Tout à fait. Habille-moi en femme et prends-moi en photo. Fais-moi marcher tout nu en pleine rue. Rase mes testicules avec un rasoir droit. Tu veux un peu de temps pour y réfléchir ?

— Oh non. Je sais déjà ce que je veux te faire.

Elle enroula ses bras autour des épaules de Kingsley et passa ses mains dans les cheveux longs et rebelles.

— Charlie, non, dit-il d'une voix dure comme fer.

— Si moi je n'ai pas le droit de dire « non »,

alors toi non plus. Tu ne m'as jamais dit ton mot de code. Et dois-je te rappeler que tu m'as promis que je pouvais te faire tout ce que je voulais ? Je veux te couper les cheveux.

— Je vais me trouver un nouveau dragon.

— Aucune chance. Je suis toute à toi pour encore une semaine, et je vais te couper les cheveux. Arrête d'être aussi trouillard. Je suis une des meilleures visagistes de la ville.

Kingsley soupira et secoua la tête.

— Steele avait raison. Tu es une source de problèmes.

— Il me laisse lui couper les cheveux, lui.

— Oui, et il te laisse aussi cracher du feu quand tu es soûle. Tu parles d'un exemple à suivre !

Elle lui lança un regard boudeur.

— *Mon Dieu*, pas de moue avec moi. Je suis incapable de résister à une belle femme qui boude. Il va falloir que je te donne la fessée et que je te laisse me couper les cheveux.

— Pour la fessée, on verra plus tard ! lança-t-elle d'une voix joyeuse. La coupe de cheveux d'abord. On va faire ça dans ta salle de bains. Tout de suite !

Elle enfila son peignoir et courut jusqu'à sa chambre. Elle rassembla tous les instruments dont elle avait besoin et les apporta dans la chambre de Kingsley. Il l'attendait dans la salle de bains, l'air aussi pathétique qu'un enfant qui venait de perdre son ours en peluche.

— A la douche, ordonna-t-elle.

— Seulement si tu te joins à moi.

Avec un petit soupir amusé, elle ôta son peignoir une fois encore. Elle avait probablement passé autant de temps nue qu'habillée depuis qu'elle vivait ici ! Il retira sa chemise et son pantalon et entra dans la vaste douche à vapeur. Elle le suivit. La cabine de verre était si pleine de buée qu'elle pouvait à peine distinguer Kingsley une fois à l'intérieur, et elle rit lorsqu'il l'attrapa et l'attira à elle. Il l'embrassa sous l'eau ruisselante, la souleva, la plaqua contre le mur recouvert de mosaïques et la pénétra.

Elle enroula ses bras et ses jambes autour de lui et poussa ses hanches contre les siennes. Elle aimait qu'il soit aussi fort, qu'il puisse la soulever comme si elle était aussi légère qu'une plume et la prendre aussi facilement.

Il progressait en elle alors que l'eau coulait sur leurs corps enlacés, et, bientôt, elle fut emportée par un orgasme divin. Dire qu'au départ, elle avait juste eu dans l'idée qu'il se mouille les cheveux afin qu'elle puisse les lui couper… Tandis que les vapeurs de la jouissance se dissipaient, elle ne put retenir un sourire. Kingsley était vraiment son client préféré, et de loin !

Il la reposa sur le sol et la fit se retourner, avant de s'introduire en elle par-derrière. Reposant son visage contre le mur, elle se détendit dans la chaleur de la cabine pendant qu'il s'enfonçait profondément en elle, et jouit une nouvelle fois. Il se retira, et elle se retourna vers lui.

— A genoux.

— Charlie, tu es le diable en personne.

Mais il se laissa glisser au sol. Cette position n'avait pas l'air de le déranger. Elle emplit sa paume de shampoing et entreprit de lui laver les cheveux. Comme elle finissait de lui rincer les cheveux, il se mit à l'embrasser sur le ventre et les hanches.

— Bas les pattes ! Hors de question que tu me fasses l'amour jusqu'à ce que j'en oublie ce que je suis venue faire. Debout. Sors de là.

Il obtempéra, et elle le suivit. Elle attrapa une serviette pour se sécher puis revêtit de nouveau son peignoir, tandis que Kingsley enfilait son pantalon, sans même s'être essuyé. Bon sang, il était encore plus sexy mouillé que sec. Se précipitant dans la chambre, elle trouva une chaise qui était pile à la bonne hauteur. Elle l'apporta dans la salle de bains, l'installa au milieu de la pièce, et la pointa du doigt.

Il y prit place avec une réticence évidente.

— Je crois que je préférerais encore retourner à *la légion* pour me reprendre des coups de fusil.

— Si tu continues à te comporter comme un gros bébé, c'est moi qui vais te tirer dessus. C'est bien la première fois que je rencontre un homme aussi amoureux de ses cheveux !

— C'est moi tout entier que j'adore. Comment ne pas adorer un pervers comme moi ?

— Tu seras un pervers très sexy une fois que j'en aurai fini avec toi. Mais maintenant, arrête de bouger.

Elle le peigna et étudia ses cheveux. Il n'y avait pas besoin d'être un expert pour voir que ça faisait un moment qu'il n'avait pas rendu visite à son coiffeur français. Elle décida de lui couper les cheveux assez court derrière mais de laisser le haut de la tête bouclé, afin de conserver ce style délibérément ébouriffé qui lui allait si bien.

Il eut un mouvement de recul lorsqu'elle approcha ses ciseaux.

— Gros bébé, répéta-t-elle.

— Plus tu te moques de moi, plus tu le paieras cher demain.

— Tes punitions sont la chose la plus amusante qui me soit arrivée depuis des années. Il va falloir trouver une menace plus effrayante que ça.

— Tu as des suggestions ?

Elle se mit à y réfléchir pendant qu'elle coupait la première mèche de cheveux, qui tomba comme une petite touffe humide sur le sol.

— Je suppose que tu pourrais me mettre dehors avant la date prévue.

Elle vit le visage de Kingsley se métamorphoser dans le miroir. Le masque du pervers joueur disparut momentanément.

— Je ne vais pas te mettre dehors, Charlie. C'était un arrangement professionnel, tu te souviens ? Tu es là pour apprendre, puis pour rencontrer mon client.

Elle continuait à lui couper des mèches de cheveux.

— Je sais. Ne va pas croire que je me plains. Je

suis en train de vivre les meilleurs moments de ma vie. C'est juste que… tu vas me manquer, tu vois.

— Je t'avais bien dit que tu tomberais amoureuse de moi si je retirais mes vêtements.

— Pas la peine d'être aussi prétentieux, je ne suis pas amoureuse de toi. C'est juste que tu me plais. Beaucoup.

— Tu sais, si ça se trouve, mon client va te plaire encore plus que moi je te plais.

— Il est aussi arrogant que toi ?

— Un tout petit peu moins.

— Alors ça m'étonnerait.

Kingsley rit, et elle continua son travail en silence. Une fois l'arrière de la tête terminée, elle s'attaqua à la partie avant. Elle l'empêchait de se voir dans le miroir, alors qu'elle sculptait le haut et les côtés de sa luxuriante chevelure brune. Il n'avait que quelques cheveux gris, et pas le moindre signe de calvitie. C'était injuste, songea-t-elle avec un sourire. En plus du gène de l'arrogance, il avait aussi celui des beaux cheveux !

Enfin, elle posa les ciseaux et passa ses mains dans ses cheveux encore et encore, les ébouriffant ici et là. Elle prit une petite dose de sérum, qu'elle appliqua le long de ses boucles.

— Parfait, déclara-t-elle en se mettant sur le côté.

A la fois inquiète et excitée, elle le vit s'étudier dans le miroir.

— Mon Dieu, je suis encore plus beau que ce que je croyais !

Elle lui donna une tape sur les fesses, et il la prit dans ses bras. C'était une excellente coupe de cheveux. Il paraissait plus jeune et encore plus espiègle. En fait, il avait l'air français. *Très* français, même.

— Tu as eu ta vengeance. Tu as gagné et tu as pu jouer à la coiffeuse.

— A la styliste, corrigea-t-elle. Si je te supplie, est-ce que je peux faire autre chose ce soir que tu ne me laisses jamais faire ?

— Supplie toujours, on verra bien si je suis d'humeur généreuse.

— Est-ce que je peux dormir avec toi dans ton lit cette nuit ?

Kingsley soupira et l'embrassa sur le front.

— Charlie, même si j'adore te faire mal, je dois avouer que, en vrai, ça me plaît pas du tout de te faire du mal.

Elle encaissa le coup.

— D'accord. J'aurais essayé…

— Tu peux rester avec moi cette nuit, et toutes les nuits jusqu'à ton départ, dit-il.

Elle lui décocha un large sourire.

— Vraiment ?

— *Oui*. Maintenant, déshabille-toi et va dans mon lit. Il faut que je te punisse pour toute cette insubordination.

— Oui, monsieur.

Elle courut jusqu'au lit. Kingsley l'y rejoignit immédiatement et roula au-dessus d'elle.

— Avoue-le, dit-elle alors qu'il écartait le peignoir et embrassait ses seins. Moi aussi, je te plais.

— C'est vrai. C'est dur de trouver un bon coiffeur.

Pour son dernier jour Chez Kingsley, Charlotte se réveilla seule dans le grand lit rouge. C'était étonnant qu'il se soit levé si tôt, car ils étaient restés debout et avaient fait l'amour jusque tard dans la nuit.

Seule et fatiguée, elle prit une douche dans la salle de bains de Kingsley et s'habilla. Puis, la mort dans l'âme, elle regagna sa propre chambre et commença à rassembler ses affaires. Un pressentiment lui disait qu'elle serait de retour dans son appartement le lendemain…

Elle avait promis à Kingsley de faire preuve d'ouverture d'esprit avec son client, qu'elle devait rencontrer ce soir-là. Il lui avait donné très peu d'informations à son sujet. Tout ce qu'elle savait, comme le lui avait indiqué Kingsley, c'était qu'il était « pas désagréable à regarder », « riche » et « à la recherche d'une relation plus profonde que celles qu'il avait connues précédemment ». Elle ignorait si elle pourrait établir une relation avec ce type quand son cœur se serrait à l'idée de laisser Kingsley derrière elle. Elle avait l'habitude de faire ce que lui ordonnait Kingsley, désormais. Mais elle avait promis. Alors elle le rencontrerait, et elle lui donnerait une chance. Puis elle retournerait à son ancienne vie.

Au moins, elle repartirait avec d'excellents souvenirs.

A 19 heures ce soir-là, Kingsley se présenta à sa porte. Son trop beau visage était empreint d'une expression sombre, et elle sentit son cœur se serrer. Ils s'embrassèrent en silence, jusqu'à ce qu'il s'écarte.

— C'est l'heure, dit-il dans un murmure.

Il lui offrit le bras, et l'escorta jusqu'à la Rolls-Royce. Elle pleura sur son épaule pendant le trajet qui la conduisait au restaurant où le client de Kingsley attendait.

La Rolls s'arrêta en face du restaurant et se gara. Charlotte essuya ses larmes et sourit tristement à Kingsley.

— C'est uniquement pour toi que je fais ça, dit-elle.

— Je sais, *chérie*. Mais laisse-lui une chance. Je pense que tu es exactement ce qu'il recherche.

— D'accord. Mais je te vois dans six semaines, non ?

Il haussa les sourcils.

— Pour ta prochaine coupe de cheveux, lui rappela-t-elle.

Il sourit.

— *Bien sûr.*

Elle prit une grande inspiration, puis elle sortit de la voiture et pénétra dans le restaurant. Ancien et élégant, l'endroit empestait l'argent, et elle ne se sentit absolument pas à sa place. Elle donna son nom au maître d'hôtel, qui l'accompagna jusqu'à une alcôve privée dans un coin du restaurant. Elle n'avait aucune envie de manger. Elle n'avait même pas envie de boire. Elle voulait juste fuir cet endroit et retourner directement dans les bras de…

Alors qu'elle fixait le sol d'un air morose, elle vit son visage se refléter dans une paire de bottes d'équitation polies comme des miroirs.

Charlotte leva les yeux et sourit, le cœur soudain léger. Le mystérieux « client » de Kingsley se tenait devant elle.

— *Bonjour, monsieur.*

MEGAN HART

Et bien plus si affinités

éditions HARLEQUIN

Titre original :
INDECENT EXPERIMENT

Traduction française de ALBA NERI

83-85, boulevard Vincent-Auriol, 75646 PARIS CEDEX 13.
Service Lectrices — Tél. : 01 45 82 47 47
www.harlequin.fr

Mille dollars ! C'était beaucoup d'argent, se dit Melissa Standish. Pour elle, c'était carrément une petite fortune. Elle relut encore une fois l'annonce. Depuis ce matin, elle s'était arrêtée plusieurs fois devant le panneau d'affichage, et chaque fois elle avait passé quelques minutes à imaginer ce qu'une telle somme pouvait signifier pour ses finances.

Elle n'avait besoin ni de nouvelles chaussures ni de vêtements de marque. Elle ne rêvait même pas de voyages, même si elle en aurait eu fort besoin après vingt ans non-stop sur les bancs de l'école. Non, cet argent, elle le voulait pour des choses bien plus terre à terre, et surtout bien plus urgentes.

Elle avait besoin de payer le loyer et les factures, de remplir son Frigidaire. Il ne lui restait plus que deux mois à tenir, jusqu'à la fin du trimestre. Ensuite, elle commencerait son stage rémunéré chez Triple Smith & Brown. Elle avait déjà payé la caution pour un appartement, acheté le billet d'avion et engagé les services d'une société de déménagement. C'était un soulagement de savoir que, dans deux mois, elle aurait un revenu hebdomadaire assuré, et mieux encore, un poste à long terme en puissance.

Mais jusque-là, ces mille dollars pouvaient lui sauver la vie.

Elle avait fait des trucs fous pour de l'argent, auparavant. Vendre son plasma, par exemple, ce qui l'avait rendue si malade qu'elle avait décidé que ça n'en valait pas la peine. Elle avait travaillé comme serveuse. Livré des ballons de baudruche en dansant des claquettes déguisée en gorille. Aucun de ces jobs ne lui avait apporté aussi rapidement une somme si coquette.

Le *hic* ? C'était une « EXPÉRIENCE POUR LE DÉPARTEMENT DE PSYCHO », comme le criaient les grandes lettres rouges sur l'annonce. Ce qui pouvait vouloir dire tout et n'importe quoi.

Elle avait participé une fois à une étude au cours de laquelle elle avait dû regarder des films pornos branchée à un détecteur de mensonges et expliquer si les images l'excitaient ou pas. Cela lui avait valu quelque deux cents dollars pour seulement quelques heures de son temps. Une autre fois elle avait fait partie d'un essai clinique pour un nouveau médicament qui lui avait provoqué une irritation cutanée, et, bien qu'elle ait passé deux jours à se gratter, le dédommagement valait bien le désagrément. D'un autre côté, elle avait reçu moins de cent dollars pour tester pendant une semaine l'efficacité d'un déodorant contre la transpiration excessive, dont l'odeur était nauséabonde.

L'un dans l'autre, depuis quatre ans, elle encaissait pas mal de chèques du département de psycho de l'université de Winchester sans avoir jusque-là vécu de mauvaises expériences. Toutefois, on ne l'avait jamais payée plus de trois cents dollars en une seule fois.

Là, ils en offraient un millier.

Le chiffre, un charmant et svelte un suivi de trois zéros bien ronds, l'attirait irrésistiblement. Mais, si elle continuait à tergiverser devant le panneau, elle allait arriver en retard, et M. Spane n'avait aucune pitié avec les étudiants retardataires. Alors, même si, en principe, il ne pouvait pas la recaler pour un retard, elle ne pouvait pas courir le risque.

Elle détacha l'un des bouts de papier prédécoupés sur le côté de l'annonce avec le numéro de téléphone et le rangea dans son portefeuille. Pour mille dollars, elle serait capable de faire presque n'importe quoi.

Carrément n'importe quoi.

Matt Ingram vérifia de nouveau la facturette que le guichet automatique venait de délivrer.

Aïe.

Comment pouvait-il ne pas avoir assez de crédit ? Ce n'était pas possible, il n'avait pas pu dépenser autant d'argent depuis la dernière fois qu'il avait consulté son compte, quinze jours plus tôt. La machine, évidemment, n'indiquait pas où se trouvait l'erreur, et tout ce qu'il savait, c'était qu'il ne pourrait pas retirer les quarante dollars dont il avait besoin pour une soirée avec ses potes. L'argent avait disparu, parti peut-être dans une dimension parallèle, un autre univers plus clément où il n'était pas fauché.

— Eh merde, grommela-t-il, l'estomac noué.

Pas de sortie avec les amis, pas de bière, pas de poulet frit. Autant rentrer réviser, se dit-il. Mais encore une soirée à bûcher, et il allait envisager sérieusement de se jeter d'un pont.

— Salut mec ! lui lança Damien avec une tape bien sentie sur l'épaule. Tu sors avec nous ce soir, non ? Passer un peu de temps avec tes frères ?

Damien faisait partie de la fraternité Sig Epsilon que Matt avait rejointe en arrivant sur le campus. A l'époque, il avait cru que c'était la meilleure chose qui lui soit arrivée, et même aujourd'hui, il trouvait un certain plaisir à y assister à des fêtes quand l'envie lui prenait. Mais, au fond de lui, il sentait que sa période d'étudiant potache était révolue, contrairement à Damien qui vivait et respirait pour l'esprit de la fraternité alors que huit années s'étaient écoulées depuis leur année de « bleus » où ils avaient subi le bizutage traditionnel consistant à nettoyer des toilettes immondes et à accomplir d'autres corvées du même acabit.

Matt froissa la facturette dans son poing. Damien, lui, avait un compte en banque bien fourni grâce au fonds d'études ouvert par papa et maman lorsqu'il était encore bébé, sans parler de l'argent qu'il gagnait pendant les vacances en travaillant dans l'entreprise de son père, et il était sans doute prêt à lui payer une pinte et une assiette de poulet. Ce ne serait pas la première fois. En même temps, Matt ne voulait pas se sentir encore plus redevable envers lui, même s'ils étaient « frères ».

— Je ne peux pas, mec. Gros exam en vue.

Il n'avait même pas à feindre, sa déception était authentique. Il avait attendu toute la semaine la sortie de ce soir, il avait vraiment besoin de se distraire, regarder le match… se détendre, quoi.

— Mais il faut prendre un peu de bon temps, mon pote ! Sérieux. C'est l'année du diplôme et il faut se défoncer, mais franchement.

— Oui, je sais…

Matt était le premier à regretter de ne pas pouvoir sortir ce soir-là, mais il préférait faire croire qu'il devait bosser plutôt que lui avouer qu'il était fauché de chez fauché.

— Bon, tant pis. Mais tu viens à Cancun pour les vacances de printemps, hein ? C'est ta dernière chance !

Matt n'était jamais parti, ni à Cancun ni ailleurs, pour le « spring break », cette semaine de débauche autour de Pâques devenue une tradition parmi les étudiants. Depuis huit ans, il passait ses vacances à travailler dans une usine. D'ailleurs, sa plus grande motivation pour mener à bien ses études, c'était d'échapper à une vie d'ouvrier dans cette usine, ou une autre semblable.

— J'aimerais bien, mais…

— Pas d'excuses, mec. On a un superdeal, huit cents dollars par tête de pipe pour le vol et le séjour dans un hôtel « tout inclus ». Tu vois ce que je veux dire, hein ? Bouffe et alcool à volonté. Plus les nanas, mec. Les nanas.

Damian arborait une expression extatique semblable à celle d'un saint homme qui approche de la grotte de Lourdes, sauf que lui, au lieu de joindre les mains pour prier, il avait accompagné ses mots d'une ondulation des mains qui suggérait une silhouette féminine toute en courbes. Une fille affublée d'un tel volume au niveau de la poitrine et des hanches aurait du mal à marcher, songea Matt sans pour autant rester insensible à l'argument.

— Je sais que j'avais juré que je venais, dit-il, mais c'était avant les vacances de Noël, je pensais qu'on me ferait bosser plus.

Les temps étaient durs et l'usine ne lui avait pas proposé autant de travail qu'escompté, et le reste du temps, il l'avait passé devant la télévision sur le canapé de ses parents.

— Mec, on t'a gardé ta place. Il me faut le fric avant la fin du mois, ou c'est pour quelqu'un d'autre. Mais franchement, tu ne veux pas rater ça, hein ?

Damien lui tapa encore sur l'épaule, cette fois-ci, avec une pression amicale des doigts. Il semblait tenir vraiment à sa présence.

— T'as raison.

Matt hocha la tête, soudain remplie d'images de sable, de soleil, et de cocktails et… de nanas. Il rêva d'une semaine d'éclate et de fête, la dernière de ce genre qu'il aurait l'occasion de vivre avant son passage au « monde réel », même si celui dans lequel il vivait depuis toujours n'avait rien d'un pays de merveilles.

— T'inquiète, mec, dit-il. Tu auras le fric, juré promis.

Il allait le trouver, l'argent. Coûte que coûte.

— Melissa ! Ravie de te voir !

Melissa ferma la porte de la petite salle où avaient lieu les entretiens et répondit avec un sourire à l'accueil chaleureux d'Ada.

— Installe-toi, dit celle-ci. Randy arrive tout de suite. Qu'est-ce que tu veux boire ?

— Ça fait partie de l'expérience ? demanda Melissa.

— Non, ne t'inquiète pas ! Ce n'est pas une étude sur les conséquences de l'addiction à la caféine dans la gestion du stress ni rien dans ce genre. Pas cette fois-ci, en tout cas.

— Dans ce cas, je veux bien un Coca aux frais du département, répondit-elle en s'installant sur la chaise, dure et inconfortable comme toutes les chaises de toutes les universités du monde entier.

— Coca, alors. Tiens, Randy, tu tombes à pic. Prends un Coca pour Melissa, s'il te plaît.

— Bien sûr, répondit son camarade.

Il revint un instant plus tard avec la boisson.

— Comment ça va, Melissa ? dit-il en lui tendant la canette. Tu vas bien ?

L'échange de politesses en resta là. Randy et Ada étaient des étudiants-chercheurs typiques et donc obsédés par leurs études, et, bien que leurs aptitudes sociales soient un peu meilleures que celles de leurs pairs, ils n'étaient pas du genre à perdre leur temps à bavarder. Deux minutes plus tard, Melissa avait dans les mains le dossier type qu'on devait toujours remplir avant de participer à ce genre d'expériences. Informations médicales, formulaire de décharge de responsabilité, coordonnées bancaires… Mais, aussi, un formulaire complètement inattendu.

— Ah. Hum. Quand même, dit-elle en survolant les questions.

C'était, de loin, le questionnaire le plus long qu'elle ait eu à remplir, dix pages, au lieu des trois habituelles. C'était aussi le plus… indiscret.

— Tu ne savais pas de quoi il retournait ? demanda Randy.

Elle haussa les épaules.

— Quand j'ai appelé pour prendre rendez-vous, on ne m'a rien dit et je n'ai rien demandé, parce je vous connaissais bien… Et j'ai besoin de l'argent.

Ils se regardèrent, et Ada se redressa, puis, d'un ton sérieux :

— Melissa, si on t'a choisie, toi, parmi les candidats, et crois-moi, vous étiez bien plus nombreux que d'habitude, c'est parce que tu avais déjà travaillé avec nous.

Melissa hocha la tête tout en passant les questions en revue : nombre de partenaires sexuels, fréquence des rapports en ce moment, méthode de contraception, plus une demande de détails très précis sur des éventuelles MST dans le passé ou le présent…

— Oui, je me doutais bien, mais… Ceci est…

Randy toussota.

— Ce n'est pas tout à fait dans le même esprit que lorsqu'on t'a testée avec les films pornos, bien que l'expérience s'inscrive dans les recherches qui nourrissent notre future thèse. Cette fois-ci, Ada et moi nous voulons étudier les composants de l'attirance sexuelle et les réactions concomitantes. L'envie d'avoir des relations sexuelles avec quelqu'un a-t-elle une origine physique, psychique ou spirituelle ? Ou bien une combinaison de plusieurs facteurs ?

Melissa n'avait que faire du but final des tests, tout ce dont elle avait besoin, c'était de l'argent pour payer le loyer. Mais plus elle avançait dans la lecture du texte, plus son malaise augmentait.

— Vous voulez savoir quel est mon type d'homme ? Ses caractéristiques physiques, sa personnalité et ce genre de choses ? Mon attitude envers les aventures d'une nuit ?

Elle marqua une pause.

— Est-ce que l'expérience va au-delà de ce questionnaire ?

Les deux chercheurs hochèrent la tête, et elle décida de poser la question qui venait de lui traverser l'esprit, aussi loufoque soit-elle.

— Vous voulez que je couche avec quelqu'un pour votre test ?

Randy sourit.

— Ce que nous avons mis en place, c'est une série de rencontres intimes dans lesquelles nous voudrions que vous vous engagiez, toi et l'autre participant. On vous fournira le cadre pour ces rencontres, ainsi que des contraintes temporelles et des instructions pour que vous rapportiez de façon précise votre expérience.

Melissa n'en revenait pas.

— Vous voulez que je couche avec quelqu'un !

— Ce que nous essayons de déterminer, expliqua Ada, joues rouges, yeux brillants, c'est l'effet de certaines qualités prédéterminées et de l'anticipation sur l'attirance sexuelle. Et les réponses à cette attirance.

— En d'autres mots, continua Randy, tout excité, nous voulons t'associer à quelqu'un en fonction de tes informations et voir combien de temps s'écoule avant que vous passiez à l'acte.

Elle éclata de rire. Sauf que Randy et Ada la regardaient, et se regardaient, avec le sourire poli et un rien impatient de ceux qui attendent une réponse.

— Attendez, vous êtes sérieux ? demanda-t-elle.

Ils l'étaient ! Elle s'arrêta de rire, certaine qu'ils allaient lui dire qu'elle venait de passer la première partie de l'expérience, quelle qu'elle soit.

Mais, en voyant qu'ils se contentaient de la fixer au lieu de prendre des notes, elle voulut s'assurer qu'elle avait bien compris ce qui se passait.

— Vous allez me payer mille dollars pour que j'accepte de rencontrer quelqu'un et de coucher avec.

— Le choix final t'appartient, bien sûr, dit Ada. Evidemment, nous ne pouvons pas te payer pour que tu couches avec qui que ce soit, ce serait illégal. Nous te payons juste pour que tu t'engages dans, hum, une série d'échanges spécifiques voués, dans un temps donné, à inciter une réponse sexuelle.

— Et si une fois que j'ai rencontré le mec, je n'ai pas envie de coucher avec lui, qu'est-ce qui se passe ?

L'idée de coucher avec un inconnu sexy choisi pour coller à ses spécifications ne la repoussait pas tant que ça. Après tout, il lui était arrivé de sortir avec des garçons dans l'espoir que leur beauté intérieure compense le manque d'intérêt de leur façade. Et lors de périodes de disette, elle avait même envisagé de passer la nuit avec un ou deux d'entre eux.

— Ce que nous attendons de toi, expliqua Randy, c'est que tu consignes les sentiments et les émotions impliqués dans ta prise de décision, que ce soit de coucher avec lui ou pas. On attend la même chose de lui, car lui aussi doit décider s'il en a envie ou pas et expliquer le processus émotionnel qui l'a mené à prendre sa décision, qu'elle soit positive ou négative.

Melissa hocha la tête, de plus en plus perplexe. Randy avait rougi comme une pivoine, à l'évidence gêné de suggérer qu'un homme pourrait ne pas vouloir d'elle. D'après ses propres observations, elle était persuadée que la plupart des garçons de son âge étaient capables de coucher même avec un troll. Et elle était loin d'être un troll. Elle ne gagnerait peut-être pas un concours de beauté, mais cela ne lui donnait aucun complexe, car elle n'était pas non plus du genre à participer à ce genre de concours.

— Et combien de temps dure l'expérience ?

— Cinq soirées, expliqua Ada. Tu commencerais lundi en huit, ce qui te donne le temps de remplir le dossier et de mettre à jour ton histoire médicale. Ça se passe ici, au laboratoire, entre 18 et 22 heures. Pour être payée, il faudra que tu sois venue les cinq soirées et que tu aies dûment rempli les rapports, que tu devras nous rendre chaque jour avant midi. Bien sûr, ce qui se passera pendant l'expérience, dépend strictement de toi. Je veux dire, nous ne pouvons pas t'obliger, hum…

— Ce que nous cherchons à savoir, c'est le temps que vous mettrez à décider si vous voulez vous éclater comme des bêtes, expliqua Randy, plus terre à terre.

Melissa lut en vitesse la liste. Cinq séances avec des niveaux croissants d'« intimité ». Une fois, elle avait couché avec un homme qu'elle ne connaissait que depuis deux heures. Elle se demanda ce qu'elle aurait envie de faire après avoir passé vingt heures avec l'autre cobaye.

— Et si, à la fin, nous ne couchons pas ensemble ? demanda Melissa.

C'était une question qui avait son importance, il était hors de question qu'elle s'engage à faire tout cela s'il y avait le moindre risque qu'à la fin on ne la paye pas parce qu'elle avait refusé qu'un inconnu introduise son sexe dans le sien.

— Tant que tu auras été présente à toutes les séances et que tu auras rempli correctement les comptes rendus, tu seras payée.

— Et si c'est lui qui se dédit ? insista-t-elle pour essayer de couvrir toutes les éventualités.

— Tu serais payée aussi, tant que tu remplis ta mission, la rassura Randy.

Melissa fixa les documents, songea à l'état de ses finances et à ces mille dollars qui lui permettraient de souffler et de foncer sur la dernière ligne droite de ses études. En échange de quoi, finalement ? De prendre le risque qu'un type inconnu veuille coucher avec elle tout en sachant qu'elle pouvait toujours l'envoyer sur les roses si elle le décidait. Autant dire, le même qu'elle prenait chaque fois qu'elle sortait.

— Je vais le faire, annonça-t-elle en se mettant à écrire sur-le-champ.

*
* *

« *Couleur de cheveux préférée* » ? Facile : blonds. « *Taille de soutien-gorge* » ? Matt s'arrêta. Allait-il avoir le courage d'admettre qu'il fantasmait sur les 95D ? Ou allait-il jouer le chic garçon qui ne s'arrêtait pas à ce genre de détail ? Que diable… Il nota 95C pour ne pas passer pour un obsédé des gros seins. Poids, hauteur, hobbies. Il avait l'impression d'être l'un des héros d'*Une créature de rêve*, ce film où deux étudiants empotés cherchent à créer la femme parfaite à partir des photos de magazines, mais, tant qu'à faire, pourquoi pas ? Puisqu'on lui demandait ce qu'il voulait, il allait demander la totale.

Quelle importance accordez-vous au sens de l'humour ?

Il réfléchit. Randy et Ada l'avaient laissé seul pour remplir la paperasse, mais il n'arrivait pas à se défaire de l'impression qu'on le contrôlait. Même s'il ne connaissait pas grand-chose aux expériences psy, il préférait agir comme si on le surveillait de près tant qu'on ne lui avait pas prouvé le contraire. « Très important », écrivit-il.

La question suivante le fit rire, cependant.

Si vous rencontrez une femme évidemment intelligente et avec un grand sens de l'humour mais que son aspect physique ne correspond pas à vos attentes, lui demanderiez-vous tout de même de sortir avec vous ?

« Non. »

On lui avait demandé d'être sincère, non ? Et il ne voulait pas fausser les résultats.

Si lors d'un rendez-vous avec une femme, par exemple au cours d'une rencontre arrangée, cette femme, bien que dotée des traits de personnalité que vous recherchez chez une compagne potentielle a un physique qui diffère de vos critères, coucheriez-vous avec elle si l'occasion se présente ?

« Oui. »

Il hésita tout de même en pensant aux blagues dans la veine « lendemains qui déchantent », mais le fait était qu'il avait déjà dormi avec des filles pas trop belles tout simplement parce que l'envie de coucher avait pris le dessus sur tout le reste. Il ne l'avait pas fait depuis un bon bout de temps, mais il l'avait fait, et il était certain qu'il le referait si les circonstances le permettaient.

Répondre au questionnaire lui avait demandé quarante-cinq minutes et une activité intellectuelle aussi intense qu'un examen final. On lui avait expliqué ce que l'expérience entraînait, en insistant lourdement sur le fait qu'il n'était pas obligé de coucher avec l'autre personne s'il n'en avait pas envie mais qu'il devrait passer cinq soirées avec une nana choisie en fonction de ses réponses pour percevoir les mille dollars. Il voulait être certain qu'il avait fourni tous les renseignements nécessaires pour qu'on lui propose quelqu'un de bien.

Cependant, vingt-quatre heures plus tard, alors qu'il prenait une douche avant de sortir avec les « frères », une idée effrayante lui traversa l'esprit. Il se figea, les mains dans les cheveux pleins de mousse. Et si la fille ne lui plaisait pas *du tout* ? Il avait pourtant signé pour aller jusqu'au bout de ce qui pouvait s'avérer le pire rendez-vous à l'aveuglette de tous les temps…

Il y pensait encore en arrivant au bar où se trouvait Damian avec une bande de « frères », la plupart plus jeunes que lui, tous ou presque à moitié ivres et aux hormones plus révoltées que le peuple de Paris en juillet 1789. Ils encerclaient un groupe de jolies filles d'une sororité, toutes en débardeurs minuscules et aux sourires étincelants.

— Frérot, le salua Damian. Content que tu aies pu te libérer. C'est sage : l'abus de travail est dangereux pour ta santé.

— Je sais, dit Matt en prenant une bouteille de bière dans le seau qui se trouvait au centre de la table. Le prochain seau, c'est moi qui l'offre.

Et c'était ainsi que la soirée avait commencé. Comment elle risquait de se finir, c'était une autre paire de manches. Damian avait jeté son dévolu sur une blonde au visage doux, une — très — forte poitrine et les cheveux plus brillants que l'intellect, si bien que Matt s'était trouvé à jouer les faire-valoir pour la copine de la blonde, une fille plutôt quelconque.

Au moins, songea-t-il, elle ne semblait pas s'intéresser à lui. C'était déjà ça. Ils burent une paire de bières en regardant l'émission de téléréalité qui passait à l'écran pour combler les vides dans la conversation pendant que Damian avançait à vitesse grand V dans sa mission de séduction de la blonde pompette, et si Matt ne le jugeait pas, il ne put s'empêcher de se demander où était l'intérêt de fourrer sa langue dans la gorge de quelqu'un au bout de vingt minutes.

Et en même temps, n'était-ce pas en gros à cela qu'il s'était engagé dans l'après-midi ?

Il s'ennuyait ferme. Il aurait pu essayer de lier une conversation avec l'amie de la blonde, mais elle risquait d'en déduire qu'il essayait de la draguer, ce qui n'était pas le cas, donc il se contenta de siroter bière sur bière et de manger quelques nachos. Devant eux, Damian jouait avec les cheveux peroxydés de sa conquête.

— Je parie dix dollars qu'ils vont rentrer ensemble, dit la jeune femme en montrant sa copine qui se trémoussait contre Damian. Quoique, c'est si évident que personne ne voudra parier contre moi.

Il lui lança un sourire, mais elle s'était déjà levée après avoir laissé de l'argent sur la table pour payer ses consommations. Elle lui accorda un hochement de tête poli et s'approcha pour dire quelque chose à sa copine, qui, en gros, l'ignora.

Quand il eut fini sa bière, il décida qu'il était temps de partir lui aussi. S'il se couchait trop tard, il risquait de s'endormir au cours de la première séance de l'expérience.

Et il ne voulait pas rater sa chance de gagner mille dollars.

Melissa avait relu la liste tellement de fois, elle avait plié et déplié la feuille tellement de fois, que l'encre avait blanchi le long des plis. Elle était si anxieuse que certains mots étaient même devenus flous à cause de ses mains moites. Pas terrible, les mains moites, songea-t-elle, quand on s'était engagée à se tenir par la main avec un inconnu pendant quatre heures.

Quelle était la pire chose qui pouvait arriver ? se demanda-t-elle en se regardant une dernière fois dans le miroir des toilettes avant de se diriger vers le laboratoire pour son premier rendez-vous avec son… Comment l'appeler ? Partenaire ? Futur amant ? Elle frémit à cette idée, qui, en même temps, ne lui déplaisait pas complètement.

Elle savait qu'Ada et Randy ne se trouveraient pas là pour faire les présentations, et que l'expérience débuterait de façon officielle dès qu'elle rencontrerait l'inconnu. En tête à tête. A partir de là, on ne leur donnerait plus aucune information supplémentaire, et tout ce qu'elle savait, c'était qu'ils ne devaient pas se retrouver hors du laboratoire et qu'ils étaient censés s'ignorer si par hasard ils se croisaient sur le campus. Elle ne pouvait pas imaginer quelque chose de plus bizarre que faire semblant de ne pas connaître quelqu'un dont elle avait — potentiellement — rencontré les amygdales au cours d'une de ces étranges séances. Elle se ravisa, cependant. Ce serait encore plus étrange que d'essayer de parler de la pluie et du beau temps comme si de rien n'était.

Elle arriva en premier. Tant mieux. Comme ça, elle aurait le temps de reconnaître le terrain, de se mettre à l'aise et, du moins symboliquement, de prendre possession du territoire. Un angle de la pièce était occupé par un grand lit, arrangé avec un joli jeté et des coussins assortis. Elle ne sut qu'en penser. C'était… pratique ? Prévisible ? Grotesque ? Elle sentit ses joues en feu et se gronda, en se trouvant bête. Ce n'était qu'un lit, après tout.

Il y avait aussi un canapé à l'air confortable sur un tapis moelleux, flanqué de deux petites tables avec une lampe sur chacune d'elles. Au départ, elle se demanda à quoi rimaient ces lampes jumelles étant donné que le néon du plafonnier éclairait la pièce comme si c'était un bloc opératoire. Mais très vite, elle comprit.

C'était pour procurer une lumière d'ambiance.

Tout à coup, la situation lui parut dingue, mais au lieu de prendre ses jambes à son cou, comme le lui criait son bon sens, elle prit une grande inspiration, se recoiffa avec les doigts et lissa ses vêtements. Avait-elle eu raison de mettre une jupe ? Elle s'était habillée avec soin mais de façon simple en prenant soin de ne rien porter de trop court ni cintré ni serré.

Seigneur, tout ça c'était…

La porte s'ouvrit et un homme entra.

La première chose qu'elle remarqua ce furent les épaules, plutôt larges, et ensuite, les yeux, qui étaient peut-être verts ou noisette, mais pas bleu intense, sa couleur de préférence, celle qu'elle avait inscrite dans le formulaire. Il n'avait pas non plus les cheveux bruns et un peu longs, mais châtains et en brosse. Cela dit, la coupe allait bien avec son visage, qui, bien qu'agréable, n'était pas le genre qu'elle aurait utilisé comme fond d'écran pour son ordinateur. Ce n'était pas non plus un visage qu'on aurait pu trouver sur la couverture d'un magazine de mode.

En revanche, c'était un visage qu'elle avait déjà vu quelque part… Elle mit quelques secondes à se rappeler où exactement. Au bar, la veille ! C'était l'ami du type que Gina avait dragué. Ils n'avaient même pas réussi à lier une véritable conversation, leur échange s'était limité à quelques phrases banales de pure politesse. Et c'était ce type-là qu'on avait choisi pour elle ?

Galère.

Il semblait aussi surpris qu'elle de la retrouver, ce qui ne l'empêcha pas de la regarder de la tête aux pieds de façon effrontée. Elle rougit, mais, ne voulant pas perdre la face, elle carra le menton et croisa les bras. Elle non plus n'était pas du genre à faire la une des magazines. Et alors ? Il allait s'enfuir ?

— Salut, je suis Matt.

Elle serra sa main avec une fermeté qu'elle trouva elle-même excessive.

— Melissa.

Ils se regardèrent quelques secondes en chiens de faïence. Et dire qu'elle avait souhaité rencontrer quelqu'un « ayant une conversation intéressante ». S'il était plus grand qu'elle, il mesurait tout au plus un mètre soixante-dix-huit alors qu'elle approchait le mètre soixante-quinze… En tout cas, il ne la dépassait pas de dix ou quinze centimètres comme elle l'aurait souhaité.

Bref, pour l'instant, il ne présentait aucune des caractéristiques qu'elle avait consignées dans ses préférences. A croire qu'Ada et Randy avaient fait exprès…

— Nous nous sommes rencontrés, non ? dit-elle pour lancer la conversation. Hier.

Il claqua des doigts.

— Mais oui, bien sûr. Waouh. Ton amie est bien rentrée ?

— Je ne sais pas, répondit-elle en riant. Et ton copain ?

— Tu as raison, je ne sais pas non plus. Euh…

Il laissa la phrase mourir.

Elle comprit que si elle ne prenait pas le taureau par les cornes ils n'allaient pas avancer.

— Donc, tu as lu les instructions, non ?

Il hocha la tête. Le regard en coin qu'il lança vers le lit en disait long. Comme l'effort — vain — qu'il faisait pour regarder sa poitrine de façon discrète. Elle se força à se tenir droite et décroisa les bras. Tant qu'à faire, qu'il sache à quoi s'en tenir. Elle faisait un bonnet A qu'elle assumait sans aucun complexe. Elle pouvait se passer de soutien-gorge si elle voulait. Et certains hommes appréciaient.

— Oui, dit-il. Tu as vu que nous devons rester ici jusqu'à 10 heures. Et nous tenir les mains.

— Ce soir, oui, juste nous tenir les mains.

— C'est tout de même tordu…

A sa grande surprise, elle rit. La glace était brisée, ou, tout au moins, elle commençait à fondre.

— Carrément, confirma-t-elle. Mais, mille dollars c'est mille dollars.

Il sourit. Il avait un beau sourire, en fait, même si ses incisives se chevauchaient. Il était assez éloigné de son idéal, mais ça aurait pu être pire. Elle aurait pu tomber sur un troglodyte. Ils étaient si nombreux sur le campus qu'on aurait pu y tourner un remake de *La Guerre du feu*.

— Un taux horaire imbattable.

— Je suis d'accord avec toi, dit-elle. Tu veux t'asseoir ?

Il s'installa sur le canapé, elle hésita. Mais, à quoi bon atermoyer ? Ils s'assirent face à face. Leurs genoux étaient tournés vers l'autre mais ne se touchaient pas. Elle se pencha un peu vers lui, il lui tendit les mains et elle les prit sans avoir eu l'occasion d'essuyer ses paumes avant.

Ils éclatèrent de rire à l'unisson.

C'était un rire nerveux, embarrassé. Matt aussi avait les mains moites, et si les mains moites ne figuraient pas non plus dans sa liste d'atouts, c'était un soulagement que de savoir que lui aussi était anxieux. Elle se sentit un petit plus à l'aise.

— La vache, dit-il. Qui aurait imaginé que ce serait si difficile ?

— On se tient juste les mains. Les enfants font ça tout le temps, c'est pour les adultes que ça semble compliqué, alors qu'il n'y a pas de raison, répondit-elle, surtout pour s'en persuader elle-même.

— Parfois, à l'église, on se met en cercle en se tenant les mains et on les serre tous en même temps, pour envoyer une sorte d'étreinte de paix au monde.

Ouh là là…

S'il était très religieux, cela risquait de la fatiguer, et elle n'était pas certaine de pouvoir écouter des grands discours sur la foi. Pourtant, elle hocha la tête.

Restons polis.

— Moi, ça me rappelle quand j'étais girl-scout. Il y avait ce jeu où tout le monde ferme les yeux…

— Et celui qui est au centre doit deviner qui serre ses mains ! Je m'en souviens !

Elle sourit parce qu'il souriait, mais sans trop d'enthousiasme.

Il hocha la tête en relâchant un peu ses mains.

— Pour être franc, j'ai horreur de ça.

Cette fois-ci, elle arriva à rire avec naturel.

— Ah bon ? Et pourquoi ?

— Je ne sais pas… Tenir la main à un inconnu, beurk !

— Tu veux dire, comme moi ?

— Non, là, c'est différent. Et tu n'es pas une inconnue à proprement parler, nous nous sommes rencontrés hier.

— Je ne vois pas où est la différence, moi.

Ils fixèrent tous les deux leurs mains jointes.

— Combien de temps sommes-nous censés faire ça ? demanda-t-il. Pendant toute la séance, tu crois ?

— La séance dure quatre heures, observa-t-elle avec une grimace. Sans vouloir t'offenser, quatre heures d'affilée à tenir la main de quelqu'un me paraît intenable.

— J'imagine que ça dépend de qui est ce quelqu'un.

Il souligna sa phrase avec un clin d'œil qu'en temps normal elle aurait trouvé gnangnan. Et qui était gnangnan, en fait, mais, curieusement, cela ne l'exaspéra pas.

— C'est peut-être ce genre de choses qu'ils veulent vérifier, dans leur étude, hasarda-t-elle.

— Tu as sans doute raison, répondit-il en posant le coude sur le dossier.

Elle fut obligée de l'imiter, de sorte que tous les deux se trouvèrent pelotonnés sur les énormes coussins du canapé. Se tenir les deux mains dans cette position ne serait pas tenable longtemps.

— C'est trop forcé, comme ça. Trop tendu. On

essaye avec une seule main ? proposa-t-elle. On sera mieux.

— Bien sûr, fit-il en regardant autour d'eux. Tu crois qu'ils ont des caméras cachées ?

Elle y avait songé, mais le dossier n'incluait pas l'avertissement de rigueur dans l'esprit « Souriez vous êtes filmés. »

— Je ne pense pas, on ne nous a pas fait signer la permission de filmer, ce serait illégal. Parfois, ils le font, alors que la présence de caméras n'est même pas confirmée.

Matt serra les doigts, mais d'une façon si légère, qu'elle n'arriva pas à décider si c'était un geste intentionnel.

— On dirait que tu es une habituée de ce genre d'expériences.

Elle le dévisagea en tentant de deviner si elle pourrait éprouver quelque chose pour lui d'ici à la fin de l'expérience.

— J'en ai fait quelques-unes. C'est relativement intéressant, c'est très facile, et surtout, ils payent bien. J'en déduis que c'est ta première fois ?

— En effet. J'étais vierge jusqu'à aujourd'hui. Côté expériences psy, je veux dire.

Il s'était hâté d'ajouter la dernière phrase et il roula des yeux, comme s'il voulait s'en excuser. Elle contint un rire ironique. Etant donné la nature de l'étude, il aurait été étonnant qu'ils n'en viennent pas à parler de sexe. Mais c'était tout de même une chance d'avoir en face d'elle un type qui ne croyait pas que les blagues salaces soient une bonne entrée en matière.

— Et qu'est-ce qui t'a décidé à te laisser déflorer, si je puis dire ?

— J'ai vu l'annonce et je ne pouvais pas laisser passer cette chance. Avec l'argent qu'on va gagner, je pourrai pratiquement gagner la somme qu'il me faut pour partir à Cancun au printemps avec la fraternité. Ils ont trouvé un bon deal, l'appart est super, dans un complexe « tout inclus ».

L'aiguillon de l'envie la titilla sans qu'elle comprenne vraiment pourquoi. Après tout, elle n'avait pas le temps de prendre des vacances. Elle aurait le temps de voyager lorsqu'elle aurait ce poste à plein-temps et les avantages qui allaient avec. Ça valait la peine d'attendre.

— Tu t'es trouvé une expérience plutôt curieuse, pour débuter, dit-elle.

Il baissa la tête mais la releva pour la fixer avec ses yeux décidément pas-du-tout-bleus. Plutôt vert-marron. Noisette, en fait.

— Oui, je sais… Je veux dire, c'est dingue, non ? Enfin, que nous soyons censés finir…

Ils regardèrent tous les deux vers le lit, et ensuite, partout ailleurs sauf vers l'autre, leurs mains toujours collées et toujours moites.

Cependant, au contraire de ce qu'elle avait craint en abordant « la question », la conversation ne devint pas tendue. Matt avait une bonne réserve d'anecdotes assez drôles, une jolie voix, profonde et calme et un rire plutôt attachant.

Lorsque l'alarme bourdonna, annonçant la fin de la séance, elle avait même oublié qu'elle lui tenait la main. Enfin, pas vraiment oublié, puisque chaque fois que l'un ou l'autre bougeait ou se levait pour boire ou aller aux toilettes, ils devaient faire un effort conscient pour enlacer de nouveau leurs doigts. Mais elle avait oublié que c'était incongru, étrange et artificiel, songea-t-elle en s'étirant. Matt lui tendit son manteau avant d'enfiler le sien.

— Tu as entendu parler du « assag » ? demanda-t-elle alors qu'ils quittaient la pièce.

— Ça me dit quelque chose, fit-il en lui tenant la porte.

— C'était un rituel de l'amour courtois en Europe, au Moyen Age. Le chevalier avait le droit de coucher dans le même lit que sa dame, mais ils ne faisaient pas l'amour. A la Nouvelle-Angleterre, bien plus tard, il y avait le « bundling » : on permettait aux jeunes couples fiancés de dormir ensemble, surtout en hiver, pour qu'ils se tiennent chaud, mais on plaçait une planche de bois au milieu pour éviter les dérapages.

Le rire de Matt résonna dans le couloir du département, éclairé seulement par les lumières de sécurité. Leurs pas étaient le seul bruit qui résonnait, en dehors du « flop-flop » de la serpillière qu'un employé passait à quelques mètres d'eux. Melissa remarqua qu'ils marchaient au même rythme. De façon naturelle, Matt avait adapté ses foulées aux siennes.

— Hum, l'idée ne manque pas d'intérêt, dit-il. Et ce qu'on vient de faire t'y a fait penser ?

— Oui, il y a un lien, je trouve. Ces jeunes couples ne se connaissaient pas forcément avant de commencer, mais le but, à terme, c'était qu'ils finissent ensemble. Je veux dire, mariés à terme, non pas au lit. Enfin, tu vois ce que je veux dire…

Et là, décida-t-elle, il était temps qu'elle se taise.

En silence, ils arrivèrent dans le hall d'entrée. La main déjà sur la poignée de la porte, Matt se rappela qu'une fois sortis du bâtiment, ils n'auraient pas le droit de se parler.

Il regarda Melissa.

— Tu as une idée de ce qui va se passer par la suite ?

— Aucune. J'imagine qu'il faut attendre et… voir.

Bon, elle n'était pas blonde, elle n'avait pas les yeux bleus et elle était loin, mais très loin, du bonnet D. Mais il avait aimé sa façon de lui serrer la main, ferme mais cordiale. Elle avait des mains petites à la peau douce qu'elle avait abandonnées dans les siennes, de façon assez détendue, pendant leurs quatre heures de conversation.

En fait, songea-t-il le lendemain en se rasant avant de retourner au laboratoire, cela avait été un premier « rendez-vous » plutôt chouette. Il avait vécu pire, et même si Melissa ne lui avait pas tourné la tête lorsqu'il l'avait rencontrée au bar, la soirée avec elle s'était avérée fort agréable. Une autre raison qui le motivait pour y aller, c'était qu'il pouvait ainsi esquiver Damian et les autres « frères » qui allaient passer la soirée à taquiner des étudiantes de première année. Avec une sororité, ils avaient mis en place une « poker party », au cours de laquelle chaque participant recevait la moitié d'une carte et devait trouver la personne détenant l'autre moitié et passer le reste de la soirée avec. Matt n'avait pas la moindre envie de passer des heures à essayer de draguer une fille à peine sortie du lycée…

D'après la liste, il allait plutôt passer la soirée à tenir les mains de Melissa et aussi… à la prendre dans ses bras. Il n'avait aucune idée de la façon dont l'expérience allait se dérouler, mais il était motivé pour l'apprendre. En tout cas, il y avait fort à parier que la soirée serait mille fois plus intéressante que celles des dernières semaines, qu'il avait passées à travailler d'arrache-pied et à s'angoisser avec ce tas de factures qui allait bientôt toucher le plafond.

Melissa sentait très bon. Vraiment, un délice. Il sentit son parfum dès qu'il arriva, lorsqu'elle se leva pour l'accueillir. Il l'avait déjà remarqué la veille, mais ce n'était que maintenant qu'il y pensait consciemment. Après un petit instant d'hésitation, ils se prirent dans les bras. Il sentit ses petits seins fermes contre son torse. A l'évidence, son décolleté discret ne lui posait pas le moindre problème.

— Salut ! dit-elle avec un petit rire nerveux.

Elle s'écarta de lui aussitôt. Trop tôt, en fait, se surprit-il à penser.

— Salut, fit-il en l'enlaçant par la taille par pur instinct.

Après tout, c'était pour cela qu'ils étaient là. Avec un naturel désarmant, elle se laissa aller contre lui. Ils restèrent ainsi quelques secondes avant qu'elle ne se détache pour lui parler.

— Comment vas-tu ?

— Bien. Très bien. Et toi ?

Il se demanda ce qu'on attendait d'eux par la suite. Bien sûr, se prendre dans les bras, mais, quatre heures ? C'était infaisable. En même temps, jusqu'à la veille, il n'avait pas imaginé qu'on puisse se tenir les mains pendant quatre heures et ils y étaient parvenus avec un embarras, tout compte fait, minime.

— Super.

Avec un sourire qui exprimait à la fois la confusion et l'ironie, elle le prit par la main et le conduisit jusqu'au canapé. Elle s'y assit, une jambe pliée sous le corps, sans jamais lâcher sa main.

— J'ai eu un coup de fil de mon futur patron, expliqua-t-elle avec une pointe d'excitation. Ils veulent que je commence un mois plus tôt que prévu. J'allais prendre quelques semaines pour moi, mais à présent, je vais pouvoir commencer dès que j'aurai mon diplôme. Ça va être génial.

— Félicitations. Et qu'est-ce que tu vas faire ?

— Je commence un stage rémunéré chez Tripe Smith & Brown. C'est une boîte d'expertise comptable très importante.

Ça, il n'était pas sans l'ignorer. Tripe Smith & Brown était à la tête du secteur sur trois Etats à la ronde. Nombreux étaient les étudiants prêts à tout pour y trouver une place.

— Et après le stage, continua-t-elle, j'aurai presque à coup sûr un job à plein-temps. C'est top.

— Tu m'étonnes, tu as de la chance.

Il joua avec leurs doigts en remarquant encore une fois qu'elle avait une peau d'une douceur incroyable. Il l'envia. Lui n'avait rien de semblable en perspective. Quelques pistes, oui, pour des postes d'ingénieur, mais rien de ferme.

— Mais tu ne voudrais pas prendre un peu de vacances ?

Elle haussa les épaules.

— Dans l'absolu, c'était l'idée, mais j'avais prévu de m'occuper de mon nouvel appart, donner un coup de peinture, ce genre de choses. Ce n'est pas comme si j'avais une semaine à Cancun en vue.

— C'est vrai.

Il songea à la semaine de plage, soleil, filles et alcool que Damian lui faisait miroiter. C'était pour cela qu'il participait à l'expérience, justement.

— Alors. Des « étreintes », dit-elle avec ce sourire qu'il commençait à connaître. Je ne sais pas pourquoi, mais j'ai eu l'impression que c'était moins compliqué que de se prendre la main. Et toi ?

Il hocha la tête. Oui, cela avait été assez facile, mais qu'elle ait fait le premier pas avait aidé pas mal.

— On doit recommencer, tu crois ? demanda-t-il.

— C'est l'idée, on dirait. En revanche, je me demande combien de fois on est censé se prendre dans les bras pendant quatre heures.

Il lui tendit les bras en riant.

— A mon avis, beaucoup. Autant commencer tout de suite.

Leurs corps serrés, ils continuèrent à discuter. Ils essayèrent plein de choses. Debout. Assis. Debout mais en cuillères, ce qui consistait peut-être à prendre des libertés avec la notion de « se prendre dans les bras » mais qui était, Melissa argumenta, absolument approprié si on s'en tenait à la notion d'« étreinte ». Ce ne serait pas lui qui la contrarierait, parce que sentir tout l'arrière de son corps contre lui, tous les deux allongés sur le canapé était une sensation fort agréable. Et ils étaient tombés d'accord sur le fait que le but du jeu devait sans doute être que leurs corps aient le plus de surface de contact possible.

Donc, des étreintes. Par moments, ils parlaient. A d'autres, ils restaient silencieux. Puis la conversation reprenait, on aurait dit que leurs sujets de conversation flottaient dans le labo, et qu'ils n'avaient qu'à tendre la main pour en attraper un. Sans la pression de devoir « conclure », tout semblait plus simple, et la question ne se poserait pas avant la dernière séance. Si tant est qu'elle se posait. C'était dans deux jours seulement, et Matt savait que, le moment venu, il ne dirait pas non, mais il ne s'attendait pas à ce que Melissa partage cette attitude.

— Déjà 10 heures ! C'est passé hypervite, dit-elle alors qu'elle se trouvait blottie contre lui, les bras autour de sa taille.

Elle releva la tête pour le regarder.

— C'était… une chouette soirée, Matt. Merci.

Il la fixa en remarquant la constellation de taches de rousseur qui ornaient délicatement son nez. La couleur de ses iris changeait de façon surprenante, comme du miel traversé par un rayon de soleil.

— Merci à toi, j'ai aussi passé un excellent moment. Tu sais, sans pression, ni rien. Je crois que je vais en parler dans mon rapport.

— Moi aussi, dit-elle en souriant. Mais je ne suis pas sûre qu'on ait le droit d'échanger à propos de ce qu'on compte écrire.

— Tu as sans doute raison.

Il relâcha son étreinte, à contrecœur. C'était la réaction la plus normale, se dit-il. Son corps de mâle en âge de se reproduire était programmé pour chercher la douceur et la chaleur d'un corps féminin.

Pourtant, il avait l'impression que c'était plus que cela. Une sensation qui ne fit que croître lorsque chacun partit de son côté en sortant du bâtiment. Mais sans doute qu'il se faisait des idées. Ou non ? Il faudrait qu'il arrive à savoir ce qu'il ressentait au juste avant de plancher sur son rapport.

Il aurait donné cher pour lire ce qu'elle écrivait sur lui.

*
* *

Des baisers.

Ce soir, ils étaient censés passer aux baisers. Melissa s'était brossé les dents en profondeur trois fois, usant et abusant du fil dentaire, avant de venir au labo, mais elle songeait à utiliser les toilettes pour le faire une quatrième fois lorsque Matt arriva. Elle croqua le bonbon à la menthe qu'elle avait dans la bouche. Et sourit.

— Salut, Matt.

Depuis le début de l'expérience, trois jours plus tôt, elle ne pensait qu'à une chose : allait-elle, ou non, coucher avec lui ? La question avait plané sur chacune des séances, du moment où ils s'étaient tenu la main pour la première fois aux câlins. Elle avait décrit par le menu ses sentiments et émotions ainsi qu'on le lui avait demandé, mais cela ne l'avait pas aidée à résoudre le dilemme. Au contraire, essayer de trouver l'enchaînement d'idées qui l'avait conduite à songer à la taille du sexe de Matt alors qu'il venait juste d'enlacer ses doigts n'avait fait que la plonger encore plus profondément dans la confusion.

— Salut, répondit-il avec un large sourire. Alors. Tu te sens prête pour le programme de ce soir ?

— Je ne sais pas. Je crois… En tout cas, j'ai évité l'ail aujourd'hui. Toi aussi, j'espère !

— Evidemment, fit-il en se penchant pour avouer sur un ton de confidence : J'ai dû me brosser les dents une dizaine de fois.

Elle rit en s'étonnant de la simplicité avec laquelle elle le laissait lui prendre la main pour aller se blottir avec lui sur le canapé, leurs membres emmêlés en toute confiance. Si les instructions dictées cherchaient à instaurer une intimité progressive entre eux, le but avait été atteint. La personnalité de Matt, aussi, y était pour quelque chose. Elle connaissait pas mal de types sur le campus avec lesquels, elle en était sûre, elle ne serait pas parvenue à se détendre.

— Je vais t'avouer un truc, dit-il en jouant avec ses doigts, si tu me promets de ne pas rire.

Elle éclata de rire.

Bravo.

— Oups, pardon.

Il hocha la tête, amusé.

— Je n'ai pas été aussi nerveux à l'idée d'embrasser quelqu'un depuis la quatrième quand on jouait au « septième ciel » enfermés dans le placard de la classe.

— Jamais joué. Pour moi, c'était « action ou vérité ».

— Mais, tu vois de quoi je veux parler ?

— Absolument. A moi de passer aux aveux : songer à embrasser quelqu'un ne m'a jamais mise dans un tel état. J'ai passé la journée sur les nerfs !

Il pressa sa main.

— Tu n'en as pas envie ?

Y avait-il une pointe de déception dans sa voix ou était-ce elle qui se faisait des idées ?

— Mais non, bien sûr que j'en ai envie. Je veux dire… Toi, tu veux ?

— Evidemment. Mille dollars, rappelle-toi.

Elle prit une longue inspiration.

— Tu as raison. Ce serait bête de s'arrêter en si bon chemin.

Ils hochèrent la tête à l'unisson.

Mais aucun ne fit le premier pas.

— On devrait peut-être se lancer en même temps, suggéra-t-il. Oh ! là là. C'est stupide. Tu me trouves bête ?

— Mais non, pas du tout, le rassura-t-elle en riant. Je suis aussi nerveuse que toi. Ce n'est franchement pas la façon la plus courante d'embrasser quelqu'un pour la première fois. Et en plus, j'essaie de me rappeler chaque détail pour pouvoir ensuite rédiger le rapport. Alors que pour un premier baiser, on est dans les sensations, pas dans l'analyse.

— On va compter jusqu'à trois, d'accord ? murmura-t-il, les yeux brillants. Et on y va.

— Allez.

Un. Deux. Trois…

Seigneur, que c'était mauvais. Avec acharnement. Leur baiser tenait plus de l'accrochage entre deux voitures qu'à quelque chose dans le domaine de la sensualité. Ils s'écartèrent, elle se tâta la bouche pour s'assurer qu'elle ne saignait pas. En tout cas, elle avait mal.

— Alors, là, c'était nul, dit Matt.

Elle rit encore.

— Je ne te le fais pas dire.

Il passa doucement la langue sur ses lèvres et s'approcha d'elle un rien, à peine quelques millimètres.

— On réessaye. Plus doucement, d'accord ? Et si… et si c'était toi qui commençais ?

— Moi ? Et pourquoi moi ?

Elle avait parlé d'une voix haut perchée. Mais quelle bécasse. Il rougit. C'était mignon, un garçon qui piquait un fard.

— C'est que… Je me disais que ce serait mieux, c'est tout.

— Pourquoi ?

Il fixa leurs mains jointes. Se tenir les mains était devenu comme une seconde nature, elle n'y pensait même plus.

— Parce que… Parce que tu es la femme et que je veux être sûr que tu… Tu vois. Que tu le veux vraiment, et tout ça.

— Mille dollars, rappelle-toi, le taquina-t-elle.

— Oui, bien sûr, mais à part les mille dollars. Je préfère être sûr que tu en as envie.

Sa prévenance la toucha, et elle se surprit à hocher la tête même si l'idée de faire le premier pas pour l'embrasser lui nouait l'estomac.

— C'est adorable, Matt.

— Bien sûr, je suis un type adorable.

— Et modeste, avec ça.

— Alors ? Tu commences ?

Elle ferma les yeux et inspira profondément.

— Bien sûr. Allez. Je m'y colle.

Jamais auparavant, pour autant qu'elle puisse s'en souvenir, elle n'avait fait le premier pas. De tous ses « premiers baisers », celui-ci commençait à lui apparaître comme le plus mémorable. Et pour cela même, elle décida qu'il fallait qu'il soit inoubliable, et pas seulement parce qu'il avait lieu au sein d'une expérience farfelue, mais juste parce… parce que.

Parce qu'elle pouvait le faire.

Elle se détacha de Matt, s'agenouilla sur le canapé et entoura son visage de ses mains. Il s'était rasé de près, mais elle pouvait sentir sa barbe qui grattait un peu. Elle lui caressa le menton du bout du pouce.

Il ouvrit la bouche, à peine, sans rien dire, ses yeux chevillés aux siens. Ils avaient passé des heures et des heures, les mains enlacées, leurs corps enlacés, ils avaient discuté de toutes sortes de sujets, du plus sérieux au plus léger ; par intervalles de quatre heures, mais c'était la première fois qu'il plongeait son regard aussi profondément dans le sien.

C'était… renversant. Comme un coup de poing dans l'estomac, mais sans la douleur. Oui, la situation était on ne peut plus artificielle, songea-t-elle en étudiant ce visage, mais cela ne la rendait pas moins réelle pour autant.

Puis, il ferma les yeux. C'était vraiment un type adorable, même si elle s'était moquée quand il l'avait dit. Ce n'était plus le Matt de Sig Epsilon qui rêvait d'une semaine de fêtes alcoolisées à Cancun. Mais un autre Matt, beaucoup plus sensible. Vulnérable.

Et, elle ne pouvait s'en empêcher, les garçons vulnérables la faisaient craquer.

A la vérité, elle aussi se sentait assez vulnérable, sur ce canapé, avec ce quasi-inconnu et la responsabilité de prendre l'initiative, forcée de réfléchir intensément à quelque chose que l'on fait en général dans un élan du cœur. Ou au moins du corps. En même temps, songea-t-elle, elle pouvait aussi s'arrêter de penser et agir. Voilà. Arrêter de ruminer et se lancer.

Elle pencha la tête, et les yeux fermés entrouvrit la bouche et frôla les lèvres de Matt avec les siennes. Doucement. Elle s'écarta à peine et les frôla de nouveau.

Il frémit, elle put le sentir. Elle allait rouvrir les yeux pour savoir si tout allait bien, lorsqu'il posa les mains sur ses hanches pour la retenir. Le baiser devint plus profond. Ce n'était pas un baiser enflammé et turbulent comme dans les films, ce n'était qu'une pression légère d'une bouche contre l'autre, mais c'était assez pour qu'elle comprenne qu'ils avaient dépassé ce fameux et compliqué premier pas. Matt répondait à son geste. Il était en train de l'embrasser.

Cela ne dura que quelques secondes, et ils s'écartèrent en même temps. Le souffle tiède de Matt contre ses lèvres mouillées lui indiqua que sa respiration s'était accélérée. Elle avait encore son visage entre ses mains, toujours à genoux sur les coussins. Elle pouvait toujours plonger son regard dans le sien.

— Waouh, souffla-t-il.

— Oui, hein ?

— On devrait recommencer.

Elle acquiesça. Et agit. Un peu plus longtemps cette fois-ci.

Matt avait les yeux embrumés lorsqu'elle le regarda de nouveau. Elle posa les mains sur ses épaules pour dissimuler le tremblement de ses doigts, mais elle ne trouva aucun subterfuge pour masquer le fait qu'elle avait le souffle court. Encore heureux, se dit-elle, que Matt ne pouvait savoir que son cœur battait à tout rompre.

Et il ne risquait pas de se calmer, avec ces baisers délicieux. La langue de Matt se glissa entre ses lèvres, sensuelle, insinuante. Presque sans s'en rendre compte, elle se trouva à califourchon sur lui, une jambe de chaque côté de ses cuisses. Il serrait encore ses hanches.

— Ça… ça va ? demanda-t-il entre deux baisers.

— Oui, c'est bon.

— Bien.

Ils continuèrent à s'embrasser, elle pencha la tête, lui aussi, mais de l'autre côté, et même si leurs nez butaient l'un contre l'autre de temps en temps, dans l'ensemble ils bougeaient de concert. Et il était délicat, elle n'avait pas l'impression, comme parfois avec d'autres garçons, qu'il voulait lui dévorer le visage ou l'étouffer avec sa langue.

C'était une très agréable découverte : Matt savait embrasser. Vraiment bien.

— Je n'avais pas fait ça depuis longtemps, dit-elle lors d'une pause.

— Embrasser quelqu'un ?

Matt avait les yeux qui brillaient, les lèvres humides. Et de nouveau, il avait les joues en feu.

— Non, je veux dire, j'ai embrassé des garçons, mais pas comme ça, dit-elle. Pas juste des baisers.

Elle trouva plus sensé d'ignorer que quelque chose avait bougé, et durci, dans le pantalon de Matt.

Il rit doucement, la tête contre les coussins.

— Juste s'embrasser sans aller plus loin, tu veux dire.

— C'est ça.

Elle songea à bouger, mais elle avait peur de briser l'instant. Et puis, elle était bien, là.

— Tu sais que tu embrasses bien ? dit-elle.

— C'est vrai ?

— C'est vrai.

Il déposa un baiser bref sur ses lèvres.

— Toi aussi. En fait, tu embrasses *très* bien.

— Merci, monsieur.

Il remua, mais c'était évident qu'il cherchait juste à être plus confortable, ce n'était pas une manœuvre dans le genre « J'en profite pour me frotter contre toi. »

— Je ne sais pas comment le dire, Melissa, mais… Il faut regarder les choses en face : c'est un truc carrément tordu, ces instructions.

— Je suis d'accord, mais c'est propre aux expériences psychologiques, tu sais.

— Tu regrettes de t'être engagée dans celle-ci ? demanda-t-il avec un demi-sourire.

— Non. Et toi ?

— Non. Carrément pas.

Il l'attira contre lui et chercha sa bouche.

— Appelle-moi pervers, mais passer des heures comme ça à s'embrasser, c'est le pied.

Cette fois-ci, ce fut elle qui rougit, et tout à coup elle eut l'impression que la température de la pièce avait doublé. Mais elle savait que ce n'était qu'une impression, comme elle savait que l'enthousiasme de Matt s'appliquait aux baisers sans fin et pas forcément, de façon spécifique, à la part qui revenait à sa petite personne. N'empêche, c'était rassurant. Elle le laissa l'embrasser. A présent, c'était lui qui menait la danse. Elle s'abandonna aux sensations.

Ils s'embrassèrent. Encore et encore. Doucement et avec plus de fougue, de plus en plus de passion. Ils essayèrent toutes les variations possibles, de la même façon qu'ils l'avaient fait les jours précédents quand il fallait se prendre par la main ou se câliner.

— Je n'avais jamais embrassé personne aussi longtemps, murmura Matt contre sa bouche. Tu sais, sans essayer d'aller…

— Je sais, répondit-elle. De franchir d'autres…

Le bourdonnement qui annonçait la fin de la séance se fit soudain entendre, et ils sursautèrent tous les deux.

Elle se demanda si elle allait être capable de tenir debout. L'expression « jambes en coton », songea-t-elle, avait dû être inventée par quelqu'un qui avait passé quatre heures à embrasser et à se faire embrasser sur un canapé. Mais en fait, tout son corps semblait électrisé, hypersensible au moindre frôlement. Le bout de ses seins pointait sous son pull, une boule de chaleur humide embrasait son ventre. Si elle ne se frotta pas contre Matt comme une chatte en chaleur, ce ne fut pas par timidité, mais parce qu'elle se rappela juste à temps que tout cela, ils le faisaient au nom de la science, ou plutôt, de leur compte en banque.

— C'est l'heure, apparemment, dit-il d'une voix rauque.

— Je sais, j'ai juste besoin d'un petit instant, répondit-elle.

Chaque mot qu'elle prononçait portait encore le goût de Matt.

— Je vais avoir beaucoup à écrire, fit-il en la serrant contre lui brièvement avant de se redresser.

— Moi aussi.

Finalement, ils parvinrent à se relever. Une fois debout, ils durent remettre leurs vêtements et leurs cheveux en ordre. Elle fit quelques pas pour s'assurer que ses jambes lui obéissaient et réprima un sourire en voyant que Matt lui tournait le dos. Ah, les garçons et leur trouble, c'était toujours moins discret.

Sans rien dire, ils regagnèrent la porte d'entrée, et il ne dit rien non plus lorsqu'il lui tint la porte, comme il l'avait fait la veille et l'avant-veille. Elle sortit avec un pincement au cœur. Une fois dehors, ils n'auraient plus le droit de s'adresser la parole.

La voix de Matt l'arrêta alors qu'elle s'avançait seule sur le trottoir.

— Melissa !

Elle se tourna.

— Oui ?

— On se voit demain soir.

— Oui, répondit-elle, soulagée. Demain soir.

Matt ouvrit la porte du laboratoire avec un sourire impatient en s'attendant à y trouver Melissa comme les trois autres fois. Son sourire se changea en une moue déconfite lorsqu'il découvrit la pièce vide. Il s'avança et regarda autour de lui tout en sachant que s'il ne la voyait pas, c'était qu'elle n'était pas là, il n'y avait nulle part où se cacher.

Elle n'allait pas venir.

Il n'y avait aucune raison pour que son absence lui donne envie d'envoyer son poing contre le mur, et pourtant. Après tout, ce n'était qu'une expérience à la noix, non ? Ce n'était pas comme s'il n'y avait pas d'autres filles qui auraient envie qu'il leur prenne la main et les embrasse, ou qu'il couche avec elles, non pas pour de l'argent ou parce que les gens du département de psychologie étaient des tarés. Il n'y avait rien de plus facile que d'aller passer la soirée avec la fraternité et de choisir une nana de première année qui mourait d'envie de visiter la chambre d'un étudiant plus mûr…

La porte grinça et il se tourna, le cœur battant à tout rompre dans sa poitrine. C'était sans doute Randy ou Ada qui venait le prévenir qu'il pouvait rentrer chez lui.

C'était Melissa.

En moins de temps qu'il ne faut pour le dire, elle était dans ses bras, sa bouche contre la sienne, ses bras autour de lui. Il ne savait plus qui avait embrassé l'autre en premier, tout ce qu'il savait c'était que, au moment précis où il l'avait pressée contre lui, les mains sur ses fesses, elle s'était hissée d'un petit saut sur lui.

Ce genre de choses n'arrivait jamais dans la vie réelle. En tout cas, pas dans la sienne. Aucune femme ne lui avait jamais sauté au cou, comme ça, littéralement. Ni enlacé ses jambes autour de sa taille, ni pris sa langue dans sa bouche avec une douceur telle qu'il crut qu'il allait jouir sur-le-champ rien que pour ça. Mais tout cela était bel et bien en train de lui arriver, et c'était bel et bien lui qui avait dans ses bras une femme toute douce et qui sentait bon comme le printemps. C'était lui aussi, aucun doute là-dessus, qui avait une érection à faire pâlir d'envie une star du porno.

Non, pas « une femme ». Melissa. Ses bras, sa bouche et son corps étaient submergés par Melissa, et cela, se rendit-il compte, abasourdi, faisait toute la différence.

— J'ai cru que tu n'allais pas venir, dit-il contre sa bouche en marchant à reculons, ses bras bien serrés autour d'elle, vers ce lit où ils ne s'étaient même pas assis.

— J'étais en retard, désolée, fit-elle, les yeux étincelants.

En quelques secondes, ils étaient sur le lit, elle sur lui, le chevauchant. Il chercha ses hanches, elle se pencha sur son visage, ses cheveux longs formèrent un rideau autour de leurs visages. Elle l'embrassa avec cette douce violence qui le rendait fou.

Aujourd'hui, le programme voulait qu'ils passent aux « câlins poussés ». Lorsqu'il avait lu ces mots sur la feuille de route, il les avait trouvés ridicules, mais à présent, il ne voyait pas une autre façon de décrire ce qui les attendait. Des câlins, des caresses, des étreintes… que des choses qu'il voulait faire avec Melissa. Mais il y avait encore des limites. Ils ne pouvaient se toucher que SUR les vêtements, c'était spécifié, noir sur blanc et en lettres capitales. Il avait ricané en lisant ça aussi. Mais là, il ne riait plus.

Il tendit la main pour rassembler sa chevelure soyeuse dans son poing.

— Melissa.

— Mmm ?

Elle souriait.

Comment avait-il pu croire que la taille de ses seins avait de l'importance ? Comment avait-il même pu se dire que le fait qu'elle *ait* des seins pourrait lui donner envie de coucher avec elle ? En seulement quatre jours, toutes les idées qu'il avait sur le sexe avaient été complètement chamboulées.

— J'ai pensé à toi toute la journée, dit-il d'une voix sableuse qui ne ressemblait pas tellement à sa voix habituelle.

Elle hocha la tête, ses lèvres frottant les siennes.

— Moi aussi. C'est fou, hein ?

— Dingue.

— Embrasse-moi, souffla-t-elle.

Il ne se fit pas prier. Il roula et la fit rouler, de sorte qu'il était pratiquement sur elle, sa jambe entre les siennes. Il aurait pu jurer qu'il sentait la chaleur de son sexe à travers le jean. Il frémit en s'imaginant poser sa main dessus.

Que diable, sa bouche.

Elle murmura son prénom à son oreille, glissa le long de son menton, mordilla la peau si sensible de son cou. Savait-elle que cela le mettait dans tous ses états ? Randy et Ada ne lui avaient communiqué aucune des réponses que Melissa avait fournies, donc, a priori, elle ne connaissait pas non plus les siennes. Et pourtant, elle semblait savoir. Quand sa langue titilla sa chair, il ne put contenir un grognement.

Son sexe était dressé et durci à l'extrême contre son boxer. En homme averti, il avait enfilé le caleçon le plus serré qu'il possédait. Mais ça n'avait servi à rien. Au contraire, il avait l'impression que son sexe avait triplé de volume dans son boxer. Il avait pratiquement passé la journée à bander, après une nuit de rêves érotiques de laquelle il s'était réveillé frustré et endolori. Sous la douche, il avait commencé à prendre les choses en main, mais bien que les règles de l'expérience ne lui interdisent pas de se soulager, il s'était finalement ravisé, parce que… il avait décidé qu'il ne voulait pas gâcher un orgasme dans la solitude de sa douche. Pourquoi ? Il n'en savait rien. C'était comme ça.

— J'ai rêvé de toi, dit-il.

— C'est vrai ? fit-elle en parsemant son cou de baisers avant de redresser la tête et de le regarder.

— Oui.

Elle sourit. Oh ! Il voulait plonger dans ce sourire. Le lécher, l'embrasser, écrire un livre de poèmes tout autour de ce sourire. Il pourrait se mettre à genoux devant elle et l'adorer rien que pour ce sourire.

Des poèmes ? Bon sang, je perds la boule.

Elle fit courir ses doigts dans ses cheveux et tira dessus, à peine, juste ce qu'il fallait pour qu'il la regarde dans les yeux.

— Et il se passait quoi, dans ton rêve ?

— Ça. J'étais avec toi, je t'embrassais, je te caressais.

Elle émit un petit bruit de gorge, un son si sexy qu'il aurait bandé rien qu'en l'entendant s'il n'avait déjà été sur le point d'exploser dans son pantalon.

— Oh ! Matt…

Il l'embrassa sur les lèvres et continua le long du menton jusqu'au creux de son cou.

— Tu veux que je te caresse ?

— Oui, fit-elle dans un murmure où se mêlaient excitation et embarras.

Des sentiments qu'il partageait.

Il posa une main sur l'une de ses hanches et la remonta jusqu'à son buste, mais il hésita avant d'envelopper son sein, même s'il en crevait d'envie. Ils se regardèrent dans les yeux. Il savait qu'il n'avait rien à se reprocher, l'expérience avait été sciemment conçue pour les amener là, mais tout à coup il n'était pas sûr d'avoir le droit de continuer.

— Ça va, Matt ? demanda-t-elle, douce.

— Et toi, ça va ? Tu es sûre ?

Du bout du doigt, elle dessina le contour de son oreille.

— Oui, je suis sûre. Et toi ?

— Oh ! que oui, grommela-t-il. Tu vois, non ? Je bande comme…

Il ne finit pas la métaphore, c'était assez clair de toute façon.

— Quand j'étais en train de rédiger mon rapport hier soir, fit-elle, j'avais vraiment du mal à trouver les mots pour décrire tout ce que cette expérience suscite chez moi. Non pas parce que je n'avais pas les idées claires, ni parce que j'étais gênée, ce n'est pas ça. C'est de la science, après tout.

— Alors, pourquoi ?

Il remonta sa main de quelques millimètres, le dos de sa main frôlait à peine la courbe du sein de Melissa.

— Parce que, quand j'ai commencé l'expérience,

je n'avais pas imaginé une seconde que ça puisse se passer comme ça, avoua-t-elle. Ne te vexe pas, mais si on m'avait dit, quand tu es entré dans la pièce, que j'allais avoir envie de me blottir contre toi et de faire tout ce que j'ai envie de faire en ce moment, j'aurais ri.

Sans savoir pourquoi, ces mots le soulagèrent.

— Ah, non ?

Elle éclata de rire, et... Dieu qu'il aimait qu'elle soit capable de rire dans un instant pareil.

— Pas vraiment, non. Pas toi ?

— J'ai toujours su que j'arriverais à le faire, dit-il, mais le vouloir vraiment, comme ça... C'est une autre paire de manches.

Elle l'embrassa doucement.

— Je ne sais pas quelle hypothèse ils cherchent à confirmer ou à infirmer avec nous. Je sais seulement que je ne peux pas arrêter de penser à toi, que je veux que tu me caresses partout, et que je veux aussi te caresser partout.

Il enfouit le visage contre son cou avec un grognement de plaisir.

— Moi, c'est pareil.

— Alors, ne te prive pas, l'invita-t-elle en se cambrant. Touche-moi, Matt. Où tu veux.

Sa voix avait changé, elle était un peu rauque, essoufflée. Terriblement sexy.

Il n'avait pas été aussi excité à l'idée de toucher une fille depuis... il ne pouvait plus se rappeler depuis quand. Lorsqu'il fit glisser sa main et enveloppa le sein dans sa main, elle frémit. Oh. Elle ne portait pas de soutien-gorge. Elle ne portait pas de soutien-gorge. Non. Elle n'en portait pas. De soutien-gorge. Il déglutit avec difficulté en même temps qu'il jouait avec un mamelon en maudissant la règle « SUR les vêtements ».

Elle l'embrassa à pleine bouche, il pouvait sentir le bout de son sein se dresser et devenir un petit bouton tout dur. Par pur instinct, il le pressa doucement et le roula entre ses doigts. Elle ronronna comme un chat et le serra contre son ventre en lui passant une jambe à la taille.

De façon tacite, ils jouaient sur la lenteur des baisers comme s'ils avaient banni le mot « effréné » de leur vocabulaire. Savoir qu'ils ne pourraient aller plus loin était très frustrant, mais surtout terriblement érotique. Matt comprit tout à coup la portée du concept « se concentrer sur l'instant » : n'étant pas distraits par le pas suivant, ils pouvaient savourer pleinement chaque caresse, le moindre geste, le mouvement le plus infime. Qui devenait affolant, non pas en tant que préliminaire, mais par lui-même.

En même temps, il risquait de jouir comme un gamin dans son pantalon s'il ne faisait pas gaffe.

Il plaqua sa cuisse contre l'entrejambe de Melissa, elle poussa un petit gémissement, sexy en diable. Il sourit, aux anges. Doucement, il enveloppa ses fesses d'une main et la serra contre lui. Elle ouvrit les yeux.

De si près, il pouvait apprécier le camaïeu de tons allant du caramel au miel dans ses iris, détailler chaque tâche de rousseur avec sa forme unique.

— Je ne crois pas avoir déjà regardé quelqu'un comme ça.

— Non ?

Il secoua la tête et berça leurs deux corps sur le matelas. Elle gémit encore en baissant les paupières, elle ploya la tête en arrière en une invite muette qu'il accepta sans se faire prier. Il embrassa et mordilla son cou comme elle l'avait fait, et elle recommença à onduler des hanches.

— Non, dit-il, sans ajouter aucune autre explication.

Les quatre heures qui le premier jour avaient semblé interminables passaient à présent à une vitesse vertigineuse. Ils évoluaient sur le lit, tantôt roulant l'un sur l'autre, tantôt allongés face à face, en cuillère. En s'embrassant tout le temps, tout le temps. Leurs mains ne s'arrêtaient jamais.

Il pencha la tête et frotta sa joue contre un de ses seins, puis en aguicha le bout avec le nez avant de le presser doucement entre ses lèvres par-dessus le tissu.

— J'adore tes…

Il s'arrêta juste à temps.

— Nichons ? finit-elle en éclatant de rire. Tu allais dire nichons ? C'est bon, je connais le mot.

— Oui, admit-il en pressant ses lèvres de nouveau. J'ai eu peur que tu te fâches.

— Mmm, ça ne risque pas tant que tu continues à faire ça…

Ce qu'il fit. Sur un sein, puis sur l'autre. Ses petits seins fermes qui défiaient la loi de la gravité lui tournaient complètement la tête. Comment avait-il pu passer toute sa vie à négliger la beauté des petits seins ? Il descendit en baisers vers le ventre, le T-shirt de Melissa ayant remonté, il y trouva une parcelle de peau nue. Sa bouche s'y attarda, oh zut, par pur accident. Par définition, un accident ne pouvait pas être évité, non ? Ce n'était pas une entorse aux règles.

En murmurant son prénom, Melissa enfouit les doigts dans ses cheveux, joua avec eux, tira doucement dessus. Il sentit son sexe se durcir encore, il avait mal, mais mal, et une envie animale de se frotter contre elle, contre le matelas, peu importait. Son désir était monté à un point insoutenable.

Dieu qu'elle était sexy, la chevelure éparse, la bouche entrouverte, avec cette bande de peau découverte qui soulignait la finesse de sa taille. Il glissa une main entre ses cuisses et en couvrit son sexe. Elle poussa encore ce gémissement qui le rendait fou en se pressant contre sa paume, rouvrit les yeux et tira sur sa chemise pour qu'il vienne sur elle. Il s'allongea en essayant de ne pas peser trop lourd, et son sexe alla se nicher très exactement entre ses cuisses. Un cri brisé sortit en même temps de leurs bouches.

— Embrasse-moi, demanda-t-elle.

Il obtempéra. Ils commencèrent à bouger en cadence. Se frotter l'un contre l'autre, encore habillés, ce n'était pas vraiment romantique et il avait l'impression d'être retombé en adolescence mais… c'était si excitant qu'il se fichait de tout le reste.

Il donna des coups de reins moins puissants que s'il avait été en elle tout en s'imaginant y être. Ils portaient encore tous leurs vêtements et son sexe était sur le point d'exploser, mais comme ersatz, ce n'était pas si mal que ça, cette pression intermittente, ces caresses… Et cette façon qu'elle avait de se déhancher contre lui doucement en jouant avec sa langue, qu'elle absorbait dans sa bouche par intermittence, suscitant une décharge électrique qui l'électrisait de la tête aux pieds.

— C'est… de la folie, fit-elle. C'est vraiment dingue, Matt.

— Je sais, je sais. Tu crois qu'on doit arrêter ? Tu veux que je…

— Non, oh, non, reste. Reste. Je suis si excitée que je crois que je vais… oh, oui, fais ça, c'est…

Ses mots étaient entrecoupés par son souffle affolé. Et lui, qui n'avait pas éjaculé dans son pantalon depuis le lycée, commença à craindre de ne plus pouvoir se retenir.

Bzzzz.

Ouf. La séance était levée. Et pas que la séance.

Lorsque la sonnerie retentit, Melissa avait stoppé net et avait ouvert de grands yeux. Il s'arrêta aussi, frustré mais soulagé d'avoir tenu jusqu'au bout. Encore à la lisière de l'orgasme, il se concentra pour recouvrer ses esprits.

— Ne bouge pas, dit-il en souriant. Sérieux. Je suis trop près…

Elle écarquilla les yeux, s'humecta les lèvres.

— C'est vrai ?

Il se sentait un peu bête, mais il ne put que confirmer en hochant la tête. Son sexe était dur et tendu comme une corde d'amarrage. Il se demanda comment il allait pouvoir se relever, et surtout marcher sans boiter de façon ridicule. Et le sourire amusé mais tendre de Melissa n'arrangeait pas les choses.

Heureusement qu'elle eut pitié de lui et se releva après avoir déposé un baiser léger sur ses lèvres. Il se tourna à plat ventre et la regarda tout en jurant en son for intérieur contre son sexe, lequel semblait doué de volonté propre et parfaitement indifférent à son embarras.

— A demain ? demanda-t-elle.

— Oh que oui. A demain, Melissa.

Il aurait été plus facile de taper son rapport sur l'ordinateur, se dit Melissa en se mordillant la lèvre. Elle s'arrêta parce qu'elle avait les lèvres hypersensibles après le marathon de baisers. Mais c'était une sensation agréable. Plus qu'agréable, en fait. Mais qui la distrayait de la tâche à accomplir, à savoir finir de remplir la paperasse liée à l'expérience.

Elle avait coché toutes les cases, répondu à chacune des questions. Avec une honnêteté sans faille : ce qu'elle avait pensé la première fois qu'elle avait vu Matt, ce qu'elle avait éprouvé, comment ses sentiments avaient évolué depuis.

Mais, ses intentions ?

Quelles étaient-elles, au juste ? La veille, en rentrant, elle était allée se coucher directement, mais elle avait passé une bonne heure à se tourner et retourner dans le lit avant de sombrer dans un sommeil agité par les désirs accumulés dans son corps. Au milieu de la nuit, elle avait pris une douche bouillante, qui ne l'avait aidée en rien. Elle aurait peut-être pu se détendre si elle s'était caressée, mais quelque chose l'avait arrêtée, elle ne savait pas quoi.

La dernière question continuait à la narguer, encre noire sur papier blanc, franche et même osée. Mais simple et directe, et, en théorie, pas plus difficile à compléter que les précédentes.

Après ces quatre premières séances, envisagez-vous à présent d'avoir des rapports sexuels complets avec votre partenaire dans l'expérience ?

Une réponse positive ne voulait pas dire qu'elle était obligée de le faire, ça, elle le savait. Ils ne pouvaient pas l'obliger à coucher avec Matt, et tant qu'elle avait assisté à toutes les séances et rempli les formulaires, ils étaient obligés de la dédommager pour son temps. Sauf que tout à coup l'argent avait beaucoup moins d'importance que de découvrir comment ce serait d'avoir Matt en elle. Ou le bruit qu'il ferait en jouissant. Ou s'il allait trembler de plaisir dans ses bras.

Il fallait qu'elle arrête d'y penser. Elle inscrivit sa réponse rapidement, rangea les feuilles dans l'enveloppe prévue à cet effet, la ferma et la mit à côté de son sac. Elle la déposerait au bureau de Randy et Ada à l'heure du déjeuner.

Et ensuite… ce soir. Oh ! ce soir. Elle serra les cuisses et frémit à la pensée de ce qui pouvait — allait ? — se passer. Elle éclata de rire. C'était une drôle d'expérience, ridicule et très formatée en principe, mais si surprenante et excitante à l'arrivée. Et parfaite par son côté sensuel.

Toute la journée, ses efforts pour se concentrer sur les cours firent chou blanc. Rien à faire, Matt s'était installé pour de bon, indélogeable, dans ses pensées.

Lorsqu'elle arriva au laboratoire, il se trouvait déjà devant la porte, elle le vit depuis le bout du couloir. Ses épaules larges, ses cheveux couleur sable qui n'étaient ni bruns ni rebelles. Il se tourna, ses yeux noisette plissés comme s'il était contrarié.

— Matt ?

Il désigna la porte. Elle s'approcha pour lire la feuille qu'on y avait affichée. Sous l'en-tête du laboratoire, comme les feuilles du rapport, elle lut ce qu'on y avait imprimé dans la même police que les documents. Ce n'était pas une question, cette fois-ci, mais une affirmation. Brutale.

Expérience conclue.

— Oh ! non, s'exclama-t-elle, déçue.

— Tu peux le croire ? fit-il avec un geste exaspéré. Ils se fichent de nous, ou quoi ?

— J'imagine qu'ils ont recueilli toutes les données dont ils avaient besoin. Ça arrive qu'ils arrêtent avant la fin programmée de l'expérience, dans ce cas.

— Eh bien, ce n'est pas cool, fit-il.

Oui, c'était le moins qu'on puisse dire, songea-t-elle. Elle relut l'affichette, mais, sans surprise, elle disait toujours la même chose.

Elle se tourna vers lui, qui la dévisageait.

— Donc, dit-il, j'imagine que ça veut dire que tu avais répondu « oui ».

— A la dernière question ? Oui, j'ai répondu oui. Et toi aussi, non ? Ou alors tu ne serais pas ici.

— Bien sûr que j'ai dit oui ! Même si je n'étais pas sûr que tu répondes oui aussi.

— Pourquoi ?

— Juste… comme ça. Je n'en étais pas sûr.

Ils longèrent le couloir comme ils l'avaient fait les quatre soirs précédents. Sauf que cette fois-ci, après avoir franchi la porte du bâtiment, ils ne se séparèrent pas. Matt s'arrêta et la regarda, en passant le poids de son corps d'un pied à l'autre.

Etait-il… nerveux ?

Elle, en tout cas, l'était. La fébrilité qui ne l'avait pas quittée de la journée s'estompait de seconde en seconde. Elle ferma les yeux et laissa la brise du printemps caresser son visage. Voilà, elle avait participé à une expérience scientifique qui venait de s'achever. Pas de quoi fouetter un chat.

— Je peux te raccompagner chez toi ? demanda-t-il.

Et la température grimpa d'un coup.

— Oui, bien sûr.

Ils marchèrent du même pas par les allées du campus. Lorsqu'il lui prit la main, cela sembla si naturel qu'elle se dit qu'il ne fallait pas qu'elle se fasse des idées... Pourtant, ses pensées s'emballèrent.

Ils avaient passé des heures ensemble à discuter, mais à présent qu'ils avaient quitté le labo, ce n'était plus la même chose. Matt était toujours drôle et franc, il prêtait la même attention que toujours à ses histoires sur sa famille ou ses amis. Et pourtant, une tension indéniable s'était installée, une tension qui n'était pas là pendant les séances lorsqu'ils savaient à quoi s'attendre et ce qui pouvait ou non arriver.

Là, dans la vie réelle, devant la porte de la maisonnette qu'elle louait, il n'y avait pas de liste pour leur indiquer le comportement à tenir ou les buts à atteindre. Il n'y avait que Matt et elle, et le souvenir des quatre soirées qu'ils avaient partagées.

— Merci de m'avoir raccompagnée, c'est sympa, fit-elle, trop polie à son goût.

— Oh ! De rien. Ç'aurait été bête de feindre de ne pas se connaître. J'aime mieux comme ça.

Elle introduisit la clé dans la serrure. Ouvrit la porte. Puis, elle se retourna.

— A bientôt ?

— Oui, à bientôt, répondit-il sans bouger.

— Ça aussi, ça serait bête, fit-elle en lui tendant les bras. Viens par là.

Ils se serrèrent tendrement, même si elle sentait son cœur soudain affolé. Ce simple contact avait mis toutes ses cellules en alerte. Ils allaient si bien ensemble, leurs corps s'entendaient si bien…

Matt l'embrassa alors.

Un frôlement léger des lèvres, insinuant mais en rien agressif. C'était un baiser, mais aussi une question. A laquelle elle répondit en l'embrassant en retour.

Il n'eut pas besoin de plus. Sans rompre leur étreinte, il avança dans l'entrée et ferma la porte d'un coup de pied. Il commença à la caresser de ses mains impatientes en l'embrassant. Fougueux, affamé.

Elle lui ouvrit sa bouche et s'empara de la sienne, défit la boucle de sa ceinture, sa braguette, et glissa la main à la recherche de son sexe qui l'avait tant fait fantasmer. Il frissonna et poussa un grognement rauque. Ravie de son effet, presque fière, elle s'écarta pour ôter son chemisier qu'elle laissa tomber par terre, et, avec une audace qu'elle ne se connaissait pas, elle bomba la poitrine et prit ses seins pour les lui offrir.

Il eut un sourire débordant et, les yeux brûlant

de désir, il l'attira contre lui. Cette fois-ci, il l'embrassa avec une lenteur délibérée en même temps qu'il cajolait ses seins comme il l'avait fait la veille. Seulement, ce soir il n'y avait aucune barrière entre ses doigts et sa chair si sensible. Elle savoura la sensation. La bouche de Matt descendit le long de sa gorge, s'attarda à la base de son cou un instant avant qu'il ne plonge pour embrasser ses seins. Elle cria lorsqu'il prit dans sa bouche un mamelon, le ventre en feu.

— Chambre, murmura-t-elle.

— Dis-moi où c'est, répondit-il avec urgence.

Heureusement, la chambre n'était qu'à quelques pas. Elle lui prit la main et l'y conduisit, et elle avait à peine franchi la porte qu'elle avait déjà commencé à déboutonner son propre pantalon. Sans s'encombrer avec les boutons, il tira sur sa chemise pour la passer par-dessus sa tête. Elle s'arrêta pour le regarder, charmée tout à coup par ce geste si naturel qui était aussi la chose la plus sexy qu'elle ait vue de sa vie.

Non, il n'avait pas des muscles sculptés et bronzés comme ceux d'un surfeur, et son torse n'était pas imberbe, comme elle avait dit les préférer. Un duvet doré le couvrait uniformément et se concentrait au centre en une ligne suave qui allait se perdre derrière la taille ouverte de son pantalon. Et si son ventre n'était pas quadrillé d'abdos en tablette de chocolat, elle le trouva si appétissant qu'elle eut envie de le lécher. Et même de le croquer, aussi.

Rien dans tout ce qui se passait ne ressemblait à un lent rituel de séduction. Ni l'un ni l'autre, elle le savait, ne pourrait supporter d'attendre plus que les secondes qu'il leur fallait pour se déshabiller complètement. Lorsqu'ils se furent débarrassés en vitesse de leurs vêtements, ils se regardèrent, face à face. Debout. Nus. Et elle s'aperçut qu'il se passait quelque chose d'inédit pour elle depuis le début de sa vie sexuelle.

— C'est fou, murmura-t-elle.

— Qu'est-ce qu'il y a ?

— Je ne suis pas gênée, dit-elle en se caressant le ventre et les seins. A propos de mon corps, je veux dire.

— Evidemment que non, quelle idée. Tu as un corps à tomber.

Elle rit, joyeuse, flattée, les mains sur ses seins encore humides des baisers.

— Je veux dire que je ne suis pas nerveuse, alors que je suis nue pour la première fois avec toi.

— Tant mieux, fit-il en l'enlaçant.

Il l'embrassa, ses grandes mains entourèrent ses fesses. Elle sentit son sexe dur contre son ventre. Elle frémit.

— Lit, dit-elle.

Il chercha ses yeux.

— Melissa, tu es sûre-sûre ? Il n'y a pas d'obligation…

— Tu dois être le seul homme qui m'ait jamais demandé si j'étais sûre, fit-elle, touchée une fois de plus par sa délicatesse. C'est vraiment, vraiment adorable.

— Que veux-tu que je te dise ? Je suis un amour, dit-il d'un ton plein d'autodérision. Je veux dire, je veux faire ça. Dieu sait que je le veux. Je vais finir par exploser si je ne viens pas en toi mais…

Elle plissa les yeux et hocha la tête en riant, les joues rouges de plaisir. Qu'il exprime son désir de façon si directe était excitant au plus haut point.

— Je sais, dit-elle.

— C'est juste que je veux être sûr que tu te sens prête. Parce que… on n'est plus dans une étude scientifique.

— Oui, je sais ça aussi.

Elle lui passa les bras autour du cou et se frotta à lui pour sentir contre sa peau la preuve tangible de son désir, son sexe en érection. Ça la rendait toute chose.

Il fit ce geste qu'il répétait depuis le deuxième jour : repousser ses cheveux en arrière et y enrouler sa main.

— Tu ne m'as pas donné l'impression d'être amatrice d'aventures d'une nuit.

— Non, mais je n'ai pas l'impression non plus que ce soit ça. Toi si ?

Une telle conversation lui aurait paru surréaliste avec n'importe lequel des hommes avec lesquels elle avait couché, mais avec Matt, cela semblait naturel. Ils avaient pris le pli d'analyser et de partager leurs émotions.

— Non, pas du tout.

— Lit, répéta-t-elle, de façon plus ferme. Je veux le faire, Matt. Vraiment, je le veux.

Et il lui donna ce qu'elle demandait. Il la fit tomber en arrière, sur le lit, sans cesser de l'embrasser. Elle prit le temps de graver dans sa mémoire la sensation grisante de l'avoir sur elle, grand, solide. Elle poussa les hanches pour épouser les siennes, et lorsqu'il roula sur le côté, elle émit un grognement frustré qui se transforma un gémissement lorsqu'il glissa la main entre ses cuisses.

C'était aussi bon qu'elle l'avait imaginé. Mieux, en fait. Parce qu'il savait très bien ce qu'il faisait. Il trouva son clitoris qu'il aguicha d'abord doucement, de façon plus appuyée ensuite, avant d'introduire deux doigts en elle. Mais il continua à jouer avec le point le plus sensible de son anatomie, ce qui était un contrepoint parfait à la sensation intense de le sentir en elle. Elle tremblait de la tête aux pieds.

— C'est bon ? murmura-t-il contre sa bouche.

— Très, fit-elle en accompagnant les mouvements de sa main avec ses hanches. Mais tu peux aller plus loin.

Encore une fois, il lui donna ce qu'elle voulait. Ce dont elle avait besoin. Ce qui la torturait depuis le début de la semaine. Ils avaient eu quatre longues soirées de préliminaires, sans compter qu'elle avait passé toute la journée à imaginer comment ce serait de faire l'amour avec lui. Elle était si près de jouir après cette subtile exploration de son corps qu'elle saisit son poignet et l'arrêta.

— Je te fais mal ? demanda-t-il, inquiet.

— Au contraire, c'est juste que je suis… prête.

Il lui décocha une moue à craquer.

— Je préfère te prévenir, Melissa, j'ai peur de ne pas être très… endurant, ce soir.

Elle rit.

— C'est sérieux, fit-il en l'embrassant dans le cou.

Il descendit vers ses seins, vers son ventre en traçant une ligne de baisers, s'attarda pour explorer son nombril du bout de la langue, la main toujours contre sa toison.

Elle chercha son regard.

— Je te promets que je ne te jugerai pas en fonction du temps mais en fonction de l'intensité, d'accord ?

— C'est bon à savoir, fit-il en mordillant l'arête de sa hanche. Donc, si je finis en, disons, moins de deux minutes, ça ira ?

— J'aurais tendance à… oh…

Elle oublia ce qu'elle allait dire parce qu'il avait recommencé à tracer des cercles autour de son clitoris. Elle serra les cuisses sur sa main, comme pour contenir la marée de sensations qu'il déclenchait.

— Oui ?

— C'est flatteur, résuma-t-elle, incapable de former des phrases longues.

— Je veux savoir quel goût tu as, dit-il tout bas.

— Fais-toi plaisir.

En même temps qu'elle parlait, elle avait écarté les jambes pour lui.

Sans peur, sans gêne, sans anxiété. Aucun de ses sentiments parasites qu'elle croyait inévitables lors d'une première fois avec quelqu'un. Il plongea le visage entre ses cuisses et commença à l'embrasser. Elle s'agrippa au couvre-lit, déjà au bord de l'orgasme.

Il passa une main sous ses fesses pour la relever et aspira son clitoris dans sa bouche, en même temps qu'il y donnait des petits coups de langue. Elle se redressa un peu pour le regarder, il avait les yeux fermés, et il émettait des petits grognements, comme s'il n'avait jamais rien goûté d'aussi bon. Elle sentait la spirale du plaisir se dérouler dans son ventre, monter et monter…

L'orgasme explosa dans son ventre. La tête rejetée en arrière, elle cria son prénom. Son clitoris palpitait sous sa langue, ses hanches ondulaient en un mouvement incontrôlé. Derrière ses paupières closes un feu d'artifice déploya des gerbes d'étincelles.

Il ne cessa pas ses caresses mais en diminua la pression, comme s'il savait quand elle avait atteint ses limites, puis il s'écarta lentement en parsemant de baisers l'intérieur de ses cuisses, jusqu'à ce qu'elle cesse de trembler. Elle avait encore le souffle court lorsqu'il posa le visage tout près du sien.

— Waouh, souffla-t-elle, comblée et défaite.

Il rit doucement.

— Ça allait ?

— Mmm… Oui, dit-elle en roulant les yeux. Plus que ça. C'était incroyable.

Elle crut qu'il allait, d'une façon ou d'une autre, demander qu'elle s'occupe de lui, mais il parut se satisfaire de la garder blottie contre lui et de lui caresser le dos. La joue contre sa poitrine, elle rouvrit les yeux. Elle avait une vue imprenable sur son sexe qui semblait dressé pour attirer son attention.

Il lâcha un juron lorsqu'elle le frôla avec les doigts. Ce qui ne l'arrêta pas. Elle serra sa main autour de lui, doucement, et la bougea de bas en haut.

— J'aimerais te rendre la politesse…

— Je vais finir trop vite, la prévint-il d'un ton plutôt léger. Crois-moi, je n'ai pas l'habitude de refuser une bonne…

— Comment peux-tu être sûr que ce sera bon ? demanda-t-elle, taquine, tout en enrobant ses testicules.

— J'en suis même certain. Mais je sais aussi que je risque de partir au quart de tour. Au huitième de tour, même.

— Tu étais là il y a quelques minutes, non ? Donc tu sais que, moi aussi, je peux être une rapide.

Ils rirent ensemble, avec une pointe de nervosité tous les deux.

— C'est bon, avec toi… Je ne parle pas que de l'orgasme, même si c'était, hum, historique.

Il feignit de polir ses ongles sur son torse.

— Merci, merci, cher public.

— Je voulais dire, c'est vraiment un plaisir, d'être avec toi, finit-elle.

Il redevint sérieux.

— Oui, pour moi aussi.

— Je veux faire l'amour avec toi, dit-elle. Peu m'importe que tu finisses trop vite, je veux juste te sentir en moi.

Il grogna, mais à l'évidence, il était ravi.

— Mais tu m'as dit que tu regarderais l'intensité, et non la durée. C'est promis, hein ?

Elle roula vers la table de chevet et sortit du tiroir une boîte de préservatifs qu'elle n'avait pas touchée depuis longtemps, sauf pour cet après-midi, lorsqu'elle en avait pris quelques-uns pour les apporter avec elle au laboratoire.

— Des préférences, pour la couleur ?

— Aucune, dit-il.

— Bleu, alors.

Elle déchira l'enveloppe et se pencha sur lui. Les yeux rivés à son sexe, elle y déroula le préservatif sans pouvoir s'empêcher de sourire en entendant les protestations — faibles — de Matt.

— Voilà, fin prêt.

Il lui était arrivé, lors d'une première fois, que son partenaire, à force d'étaler son prétendu savoir-faire en matière de positions, lui donne l'impression d'être un contorsionniste voulant éblouir un impresario de cirque, aussi décida-t-elle d'opter par la simplicité. Se plaçant à califourchon sur lui, avec sa main, elle le guida doucement dans son corps. Elle descendit sur son sexe, lentement, très lentement. Ils gémirent à l'unisson.

Enfin. La sensation était… incroyable. Elle pouvait le sentir en elle, et encore une fois, c'était mieux que dans ses fantasmes. La pression que son membre exerçait à l'intérieur de son ventre se répercutait sur son clitoris, qui commença de nouveau à s'impatienter. Comme s'il l'avait deviné, il glissa la main entre leurs corps pour la caresser.

Il avait les pupilles dilatées, les lèvres humides, entrouvertes.

— Tu aimes ça ?

— Oui, fit-elle en commençant à se bercer sur lui.

De la même façon qu'elle s'était déshabillée sans crainte de ne pas lui plaire, elle n'avait aucun doute sur le plaisir qu'elle pourrait lui procurer. D'ailleurs, elle n'y pensait plus. Elle bougea. Parce que c'était bon. Très bon. S'il réagissait plus spécialement à un mouvement, en gémissant, ou en augmentant la cadence, elle recommençait.

Leurs corps s'entendaient à merveille. Elle se soulevait lorsqu'il se retirait, descendait lorsqu'il la pénétrait plus loin. D'abord lentement, puis de plus en plus vite. La main de Matt contre son sexe semblait aussi bouger exactement de la façon qu'elle aimait, au moment où il le fallait.

— Je veux te voir jouir encore, dit-il entre ses dents.

— Ça ne saurait tarder.

Il continua à la pénétrer, en murmurant des mots doux. Cette fois-ci, l'orgasme ne fut ni fulgurant, ni explosif et soudain, mais arriva par des vagues successives qui la laissèrent pantelante. Elle ne cria pas son prénom, non plus, le mot glissa de sa bouche empreinte de la douceur de la jouissance qui l'envahissait.

En revanche, cette fois-ci, Matt dit le sien.

Quelques instants plus tard, sans trop savoir comment, elle se retrouva pelotonnée contre lui, enveloppée par ses bras, bercée par sa respiration tiède contre ses cheveux, protégée par la chaleur que son corps irradiait.

— Melissa…

— Oui ?

Il la serra un peu plus fort.

— Tu crois que l'expérience a été un succès ?

Elle leva la tête pour l'embrasser.

— Oui, Matt. Je le crois.

— Margarita et poulet frit pour tout le monde, annonça Matt, en portant un toast avec la bouteille de Corona en direction de la vue qui se déployait sous ses yeux.

Sable blanc. Eaux turquoise. Et cocktails. Le paradis sur terre que Damien lui avait promis. Quant aux nanas…

— Merci, mon cœur, dit Melissa en l'enlaçant

par-derrière pour déposer un baiser sur son épaule. Je meurs de faim.

Eh bien, la seule nana qui l'intéressait l'avait accompagné à Cancun. Et c'était le bonheur.

EVA CASSEL

Un anniversaire très spécial

éditions HARLEQUIN

Titre original :
THE GIFT

Traduction française de LAURA PALMER

83-85, boulevard Vincent-Auriol, 75646 PARIS CEDEX 13.
Service Lectrices — Tél. : 01 45 82 47 47
www.harlequin.fr

A distance, je le regarde circuler parmi les invités, assemblés en petits groupes à travers la pièce. Il y a beaucoup de monde. Ses manœuvres pour arriver à traverser la pièce spacieuse commencent à ressembler à un tango subtil, chaque corps négociant tacitement un peu d'espace.

Il est à tomber, dans son costume noir dont la coupe met en valeur son grand corps élancé. Je remarque qu'il a enlevé sa cravate et déboutonné les deux premiers boutons de sa chemise blanche. Ses cheveux bruns coupés court commencent à être moins sages, et quelques mèches se sont échappées de leur carcan de gel. Je devine qu'il vient de s'asperger le visage d'eau dans la salle de bains pour se rafraîchir un peu, comme il a tendance à le faire dans ce genre de soirées professionnelles. Je sais qu'il déteste chaque seconde de ces réceptions, même lorsqu'il accueille ses adjoints avec un large sourire.

J'ai trouvé le coin le plus isolé de la pièce, adossée au manteau de cheminée, bien installée pour pouvoir l'observer toute la soirée. Je n'ai pas entendu un mot de ce qu'il vient de dire, mais ses compagnons éclatent de rire, je sais donc qu'il vient de faire une plaisanterie qui a eu du succès. Evan fait son petit numéro de séduction comme un vrai pro. Je ne peux m'empêcher de sourire en voyant sa secrétaire pencher la tête d'un côté, prendre une pose charmeuse, essayant d'engager la conversation. Je les regarde échanger une phrase ou deux. Elle fait des efforts démesurés pour attirer son attention, riant bêtement en se tortillant, effleurant son décolleté de façon régulière tandis qu'elle parle. Je le vois commencer à battre en retraite. Elle cherche manifestement à le retenir, ose même poser une main sur son avant-bras, lui jette un regard désespéré. *La petite traînée*, me dis-je dans un premier temps, puis je lui pardonne. Je le draguerais, moi aussi, si ce n'était pas interdit.

Evan jette un coup d'œil furtif dans ma direction. Je bois une gorgée de champagne et lui lance un regard provocant. Son sourire s'éclaire. Il se dirige vers moi. Je ne baisse pas les yeux une seule seconde. Au ralenti, il aurait l'allure élégante d'un beau félin noir et sauvage. Il a le don de charmer les lieux comme aucun autre homme que j'ai rencontré ; tout le monde veut être près de lui, jouir de son aura. Il était destiné à devenir directeur général de cette entreprise dès l'instant où il a franchi leur porte et décroché un poste avec une facilité déconcertante. Au cours de ces dix dernières années, je l'ai regardé diriger tous les aspects de sa vie avec la même assurance inébranlable, avec le même charme, qui flirte parfois avec l'arrogance. Cet homme dégage une telle sensualité que je commence à sentir une chaleur monter en moi alors qu'il avance vers moi. Pourquoi avais-je encore accepté de rester loin de lui ?

Il affiche un léger sourire sensuel, qui devient radieux lorsqu'il arrive devant moi.

— Madame Lancaster, dit-il en me tendant la main.

Je glisse la main dans la sienne de façon formelle. Il la serre en me regardant droit dans les yeux. Evan, en une simple poignée de main, est le seul au monde à donner l'impression de s'adonner à une dangereuse transgression.

— Monsieur Lancaster, dis-je d'une voix charmeuse à l'homme à qui je suis mariée depuis dix ans.

— Vous êtes ravissante ce soir.

— Je vous remercie.

— Quelles sont les chances que vous me rejoigniez dans les toilettes pour dames pour un rendez-vous galant ?

Je feins d'être choquée par son impertinence.

— Enfin, monsieur Lancaster, vous savez que ce serait une grave entorse au règlement !

Evan s'éclaircit la gorge, essayant de prendre un air confus.

— Je vous prie de m'excuser. Cela ne se reproduira plus.

Il me baise la main en prenant un air digne, puis

s'éloigne. Son regard pétillant de désir est la seule chose qui le trahit.

Nous jouons à ce petit jeu pendant les soirées. Cela a commencé au moment de notre rencontre, à l'université. Lors des fêtes, nous restions délibérément loin l'un de l'autre pendant toute une soirée, observant l'autre évoluer parmi les invités. Il était entendu de façon tacite que cela n'avait aucune importance, et qu'il n'y avait aucun risque que l'autre disparaisse dans les toilettes avec une personne inconnue. Un soupçon de jalousie maîtrisée s'avérait être le meilleur des aphrodisiaques. Une fois de retour dans notre petit appartement, les chats couraient se mettre aux abris lorsque nos vêtements commençaient à voler dans tous les sens.

Après dix ans de mariage, cela fonctionne toujours à merveille — et ce qui était autrefois un jeu amusant est devenu la meilleure façon d'entretenir le feu de la passion. Parce qu'en définitive, même les couples les plus ardents doivent y travailler.

Mes yeux le suivent à mesure qu'il passe avec langueur devant une des serveuses, un plateau de crevettes à la main. Elle lui tourne le dos, et il pose une main au bas de son dos au moment où il la croise, lui touchant presque les fesses. J'observe la scène en retenant mon souffle tandis qu'elle se penche vers lui, tournant légèrement la tête pour le regarder d'un œil aguicheur.

A ma place, n'importe quelle femme, ou presque, serait furieuse. Moi, je suis au comble de l'excitation.

Il me jette un coup d'œil furtif. Il sait que j'observe chacun de ses gestes. Et je sais que, pendant un bref instant, on l'a tous deux imaginé en train de la prendre. Lui, nu entre ses cuisses ouvertes. On se connaît par cœur — il ne fait aucun doute qu'on n'a qu'une envie : nous précipiter dans les toilettes et baiser debout devant le miroir.

J'adore qu'il puisse encore me faire mouiller en un seul regard.

Dans deux semaines, nous fêterons le trente-cinquième anniversaire d'Evan, et je suis bien décidée à lui offrir quelque chose qui le rendra complètement dingue. Quelque chose que l'un et l'autre nous n'oublierons jamais. Et je crois avoir trouvé le cadeau idéal.

Je mijote l'idée depuis l'année dernière, époque à laquelle une amie m'a traînée dans un séminaire intitulé « Rallumez la flamme » dans ce luxueux sex-shop du West Side. Le propriétaire, un ancien avocat d'affaires, animait le séminaire. En soi, le séminaire ne m'a rien appris que je ne sache déjà, mais à un moment donné, il a mentionné en passant qu'il venait d'ouvrir un salon de massages érotiques. Cette information éveilla mon attention et mon subconscient frivole. J'ai lancé un coup d'œil à mon amie, qui m'a fait quelques clins d'œil malicieux. Voilà tout.

Sauf que, pour moi, les choses ne se sont pas arrêtées là. Pendant un mois, cette idée a hanté mes fantasmes tous les soirs. Puis, j'ai commencé à l'envisager sérieusement. Il m'a fallu plus d'un an pour trouver le courage de le faire, me persuader que l'idée n'était pas totalement perverse, et que je n'allais pas provoquer des problèmes insurmontables.

— Massages Erotic Touch, bonjour. Que puis-je faire pour vous ?

— Bonjour, heu… (Ma voix tremble légèrement, et j'essaie de m'éclaircir la gorge.) Je m'appelle Mia. Je voudrais un rendez-vous avec une de vos masseuses pour une occasion spéciale. Le 4 au soir.

— Parfait, dit-elle d'une voix calme et chaleureuse. J'ai juste besoin de quelques informations vous concernant.

— Oui.

— Très bien. Avez-vous déjà eu recours à nos services ?

— Heu… Non.

J'ai davantage l'impression de ressembler à un adolescent appelant un service de téléphone rose pour la première fois, plutôt qu'à une femme sophistiquée d'une grande audace sexuelle. C'est si embarrassant !

— Bien, je vais donc vous donner quelques informations sur notre philosophie. Nous sommes un service de massages sensuels et érotiques, mais nous ne sommes pas une agence d'escort.

Elle marque une pause pour me laisser digérer l'information — je suis sûre que cette distinction peut être déroutante pour certains, les hommes en particulier.

— Cela veut dire qu'il n'y a pas de pénétration. Pardonnez-moi, mais je suis obligée d'être directe, dit-elle sur le ton de l'excuse. Nous offrons un massage sensuel incluant une stimulation digitale dans un climat respectueux, à la fois érotique et spirituel. Vous pouvez soit venir à notre spa, ou une de nos masseuses peut se rendre à votre domicile, à votre convenance.

— Je préférerais que quelqu'un vienne chez nous.

A ce stade, le scénario est parfaitement élaboré dans mon esprit — incluant assez de bougies pour mettre le feu à notre chambre, de l'encens, une musique sexy de mon choix... Et la reconnaissance éternelle d'Evan.

— Très bien... Préférez-vous un masseur homme ou femme ?

Oh... ! Pendant une fraction de seconde, mon esprit hurle égoïstement « Un homme ! »

— Une femme, s'il vous plaît. Et...

J'hésite un instant, de peur de passer pour une dangereuse perverse.

— Et je préférerais une femme un peu plus jeune que mon mari, blonde de préférence.

J'ai du mal à croire que je suis en train de prononcer ces mots. Mais si je veux aller jusqu'au bout, autant lui offrir son fantasme le plus brûlant — la secrétaire jeune et sexy qu'il ne peut avoir, à moins de risquer la castration immédiate.

— Eh bien…, dit-elle d'une voix hésitante, il y a déjà beaucoup de réservations ce soir-là.

Elle s'interrompt, et j'entends le bruissement des pages qu'elle tourne.

— Je peux vous envoyer Fabienne. Il y a eu un désistement de dernière minute. C'est une de nos masseuses les plus compétentes et demandées. Vous ne serez pas déçue.

— Parfait.

Je suis déjà très excitée à cette idée. C'est de loin la chose la plus folle que j'aie faite pour notre couple, et le simple fait d'oser envisager une telle folie me rend euphorique !

— Une dernière question avant que nous terminions, reprend mon interlocutrice. A qui est destiné le massage ?

— Mon mari.

J'attends tandis qu'elle est sans doute en train de noter quelque chose.

— En ce moment, nous proposons une offre spéciale pour les couples. Nous pouvons vous offrir un massage à tous les deux pour seulement 25 % de plus. Voulez-vous une réservation pour vous également ?

Comme un disque rayé qui se met soudain à déraper au milieu d'une chanson, mon esprit s'emballe, et je reste interdite. C'est une chose de commander un massage érotique pour Evan (et d'en tirer un plaisir voyeuriste) — après tout, c'est un homme, et il est acceptable que les hommes fassent ce genre de choses. Mais pour moi ?!

— Mia ? Vous êtes toujours là ? demande-t-elle d'une voix mi-inquiète, mi-amusée.

— Oui, je suis toujours là, je réfléchissais..., je réponds, essayant de gagner un peu de temps.

A priori, une femme de trente-trois ans ne devrait pas être embarrassée par ce genre de question. C'est juste que je n'avais pas imaginé me faire caresser par une blonde très sexy. Et tout cela sous le regard concupiscent d'Evan... En dehors de quelques explorations préadolescentes, aucune femme ne m'a jamais touchée de cette façon. Aurai-je le courage d'aller jusqu'au bout ? Je m'imagine nue dans notre lit, Evan assis tout près, le regard chaviré par le désir, et les doigts délicats d'une femme glissant...

— Mia ?

Je reprends mon souffle.

— Très bien. Faites une réservation pour deux.

En silence, je frappe la paume de ma main contre mon front, secouant la tête, incrédule, le cœur battant si fort que j'entends à peine le reste de la conversation. Dans quel pétrin me suis-je fourrée ? Si Evan n'apprécie pas ce que je suis en train de faire pour les dix prochaines années de notre mariage, je demande le divorce !

Le soir de son anniversaire — et du massage —, j'ai prévu d'emmener d'abord Evan dîner dans un bon restaurant. Je passe le chercher à son bureau après m'être soigneusement préparée : petite robe noire, talons aiguilles, long manteau noir.

— Tu es magnifique ! dit-il en sifflant d'un air admiratif.

Il me détaille des pieds à la tête, passe un bras autour de ma taille et m'attire contre lui avec empressement.

Nous sommes seuls dans son bureau qui domine les lumières de la ville. A travers le fin tissu de ma robe, je sens son érection. Je lui décoche un sourire ravageur. Savoir que dans deux heures une autre femme lui caressera doucement le sexe me fait me sentir incroyablement forte et sexy — sans doute parce que c'est moi qui contrôlerai la rencontre. L'image persiste dans mon esprit tandis que je frôle son sexe dur. Il ferme les yeux et savoure l'instant.

— A quelle heure est la réservation, déjà ? demande-t-il, sans cacher ses intentions.

— N'y pense même pas, dis-je en m'écartant, me dirigeant vers la porte avec une démarche aguicheuse.

— Pourquoi pas ? demande-t-il en me suivant aussitôt, avant de m'interrompre alors que j'ai la main posée sur la poignée de la porte. Quand m'as-tu laissé te prendre sur mon bureau pour la dernière fois ?

Et il me retourne et me plaque contre le mur. Ma libido débordante semble communicative. Il glisse un genou entre mes cuisses et les écarte légèrement, avec ce regard avide que j'aime tant. Lorsqu'on se met dans cet état, on entre dans une sorte de transe, agissant par instinct plutôt que de façon réfléchie, tant on connaît le corps de l'autre par cœur.

Je me sens peu à peu perdre le contrôle et basculer dans l'ivresse du désir. Il retrousse ma robe d'un geste brusque. Evan est habitué à obtenir ce qu'il veut et accepte difficilement qu'on lui résiste. J'adore le voir devenir un peu brutal, et n'avoir d'autre choix que de lui obéir. Il écarte mon string et plonge les doigts dans mon sexe trempé. Je me cambre en gémissant, ondulant naturellement sur ses doigts.

— Le restaurant peut attendre, murmure-t-il près de ma bouche entrouverte, mais moi non.

Je dois rassembler toute la volonté dont je dispose.

— Il va bien falloir que tu attendes pourtant, dis-je en me trémoussant pour rabaisser ma robe, avant de me précipiter vers la porte.

Je sais que la suite n'en sera que plus excitante si la tension a le temps de monter, au lieu d'assouvir nos désirs immédiatement.

Je continue de le chauffer pendant le dîner — caressant son sexe en érection sous son pantalon avec mon pied nu sous la nappe, mangeant avec sensualité, me déhanchant de façon exagérée en allant aux toilettes et lui caressant la nuque du bout des doigts en passant près de lui. Je fais tout ce qui est en mon pouvoir pour l'exciter, et pour qu'il soit totalement déboussolé au moment où nous rentrerons à la maison… Lorsqu'on pourra vraiment commencer à s'amuser.

— Je ne sais pas quelle mouche t'a piquée ce soir, dit-il d'un air intrigué, un petit sourire aux lèvres tandis que je lèche ma cuillère de façon suggestive. En tout cas, je suis impatient de rentrer…

Nous échangeons un long regard d'une rare intensité, tandis que je l'imagine étendu sur notre lit, le sexe dressé, dur… sur lequel elle refermera sa main.

— On devrait peut-être demander l'addition, alors ?

Je lui pose la question d'un air nonchalant, essayant de ne pas sembler trop empressée.

Sans perdre un instant, Evan fait un signe au serveur pour demander l'addition, tout en sortant son portefeuille.

— Non, ce soir, c'est moi qui t'invite, dis-je. C'est ta soirée.

Il hausse les épaules, sourit, puis range son portefeuille dans sa veste.

Tandis que je tourne la clé dans la serrure, Evan se serre contre moi. Il a l'air de penser qu'on va baiser dans la cage d'escalier. Il faut dire que mes mains n'ont pas quitté son sexe pendant tout le trajet de retour en voiture, le caressant à travers son pantalon.

L'empêcher de me sauter dessus jusqu'à l'arrivée de Fabienne risque de ne pas être facile…

Nous nous précipitons à l'intérieur, je trébuche, et avant que j'aie le temps de retrouver mon équilibre, Evan me plaque face au mur, relevant ma robe par-derrière.

— J'ai eu envie de toi toute la soirée, gémit-il d'une voix rauque à mon oreille.

Je le sens manier sa fermeture Eclair d'une main maladroite sur mes fesses. A entendre la ferveur dans sa voix, je sais que je l'ai poussé au-delà du raisonnable. Oh ! J'ai envie qu'il soit excité, mais je vais avoir besoin de le calmer un peu, sans lui donner l'impression que je le repousse.

— Mon amour…, dis-je en me retournant, on pourrait peut-être prendre un verre d'abord.

Il en profite pour faire glisser le devant de ma robe et faire sortir un de mes seins de mon soutien-gorge sans bretelles. Il semble rêveur, le regard dans le vague, fasciné par le spectacle de mes seins gonflés qui n'attendent qu'une chose : qu'il y plaque ses lèvres et les lèche comme il sait si bien le faire.

Ça va vraiment être dur de résister… Je suis même sûre qu'il ne m'a pas entendue quand je lui ai proposé de prendre un verre, et je jette un coup d'œil à l'horloge — encore quinze minutes avant l'arrivée de Fabienne. Et quinze minutes, c'est très long lorsqu'il s'agit de tenir Evan à distance dans l'état dans lequel il se trouve.

— Pas ici, dis-je, changeant de tactique. Allons à l'étage.

— Pourquoi…, déclare-t-il plutôt qu'il ne le demande, totalement absorbé par mon deuxième sein désormais sorti de ma robe.

Encore deux minutes, et je serai sans culotte, en train de me faire prendre sur la console de l'entrée — et ce ne sera pas la première fois.

— J'ai une surprise pour toi.

Cela semble efficace. Il abandonne mon sein et plante son regard dans le mien.

— Est-ce aussi bon que ta délicieuse chatte sur mon visage ? demande-t-il.

— Mieux, je lui promets en le prenant par la main, l'entraînant dans l'escalier.

— Mieux que ta chatte ? dit-il avec malice. Impossible !

Je me retourne et lui donne une petite tape sur l'épaule en lui lançant un regard faussement réprobateur.

— Quoi ? dit-il, prenant un air innocent, les yeux rieurs. Je voulais juste dire…

— Oui, je sais ce que tu voulais dire, monsieur Langue-bien-pendue, dis-je devant la porte de notre chambre.

— Tu adores quand je dis des trucs salaces, Mia… N'essaie pas de le nier, je sais que ça t'excite.

Etant donné que je viens de commander un « Massage décadent » pour deux, je suis étonnée d'avoir encore la bonne grâce de rougir de son commentaire.

Je me retourne pour le regarder une dernière fois avant d'ouvrir la porte. La lueur des bougies éclaire son beau visage. J'ai demandé à une amie de venir préparer la chambre pendant que nous dînions. Je ne lui ai cependant pas parlé de Fabienne. Il y a une bouteille de champagne dans un seau à glace sur la table de nuit, ma lingerie la plus sexy est suspendue à la porte de la penderie, la chambre est imprégnée de l'odeur de l'huile de massage parfumée à la vanille et une couverture en laine chenille d'une douceur indécente est étendue sur le lit. Je veux que ce soit une expérience sensuelle exceptionnelle.

— C'est magnifique, ma chérie. Tu t'es donné beaucoup de mal, dit-il en balayant du regard notre antre de plaisir d'un œil admiratif.

— Et tu n'as encore rien vu, ne puis-je m'empêcher de murmurer à voix basse.

Pendant que j'enlève ma robe pour enfiler mon délicat ensemble de lingerie noire transparente — sans enlever mes talons aiguilles —, Evan ouvre la bouteille de champagne. Il me tend une flûte, et nous trinquons.

C'est à ce moment exact que la sonnette retentit.

Je vide ma flûte d'un trait. Evan fronce les sourcils et me regarde d'un air interrogateur. Je suis si nerveuse que j'ai du mal à mettre un pied devant l'autre. Je décide d'ignorer la question qui plane dans son regard. *Voilà, impossible de reculer, à présent*, me dis-je en haussant les épaules — donnant l'impression que je ne sais pas du tout qui peut sonner à cette heure — et je vais répondre.

Je tourne la poignée, les mains tremblantes. Et je vois apparaître une belle blonde… et son amie. L'expression de mon visage doit être éloquente.

— Oh ! non, vous n'avez pas été prévenue…, dit la grande brune d'une petite trentaine d'années portant un chignon au-dessus de la nuque. Je suis Fabienne, dit-elle en me tendant la main, et voici Melissa, ajoute-t-elle en désignant la petite blonde. Elle vient juste de terminer son apprentissage. Il était indiqué dans le formulaire que vous ne voyiez pas d'inconvénient à ce qu'une étudiante soit présente.

Elle laisse planer cette question capitale.

Dois-je laisser Melissa regarder ? (Du moins, je suppose qu'elle ne fera que regarder, et il est plutôt délicat de demander des éclaircissements à cet instant…)

Je reste bouche bée, et je suis incapable de prononcer le moindre son pendant ce qui me paraît une éternité. Je suis sur le point de renvoyer Melissa chez elle avec une profusion d'excuses lorsque Evan sort de la chambre et se penche au-dessus de la rampe. Il a enlevé sa chemise. Je vois qu'il tient une flûte de champagne à la main. Il ne m'a jamais semblé aussi sexy. Je jette un coup d'œil vers Fabienne et Melissa, puis je me tourne de nouveau vers Evan. Cela gâcherait l'ambiance de la soirée si Evan me voyait congédier Melissa d'un air gêné. Tous trois attendent que je dise quelque chose. Eh bien, plus on est de fous, plus on rit… !

— Je vous en prie, entrez, dis-je en m'écartant pour les laisser passer, tout en pensant que je dois être dingue, avant de lever les yeux vers Evan. Chéri…, dis-je, tentant de rassembler mon courage. Je te présente Fabienne et Melissa. Ton cadeau d'anniversaire.

Et j'emboîte le pas à nos masseuses jusqu'à l'étage, les yeux baissés, essayant de retrouver une respiration normale.

— Si cela ne vous dérange pas, dit Fabienne sur le pas de la porte, nous allons juste préparer la chambre, et nous vous appellerons quand nous aurons terminé.

Puis elle nous adresse un sourire chaleureux, avant de refermer la porte derrière elles.

Mon regard finit par croiser celui d'Evan. Son expression est indéchiffrable. Il saisit fermement mon avant-bras.

— Tu es sérieuse ? demande-t-il.

Je vois bien qu'il retient un immense sourire. Je sais qu'il est dans un état d'excitation indescriptible — un peu comme un gosse qui entre dans le salon le matin de Noël et découvre le vélo dont il rêve depuis toujours.

— Qu'est-ce que tu as fait, Mia ?

— Bon anniversaire, mon amour, dis-je en déposant un petit baiser sur son épaule. Détends-toi, et profites-en.

— De quel genre de cadeau s'agit-il exactement, Mia ?

— Tu le découvriras dans un instant, dis-je d'une voix langoureuse, un peu moins nerveuse à présent.

C'est l'instant précis choisi par Fabienne pour ouvrir la porte.

— Vous pouvez venir.

Evan et moi échangeons un regard. Je suis stupéfaite de voir que lui aussi est nerveux. Je sais qu'il n'a jamais fait ce genre de choses, pas même lorsqu'il était célibataire et qu'il logeait sur le campus universitaire. Sa timidité est imperceptible pour l'œil non exercé. Mais je la devine, au tremblement de sa lèvre inférieure. Et je trouve sa légère appréhension adorable, et très excitante — avec le métier qu'il exerce, il a dû apprendre à se blinder, ce qui a affecté tous les aspects de sa vie. Lors de nos ébats sexuels, c'est toujours lui qui domine. Je suis impatiente de le voir étendu sur le lit (et j'espère bien qu'elles vont l'attacher !) à la merci de quelqu'un, pour une fois.

Evan entre dans la chambre. Fabienne le prend immédiatement par le bras et le guide vers le lit.

— Tout d'abord, commence-t-elle, le sourire aux lèvres : bon anniversaire.

— Merci, dit-il en réprimant toujours son sourire, tandis qu'ils se dévisagent avec intensité. C'est une sacrée surprise, ajoute-t-il en me regardant.

Je vois que ça lui plaît. Il y a une attirance évidente entre eux. En observant leur langage corporel (ils se tiennent debout l'un face à l'autre, tous deux les mains sur les hanches), je perçois un rapport de force inconscient — ils ont tous deux l'habitude de voir les gens capituler devant eux de façon inconditionnelle et immédiate. J'adore ça ! Quelqu'un va enfin mettre cet homme à genoux et me montrer comment faire.

Je vois aussi qu'Evan lui plaît. D'ailleurs, pourquoi ne lui plairait-il pas ? Il est très beau, charmant, intelligent, sexy…

Je ne vais pas mentir, je suis très jalouse à cet instant, et aussi inquiète en voyant Evan réagir ainsi, être différent avec une femme différente. Il est hésitant, il fait à son égard des efforts qu'il ne fait plus avec moi. Et puis, la dernière fois qu'il était avec une autre femme que moi, il était encore un gamin de vingt-cinq ans, tandis que maintenant, c'est un homme accompli de trente-cinq ans. J'imagine soudain ce que cela ferait si Evan était toujours célibataire aujourd'hui, et mon cœur se serre de rage en pensant à toutes les femmes qui essaieraient de lui sauter dessus. Mais, dans le même temps… Cette bouffée de jalousie provoque en moi une excitation intense.

— Je suppose que, comme il s'agit d'une surprise, Mia ne vous a pas informé de la philosophie de notre agence, je me trompe ? lui demande-t-elle en lui tirant doucement le bras pour le faire asseoir au bord du lit.

J'observe Fabienne avec attention tandis que Melissa me fait signe de m'asseoir dans un fauteuil situé à moins de deux mètres de notre lit. Fabienne n'est pas la jeune blonde explosive que j'avais demandée (ce profil serait plutôt celui de Melissa), mais je pense qu'en fait elle correspond davantage au genre de femme qui plaît à Evan. Elle porte un short noir moulant très court et une sorte de brassière de sport noire. Contrairement à mon corps qui est tout en courbes, le sien mesure un mètre soixante-quinze et est très musclé. Je n'ai aucun doute sur le fait que, s'ils en venaient aux mains, elle donnerait du fil à retordre à Evan — et moi, elle me plaquerait au sol en deux secondes. A cette pensée, je suis parcourue de délicieux frissons, et je sens mon excitation monter d'un cran.

— C'est exact, acquiesce-t-il.

— Bien…, dit-elle en prenant un petit tabouret bas qu'elles ont apporté et en le plaçant devant lui. Nous pensons que la sexualité est sacrée, et que c'est une façon de communiquer avec l'esprit divin qui est en chacun de nous. Nous suivons une formation chez Massages Erotic Touch, qui associe des méthodes occidentales et orientales destinées à atteindre le nirvana grâce au plaisir sexuel.

Elle soulève les pieds d'Evan avec douceur et les pose sur le tabouret.

— Nous pratiquons uniquement le massage

érotique, dit-elle en plantant son regard dans celui d'Evan. Sans pénétration.

Evan hoche la tête, ayant sans doute déjà deviné ce point. Je remarque que Fabienne retient légèrement son souffle en prononçant cette phrase. Aussitôt, mon esprit s'emballe. A-t-elle imaginé, l'espace d'une seconde, comment cela pourrait être de coucher avec lui ? Je cerne bien les gens en général : elle a envie de lui. Un nouveau coup de poignard, jalousie et désir mêlés, me secoue dans mon fauteuil. Voir une autre femme avoir envie de lui me fait le désirer encore plus.

— Nous croyons également que le plaisir sexuel ne se limite pas aux zones érogènes, poursuit-elle, massant un de ses pieds avec lenteur, comme si son corps tout entier était concentré sur son geste.

Evan se laisse aller en arrière, et je vois un léger trouble dans ses yeux.

— En réalité, notre aura sexuelle s'étend à quelques centimètres au-delà de notre corps, dit-elle à voix basse, avec lenteur, comme une caresse.

Je suis si absorbée par le spectacle qui se déroule devant mes yeux, la façon dont elle réussit à le rendre dingue rien qu'en lui caressant les pieds... Je n'avais pas vu qu'Evan avait une énorme érection, visible pour tous ceux qui veulent bien regarder dans cette direction.

Je prends conscience que Fabienne et Melissa en verront bientôt bien davantage, mais je frémis malgré tout à la vision de son sexe sous ses vêtements. Je semble être la seule, néanmoins. Tout le monde semble parfaitement à l'aise.

Comme pour confirmer ce qu'elle venait d'avancer, Fabienne place une main à quelques centimètres au-dessus de son sexe en érection.

— Fermez les yeux, Evan, commande-t-elle à voix basse.

Etrangement, la façon intime qu'elle a de prononcer son nom est plus sexuelle que tout ce qu'elle a fait jusqu'à présent.

Il la regarde un instant. Cela ressemble tellement à Evan, de ne pas obéir à un ordre. Mais il finit par s'exécuter, un sourire espiègle aux lèvres, écartant très légèrement les jambes, l'air de dire : « Ah oui ? Tu veux jouer avec ça ? Vas-y, il est à toi... Voyons ce que tu sais faire. » Elle se frotte les mains lentement, puis place de nouveau l'une d'elles au-dessus du sexe d'Evan.

— En temps normal, nous n'avons pas pleinement conscience de notre corps. Si nous n'éprouvons pas de douleur particulière, nous ne ressentons rien la plupart du temps. Mais..., dit-elle en faisant tourner sa main en cercles lents, juste au-dessus de son sexe, lorsque nous parvenons à faire abstraction de tous les bruits environnants, nous sentons soudain que notre corps existe, plein de vie, de sang, d'énergie.

Je la vois fermer les yeux, et demander :

— Que ressentez-vous, Evan ?

Il ne répond pas immédiatement, laissant sa tête basculer en arrière. Hum... Il est si beau, le corps baigné dans la lueur des bougies, presque nu, s'abandonnant aux caresses d'une inconnue. Plus que tout, j'ai envie de prendre son sexe dans ma bouche.

— Je ressens des fourmillements, finit-il par dire d'une voix pleine de langueur. Et de la chaleur.

— Allez un peu plus en profondeur, insiste-t-elle. Concentrez-vous uniquement sur les sensations de votre corps, bloquez toute autre pensée.

Sa main continue à tourner juste au-dessus de son sexe en érection, qui ne semble avoir aucun problème avec ce concept.

— Je ressens une étrange sensation de pesanteur, dit-il en souriant. Je ne peux pas l'expliquer.

Moi, si. Son sexe est dur comme du béton, tressautant involontairement en direction de sa main.

— Très bien. Maintenant, je veux que vous vous concentriez sur cette sensation pendant que je vais explorer votre corps avec mes mains. A tout moment, si je vous touche d'une façon qui vous déplaît, arrêtez-moi. Il n'est question que de votre plaisir, ici.

Il n'est pas nécessaire qu'il dise quoi que ce soit. Je sais qu'il n'y a rien qu'elle puisse lui faire qu'il puisse avoir envie d'interrompre, ne serait-ce que par besoin de paraître indestructible, à tout instant. C'est un jeu de provocation à présent, et je me demande jusqu'où elle est prête à aller, jusqu'où elle a le droit d'aller.

Elle ajuste sa position, toujours agenouillée face à

lui. Elle place les mains sur ses chevilles, et remonte, très lentement. Lorsqu'elle arrive au niveau des genoux, elle marque une pause, et semble appuyer sur des points stratégiques. Tandis qu'elle s'attarde juste au-dessous de ses rotules, Evan est pris d'un mouvement convulsif, son corps entier frémit, et il laisse échapper un soupir.

Fabienne : 1. Evan : 0.

Je discerne un sourire imperceptible sur les lèvres de la jeune femme, et elle me lance un petit coup d'œil complice. Ce geste était uniquement destiné à montrer qui contrôlait la situation. Elle l'a cerné en dix minutes. J'adore ça ! Soudain, elle cesse d'être une rivale pour devenir une alliée. « Transforme-le en un petit chiot sans défense », lui intimé-je du regard. « Et apprends-moi comment faire. »

Comme si elle m'avait entendue, elle continue, et remonte le long de ses cuisses. A présent, il est totalement étendu sur le lit, les bras écartés en forme de croix, le dos légèrement cambré. J'imagine ce qu'il doit ressentir à cet instant, l'effet des mains de Fabienne, fermes et douces à la fois, sur la peau tendre de l'intérieur de ses cuisses.

— Les variations au niveau du toucher sont infinies, dit-elle. Je peux effectuer de fortes pressions.

Soudain, elle le surprend en enfonçant ses mains dans sa chair. Il en a le souffle coupé, serre les draps entre ses poings, et serre les dents en se cambrant davantage encore.

— Je peux également être aussi douce que la

fourrure d'un chaton, continue-t-elle, relâchant la pression et faisant remonter ses mains le long de ses cuisses, de chaque côté de son sexe. Je peux aussi me servir de mes ongles, dit-elle en repliant les doigts, lui labourant l'intérieur des cuisses.

Il gémit et laisse sa tête basculer sur le côté.

— Ou juste du bout des doigts.

Elle va et vient, s'arrêtant à quelques centimètres seulement de son sexe frustré. Je sais qu'il meurt d'envie qu'elle touche la peau veloutée de son sexe. Je n'ai jamais réussi à le caresser pendant plus de deux minutes sans qu'il ne me prenne la main et ne me force à prendre, ou à sucer, son sexe. Mais il ne peut pas faire ça avec Fabienne. La situation est entièrement entre les mains de la jeune femme. C'est quelque chose de nouveau pour lui, et je me demande comment il gère cela.

— Un autre aspect du toucher… est le timing. C'est un élément essentiel du plaisir sexuel.

Elle se relève entre les jambes écartées d'Evan. Dans sa tenue noire un peu austère qui révèle son corps athlétique, elle possède tous les attributs de la dominatrice. J'ai toujours eu envie de renvoyer l'image d'une femme pleine d'assurance, mais je n'y suis jamais réellement parvenue. Entre Evan et moi, une dynamique s'est installée au tout début de notre relation, et nous ne nous en sommes jamais écartés — pas une seule fois je n'ai réussi à lui faire peur, à le rendre nerveux, ni à le soumettre à ma volonté.

Elle garde le silence jusqu'à ce qu'il ouvre les yeux, recouvre ses esprits et la regarde droit dans les yeux d'un air de défi. Même alors, elle ne dit rien, le regardant fixement… attendant. Elle a vraiment le don de savoir faire attendre. Je vois ce qu'elle veut dire lorsqu'elle parle de timing.

— Maintenant, je vais ôter vos sous-vêtements, Evan, déclare-t-elle d'une voix suave mais néanmoins autoritaire.

Elle se penche en avant et pose les mains de chaque côté du corps d'Evan. Il prend appui sur ses avant-bras, ils ne se quittent pas des yeux, leurs bouches entrouvertes ne sont qu'à une dizaine de centimètres l'une de l'autre.

Il ne dit rien. Elle saisit son boxer de chaque côté de ses hanches, et lentement — si lentement que j'arrête de respirer tant l'attente est insoutenable — il soulève à peine les hanches pour l'aider. Ils ne se sont toujours pas quittés des yeux. Je n'ai jamais vu un regard aussi intense. Il a rencontré son alter ego, et il le sait.

Quand j'aperçois l'extrémité de son sexe en érection, je laisse échapper un petit souffle. Elle enlève complètement son boxer. Il est si beau et sexy, nu sur le lit, que c'en est presque douloureux. Professionnelle ou pas, Fabienne ne peut être indifférente à sa beauté, elle reste une femme.

Elle se tourne vers Melissa et tend une main vers elle. Melissa s'approche et y fait couler un peu d'huile. Fabienne se frotte les mains en regardant Evan.

— Dans un instant, je vais vous toucher le sexe. Alors, tenez-vous prêt.

Je crois que je commence à comprendre comment faire : ralentir chaque geste, faire monter le désir, faire subtilement planer la menace de domination physique (je suis sûre que Fabienne a dans son sac du matériel de bondage) et toujours sembler avoir le contrôle de la situation.

Elle s'agenouille sur le petit tabouret, à ses pieds. Je retiens mon souffle de nouveau. Oh mon Dieu ! Une autre femme est en train de caresser le sexe de mon mari pendant que je regarde ! Je suis terrifiée, euphorique, excitée et folle de jalousie… Tout cela à la fois. Qu'est-ce que j'ai fait ? Je prends soudain conscience que ce « cadeau » est emballé dans une boîte de Pandore. Plus rien ne sera jamais pareil entre Evan et moi, et la question est : Qu'est-ce qui va changer entre nous ?

Elle pose les mains sur les cuisses d'Evan et le masse en remontant vers les hanches. Comme elle est toujours agenouillée devant lui, on dirait une ancienne prêtresse, rendant un culte à un immortel — un Dieu. Je suis sûre que cela est voulu. Et Evan ressemble en tout point à un Dieu : détendu, allongé, acceptant facilement cet hommage, attendant une délivrance surnaturelle qui lui permettra de monter au ciel. Quand elle finit par glisser la main autour de son sexe, Evan gémit et se cambre avec un tel abandon que j'ai peur qu'il ne perde complètement la tête. Sa réaction totalement désinhibée nous affecte toutes les trois — Fabienne retient son souffle, je mouille ma culotte et Melissa gémit doucement dans un coin. La tension sexuelle qui règne dans la pièce est électrisante.

— La plupart des femmes pensent qu'il n'y a qu'une seule façon de toucher le sexe d'un homme, poursuit Fabienne, rompant le charme. Mais elles passent à côté des points les plus sensibles. Comme celui-ci…

Elle tourne doucement autour de son gland, s'arrêtant sur le frein. Le corps d'Evan semble presque onduler tandis qu'elle caresse ce point de façon rythmée.

— Ensuite, dit-elle en ajustant sa position, si vous prolongez cette caresse jusqu'au bas de la verge, avec juste ce qu'il faut de pression, dit-elle en poursuivant sa démonstration, une sensation très douce commence à se développer dans l'espace situé entre le pénis et le sphincter, qui devra être libérée pour que l'aura reste alignée.

Si Fabienne n'avait prononcé ces mots d'une voix suave, son discours aurait pu sembler d'une froideur clinique. En fait, c'est le mélange entre son côté détaché et intime qui rend Fabienne si sexy.

— Cela ne vous dérange pas si je touche votre anus ?

Je frémis. Cette partie de l'anatomie n'a jamais été au menu de nos ébats — surtout en raison de ma pudeur plutôt que de celle d'Evan, même s'il n'a jamais insisté.

— J'ai confiance en votre expertise, répond Evan avec un sourire imperceptible.

— Parfait, dit-elle d'une voix traînante.

Elle se tourne vers Melissa, qui a déjà préparé une paire de gants en cuir noir, et un genre de petit vibromasseur en forme de fraise, ainsi que de l'huile légèrement réchauffée au-dessus d'une bougie. Evan observe cette préparation avec un sourire perplexe — il semble imperturbable. Si j'étais sur le point d'avoir des objets et des doigts insérés dans mon corps devant d'autres personnes, je deviendrais folle.

— La plupart des couples ignorent totalement cette partie du corps, poursuit Fabienne, qui n'a aucune conscience de mon appréhension tandis qu'elle enfile les gants avec cérémonie. Mais c'est une des zones les plus sensibles de notre corps, et une grande source de plaisir si on sait quoi faire.

Et, apparemment, cela consiste à plonger un doigt ganté dans de l'huile chaude, à faire en sorte que sa victime écarte les jambes, et à les maintenir ainsi avec ses jambes en s'agenouillant sur le lit. Et à effectuer des rotations avec le doigt en question en poussant légèrement, jusqu'à ce qu'il disparaisse entièrement à l'intérieur, dans la chair désormais malléable et excitée.

— Oh… ! gémit Evan en se laissant aller contre

l'oreiller tandis que son doigt fait un lent mouvement de va-et-vient.

— Le sexe masculin se prolonge de quelques centimètres sous la peau, murmure-t-elle à son oreille, ce qui veut dire que la zone que je suis en train de masser devient gorgée de sang, érigée et sensible.

Elle continue de le doigter, puis s'empare d'un vibromasseur. Il est relié par un fil à une petite boîte. Elle le met en marche. Il fait si peu de bruit que je ne pense pas qu'Evan ait conscience de ce qui l'attend.

Sans s'interrompre, elle plonge le vibromasseur dans l'huile, puis le substitue à son doigt. Il est entré si facilement que je me demande si Evan s'en est aperçu — jusqu'à ce qu'il laisse échapper un soupir d'extase.

— Nom de Dieu ! Qu'est-ce que c'est ? parvient-il à dire, frissonnant.

Fabienne se met à rire.

— Evan, je vous présente votre prostate.

Pour toute réponse, il pousse un gémissement.

Et, comme s'il n'était pas assez stimulé, elle referme une main sur ses testicules, et l'autre sur la base de son sexe, et commence à les caresser au même rythme, tandis que le vibromasseur poursuit son œuvre. Les choses peuvent difficilement s'améliorer pour lui, à moins que je ne m'assoie, nue, sur son visage et qu'il ait les mains libres.

Tandis que ces pensées traversent mon esprit,

je me dis que Fabienne n'a pas excité uniquement Evan… Tous les fantasmes que j'ai réprimés pendant si longtemps sont en train de resurgir. C'est pour cela qu'Evan et moi adorons nous regarder flirter avec d'autres — la simple possibilité de ce qui pourrait se passer nous rend dingues. J'imagine sa langue sur mon clitoris, une main sur le sexe de Melissa et l'autre pinçant le téton de Fabienne, tandis qu'elle continue à s'occuper de lui. Cette expérience serait vraiment divine !

— Est-ce que c'est agréable ? lui demande-t-elle.

Je suis sûre qu'elle connaît la réponse.

— Heu… Je…

Il tente de répondre, mais chaque fois qu'il ouvre la bouche, elle accélère le rythme de ses caresses, et les mots restent coincés au fond de sa gorge. A présent la main de la jeune femme glisse sur son sexe à une vitesse impressionnante.

— Je ne vous ai pas entendu, dit-elle pour le taquiner. Est-ce que ça va, Evan ?

Il ne peut que gémir de façon indistincte.

Mesdames et messieurs, Evan Lancaster, directeur général, est sans voix.

J'ai envie de m'incliner devant l'extraordinaire Fabienne.

Il est tellement excité à présent qu'il est presque en lévitation au-dessus du lit, tant il est arqué, les muscles aussi durs que du granit, tendu vers sa main, le sexe offert.

— Je ne peux…, souffle-t-il.

— Ne luttez pas, Evan, lui dit-elle. Je sais que c'est intense. Respirez calmement.

— Comment voulez-vous que je sois calme ! lâche-t-il en serrant les dents en prononçant ses dernières paroles de défi, tout en abandonnant les derniers vestiges de son ego et de son autorité.

Fabienne rit et s'en prend à lui avec une telle ferveur vengeresse qu'il aura de la chance s'il survit à cette expérience.

Je suis clouée sur mon fauteuil, comme envoûtée. Lorsque son orgasme viendra, je m'attends à ce qu'il fasse trembler les murs de la chambre. Je jette un coup d'œil vers Melissa. Elle a les yeux écarquillés, est bouche bée, ce qui prouve ce que je suspectais depuis le début — l'intensité de la relation entre Evan et Fabienne n'est pas habituelle, Fabienne sublime son désir pour lui dans chacune de ses caresses… le punissant de lui donner tant envie de lui, sans pouvoir l'avoir. Et je comprends soudain que Fabienne veut qu'Evan jouisse pour eux deux.

Il est tout près maintenant. Tout n'est plus que plaisir — un plaisir douloureusement exquis. Il ne va sans doute pas pouvoir lui résister bien longtemps. Fabienne s'est repliée autour de son corps comme une lionne protégeant sa proie, lui intimant de jouir. Et, obstinément, Evan semble lui refuser cette victoire.

Elle caresse son sexe gonflé à une vitesse presque irréelle à présent. La bouche d'Evan est entrouverte, dans un cri d'extase silencieux et prolongé. Je prends conscience que je suis moi-même si excitée que mon sexe est presque douloureux. *Tu vas jouir, bon sang !* ai-je envie de lui crier, les mains crispées sur les bras de mon fauteuil, les seins pointant sous mes vêtements.

Un gémissement guttural émane doucement de l'intérieur de son corps. Il ouvre grands les yeux. Je retiens mon souffle. Il saisit Fabienne par l'avant-bras, la forçant à le regarder dans les yeux. Il enfonce les doigts profondément dans sa chair. Montrant les dents, elle lui murmure des paroles inaudibles. Il lui murmure quelque chose que je n'entends pas. Puis, la tenant toujours entre ses bras, il jouit violemment sur son ventre et ses seins.

Le temps s'arrête un instant, tandis que son corps est secoué de vagues successives de plaisir. Je suis hypnotisée par le sexe de mon mari, en train de jouir sur le ventre d'une autre femme.

Cela semble durer une éternité… Jusqu'à ce que Fabienne saisisse le tissu humide que lui tend Melissa, essuie son corps avec une efficacité professionnelle, puis, après avoir débarrassé Evan de son attirail, elle se tourne vers moi avec un sourire radieux en disant :

— Vous êtes prête pour votre tour, Mia ?

Que dire du regard d'Evan à cet instant ? Désopilant !

Je suis si nerveuse que j'ai du mal à respirer, mais j'emprunte à Evan son assurance légendaire et lui assène avec impertinence :

— Tu croyais être le seul à t'amuser ce soir ?

Puis, je me tourne vers Fabienne et lui demande où elle me veut.

Elle sourit. Elle sait que je bluffe.

— En fait, vous pouvez rester exactement là où vous êtes.

Je suis contente qu'elle ait commencé par Evan. Non seulement je suis déjà très excitée, mais de plus, le fait de l'avoir vu céder si facilement à son attirance pour Fabienne m'a vraiment agacée — et m'a donné le courage dont seule une femme jalouse est capable. Je suis désormais déterminée à prendre du plaisir moi aussi.

Evan s'assoit sur le lit, visiblement abasourdi et déconcerté. Mécaniquement, il enfile son boxer. Je le regarde et fais une petite moue tandis que Fabienne est en train de préparer son matériel. Je suis encore en colère contre lui. J'ai envie de le gifler, autant que j'ai envie qu'il me baise. Je sais que tout ça, c'était mon idée, mais il n'empêche...

— Vous pouvez garder vos sous-vêtements, ou les enlever, comme vous préférez, m'informe Fabienne en prenant son petit tabouret pour le poser devant mon fauteuil.

— Heu..., dis-je, hésitante, prenant conscience de la situation et perdant un peu de mon assurance feinte. Je vais rester comme ça pour commencer.

Pour tout sous-vêtement, je porte un ensemble en fine dentelle noire Calvin Klein légèrement transparent. Je me sens déjà assez nue comme ça.

Je lève de nouveau les yeux vers Evan. Il est

maintenant assis au bord du lit, à quelques dizaines de centimètres de moi. Il semble avoir repris ses esprits et arbore un grand sourire, comme s'il venait juste de gagner le gros lot à la loterie deux fois de suite. Je ne peux résister à l'envie de lui sourire à mon tour, en dépit de tous mes efforts. Il est aux anges. Je connais par cœur l'expression de son visage tandis qu'il se laisse aller en arrière et prend appui sur ses avant-bras, attendant le spectacle : c'est un mélange d'incrédulité, d'amusement, d'excitation et je vois qu'il est aussi impressionné par le cran dont je fais preuve.

D'ailleurs, moi aussi, je suis impressionnée… Même si cette sensation est rapidement remplacée par une grande fébrilité quand Fabienne me saisit le pied pour le poser sur sa cuisse.

Ce premier contact physique avec elle m'électrise. Le contact de sa main est aussi doux qu'une plume, ce qui me détend un peu. Ses caresses me donnent la sensation d'être plongée dans un bain moussant bien chaud. Mon corps entier est saisi de vagues de frissons, mes paupières deviennent lourdes et mes pensées partent à la dérive. Elle me masse en remontant le long de mon mollet, glissant une main autour de ma cheville, comme si elle tenait un petit oiseau. Je ne me souviens pas de la dernière fois où on a couvert mon corps de tant d'attentions.

Je suis très détendue à présent, ce qui ne m'empêche pas de remarquer que Fabienne s'approche de plus en plus près de mon entrejambe, pour que je m'habitue à l'idée. Elle lit à travers les gens comme dans un livre ouvert, et elle sait que j'ai besoin de temps.

— Respirez, Mia, dit-elle en souriant. Vous retenez votre souffle depuis plusieurs minutes, déjà.

— Je sais. Je ne peux pas m'en empêcher.

— De quoi avez-vous peur ?

Je jette un coup d'œil vers Evan, et lis la même question sur son visage. Je suis sûre qu'il s'est souvent posé cette question pendant nos ébats, sans jamais oser la formuler à haute voix.

— Je ne sais pas.

— Avez-vous déjà joué au docteur quand vous étiez petite ? demande Fabienne, s'attardant à présent sur le bout de mes doigts, mes mains, mes bras et mes épaules.

— Oui.

— Aviez-vous peur à ce moment-là ?

— Non, bien sûr que non.

— Vous étiez juste excitée, n'est-ce pas ?

— Oui.

— Eh bien…, dit-elle en glissant vers ma nuque en faisant des cercles concentriques tandis que je me penche en avant pour lui faciliter l'accès. Vous êtes-vous déjà demandé ce qui était arrivé à cette petite fille insouciante qui adorait qu'on la touche, et qui ne ressentait aucune honte, ni culpabilité ?

— Je…

Bon sang ! J'ai l'impression d'être sur le point de pleurer.

— Oui, dis-je, envahie par une étrange sensation de soulagement, je me suis demandé ce qui avait changé.

— Comment jouiez-vous au docteur, Mia ?

Au ton de sa voix, j'ai l'impression qu'elle veut que je me replonge dans mes souvenirs.

— Fermez les yeux, ordonne-t-elle. Dites-moi… Avec qui jouiez-vous ?

— Ma meilleure amie, Rachel, dis-je pour la première fois.

— Que vous faisait Rachel ?

— Elle me caressait les seins.

Nous faisions semblant d'être des amants dans un film romantique, imitant chacun de leurs gestes, inventant les dialogues. C'était notre jeu favori.

Fabienne glisse doucement la main sur mon sein, à travers mon soutien-gorge. Je retiens mon souffle, mais me laisse aller, les yeux toujours fermés. Pendant quelques instants, sa main ne bouge pas. Cela me semble si différent de la façon dont Evan me touche… Je ne sais pas pourquoi. Il n'y a sans doute aucune différence, une caresse reste une caresse. Mais d'une certaine façon, le fait de savoir qu'une femme aussi sexy que Fabienne tient mon sein dans sa main suffit presque à me faire perdre la tête. Soudain, je meurs d'envie qu'elle m'enlève mon soutien-gorge pour caresser ma peau nue. Pourtant, je n'ose le lui dire.

Quand je me cambre involontairement, elle me caresse enfin les tétons à travers la fine dentelle. Je les sens se durcir, et devenir encore plus sensibles. Elle les pince doucement, comme seule une autre femme sait le faire. J'ai la sensation qu'elle vient d'embraser mon corps tout entier.

— Très bien… Laissez-vous aller, oubliez toutes vos pensées et concentrez-vous sur vos sensations physiques. Il n'y a que du plaisir ici. Et il n'y a rien de mal à ça. Votre corps réagit ainsi parce qu'il est fait pour ça, Mia. N'essayez pas de lutter contre vos sensations, laissez-les affluer.

Je me cambre encore davantage, offrant silencieusement mes seins, pour qu'elle en fasse ce qu'il lui plaira. Et, de façon instinctive, j'écarte les jambes.

— C'est bien, souffle-t-elle. Laissez votre corps aller là où il a envie d'aller, ne jugez pas vos instincts.

Je n'ai envie que d'une chose : sentir ses doigts expérimentés sur mon sexe.

— Je vais enlever votre soutien-gorge, maintenant Mia, d'accord ?

Je hoche la tête, les yeux toujours clos.

Elle glisse les bras derrière mon dos avec tellement de douceur pour dégrafer mon soutien-gorge que je ne sens presque rien… jusqu'à ce qu'elle fasse glisser les bretelles sur mes épaules et que je sente l'air frais sur les pointes érigées de mes seins.

Je garde les yeux fermés. Quand elle me touche enfin les seins, j'ai le souffle coupé et, une fois encore, je tends mon corps vers elle. C'est encore plus incroyable que je ne l'avais imaginé. Elle semble connaître tous mes désirs inexprimés. Même lorsqu'ils changent, de seconde en seconde, elle les déchiffre et y répond.

Je regrette soudain qu'elle ne soit pas autorisée à prendre mes tétons dans sa bouche. Pendant une fraction de seconde, j'imagine ce que je ressentirais au contact de sa bouche chaude, sa langue tournoyant autour de mon téton, ses dents mordillant ma peau sensible.

Au lieu de cela, elle tire doucement mes tétons, puis recommence, un peu plus fort chaque fois, en les pinçant légèrement entre ses doigts. Je ne peux m'empêcher de laisser échapper un gémissement, rejetant la tête en arrière.

— Les seins ont une sensibilité qui est comparable à celle du clitoris, dit-elle.

Je commence à comprendre le concept. Chaque pincement est si incroyable que je commence à comprendre comment certaines femmes parviennent à jouir par la seule stimulation de leurs seins.

— La plupart des amants sont trop pressés, ont trop peu d'expérience, pour savoir comment faire jouir une femme de cette façon, poursuit-elle. Est-ce que vous prenez des notes, Evan ? lance-t-elle par-dessus son épaule d'une voix malicieuse.

— Je suis suspendu à vos lèvres, répond-il.

J'entends son sourire, et aussi son excitation.

— Comme avec le sexe des hommes, le truc est de varier la pression et d'être attentif aux réactions de votre partenaire.

Elle fait la démonstration de son propos en me

caressant doucement les seins, puis me surprend en me pinçant de façon plus brutale, avant de revenir aux caresses plus douces. Chaque fois qu'elle augmente soudain la pression, je retiens mon souffle. Je suis tellement mouillée qu'elle n'aura pas besoin de ses huiles sophistiquées. Je crois que je pourrais la laisser continuer pour toujours. Mais elle ralentit ses caresses, avant d'arrêter complètement.

— J'aimerais enlever votre culotte maintenant, Mia. Est-ce que c'est possible ? demanda-t-elle d'une voix tendre et rassurante.

Mon cœur s'emballe, je suis tentée de trouver toutes sortes d'excuses pour différer cet instant, comme je le faisais enfant quand j'étais nerveuse, mais je me contente de hocher la tête en silence. C'est maintenant ou jamais. Et je ne serai jamais assez prête pour ne pas être nerveuse. De plus, je prends conscience que cette nervosité est agréable : le cœur qui bat la chamade, le sang qui afflue, mes terminaisons nerveuses au niveau d'alerte maximale, l'incapacité à formuler des pensées… c'est exquis.

— Bien, dit-elle.

Elle fait glisser ses mains le long de mes jambes, et sous ma culotte, de chaque côté, avant de la baisser. Je soulève mes hanches pour l'aider.

— J'aimerais aussi vous bander les yeux, dit-elle. Je pense que ce sera plus agréable pour vous. Et j'ai remarqué que vous aviez les yeux fermés la plupart du temps. Etes-vous d'accord ?

Etrangement, je veux bien, et suis même soulagée.

Il m'est plus facile de me laisser aller si je ne vois pas les réactions de ceux qui m'entourent. Peut-être ai-je peur de voir le choc ou la désapprobation sur leur visage. Ou peut-être pourrais-je être tentée de faire un show pour le plaisir d'Evan, plutôt que pour le mien. De cette façon, tout cesse d'exister — à l'exception de mon corps et des caresses décadentes de Fabienne.

J'ouvre les yeux l'espace d'un instant. Fabienne se lève et se dirige vers Melissa, qui prépare un petit panier rempli de choses diverses. J'aperçois Melissa en train de lubrifier un gode rose de taille assez impressionnante, et je perds presque tout courage. Je suis nue comme un ver, à l'exception de mes talons aiguilles, dans un fauteuil victorien, devant trois autres personnes qui s'apprêtent à introduire des doigts gantés, des dildos roses et Dieu sait quoi encore dans mon sexe. Tout cela me semble surréaliste. Je dois être en train de rêver !

Je jette un bref coup d'œil vers Evan, qui est toujours au bord du lit. Au cours de nos dix années de mariage, je n'ai jamais vu cette expression sur son visage : un désir si intense que ses yeux sont devenus noirs et ses lèvres tremblent de façon incontrôlée. Pour le torturer encore un peu plus, je plante mon regard dans le sien, tout en écartant les jambes pour lui montrer mon sexe trempé, avant de les refermer aussitôt. Fabienne revient de l'autre bout de la chambre, armée d'un panier rempli d'accessoires, portant de longs gants noirs. Elle place le bandeau sur mes yeux et noue les attaches de soie. La dernière chose que je vois est la belle bouche entrouverte d'Evan, comme s'il était sur le point de manger le festin qu'il a devant les yeux.

Puis, je suis plongée dans le noir. Soudain, je perçois le moindre courant d'air, les frémissements de mon sexe, les papillons dans le ventre, les battements frénétiques de mon cœur, la fermeté du fauteuil… et Fabienne m'écartant les cuisses d'une main ferme.

Ne pas les voir me regarder est incroyablement excitant. Je peux imaginer leurs réactions et ce qu'ils ressentent à me regarder ainsi érotisée, comme si j'étais tout droit sortie d'une scène du journal d'Anaïs Nin.

— Je vais commencer par un massage doux, me prévient Fabienne, m'écartant un peu plus les jambes.

Je suis électrisée par le contact de sa main. Elle la pose sur mon sexe, l'effleurant à peine, puis reste ainsi, sans bouger, comme elle l'a fait avec mes seins un peu plus tôt, pour que je m'habitue à son contact. Evan le fait rarement, ayant le plus souvent envie de me pénétrer — avec ses doigts, son sexe ou sa langue — le plus vite possible.

La sensation est extraordinaire. J'ose écarter les jambes davantage encore, voulant qu'elle aille plus loin.

— Est-ce que c'est agréable ? demande-t-elle d'une voix suave.

— Oui, très agréable, balbutié-je dans un murmure.

— Parfait. Je vais commencer le véritable massage maintenant, et j'ai besoin que vous me guidiez, Mia. Indiquez-moi, autant que vous le pourrez, ce qui est agréable et ce qui ne l'est pas. Je suggère une communication non verbale, comme des gémissements, ou ce que vous voudrez. Et, quoi que vous fassiez, ne réfléchissez pas. Ne vous posez pas de questions sur vos réactions, et ne les réprimez pas. D'accord ?

J'acquiesce d'un hochement de tête.

Ses mains sont restées sur mon sexe pendant tout le temps, presque sans bouger. Elle augmente la pression de sa main en faisant de petits mouvements circulaires. Chaque millimètre de ma peau délicate est sollicité. Je sens une excitation très douce naître en un point précis.

J'écarte les jambes autant que les bras du fauteuil me le permettent, puis j'avance vers sa main, lui offrant mon sexe comme je lui avais offert mes seins. Même ce geste, plutôt innocent étant donné les circonstances, est quelque chose de transgressif pour moi, ce qui ne fait qu'accentuer mon excitation.

— C'est très bien, Mia, je vois que vous laissez votre corps prendre le contrôle. Essayons ceci — je vais laisser ma main immobile un moment, et c'est vous qui bougerez contre elle.

Je sais immédiatement que son idée me plaît à la façon dont mon corps réagit, et je deviens encore plus trempée.

Je hoche la tête avec enthousiasme.

Sa main arrête de bouger. Timidement, je me frotte sur sa main. Je gémis, comme on me l'a demandé, me caressant de plus en plus vite sur sa main.

Je sens mes tétons se durcir à chaque pression, et me cambre. Elle comprend chacun de mes désirs, et me pince doucement les seins de sa main libre. Le mélange des sensations est enivrant. Je sens toute velléité de contrôle m'abandonner.

— Oh ! nom de Dieu ! dis-je en gémissant, rejetant la tête en arrière en me frottant contre elle de plus en plus fort.

— Pendant que c'est agréable, j'aimerais utiliser un dildo, dit alors Fabienne. Est-ce que vous êtes d'accord ?

Si je suis d'accord ? Mais je n'attends que ça !

— Commençons par ceci, dit-elle tandis que je sens son doigt fouiller l'entrée de mon sexe.

Comme pour tout le reste, elle prend son temps, glissant le doigt à l'intérieur, puis à l'extérieur, et tout autour, prenant soin d'éviter mon clitoris. Je crois que j'aurais joui instantanément si elle l'avait fait ! Puis, elle enfonce le doigt jusqu'au bout — je gémis, ondulant sur son doigt, murmurant :

— Continuez…

Mon excitation est presque intenable. Je suis sur le point d'avoir l'orgasme le plus intense de ma vie.

— Attendez, ce sera mieux ainsi, dit-elle en enlevant son doigt, avant d'en insérer un second.

Elle a raison, la sensation est incroyable. Dans

un premier temps, elle ne bouge pas, me laissant me frotter contre ses doigts, mais ensuite elle les courbe à l'intérieur, et je commence à me demander s'il est possible de ressentir trop de plaisir.

— Non ! dis-je en un petit cri, même si je me retiens de lui saisir le poignet pour la forcer à aller encore plus loin en moi, me cramponnant à la place aux bras du fauteuil. C'est trop, finis-je par ajouter.

— Je sais que c'est très intense, Mia. Je suis en train de stimuler votre point G. Mais ne vous inquiétez pas, tout ira bien. Si c'est trop intense, respirez profondément, et laissez vos sensations se propager à l'ensemble de votre corps.

J'essaie. Je respire, encore et encore. Et je commence à être envahie de vagues de chaleur qui s'étendent à l'ensemble de mon corps.

— Bien, murmure-t-elle d'une voix apaisante, enlevant de nouveau ses doigts. Je vais vous faire essayer une position légèrement différente maintenant.

Elle place une main sous mon genou gauche et m'intime de relever la jambe. Je m'exécute, surprise sur le moment de ma totale confiance en elle.

— Je vois que vous êtes très souple, dit-elle en répétant le mouvement avec mon autre jambe.

Je suis maintenant assise au bord du fauteuil, les deux jambes relevées sur les accoudoirs, plus exposée que je ne l'ai jamais été de toute ma vie — chaque recoin de mon sexe attendant d'être touché, regardé, exploré. Je suis sidérée par ce que je lui ai laissé me faire. Et pourtant, je sais qu'à aucun moment je n'aurais été capable de dire non. Il y a quelque chose chez Fabienne, dans la façon dont elle parle, bouge, règne sur les gens et les choses, qui vous pousse à faire ce qu'elle exige. Le ton de sa voix donne l'impression que ce qu'elle vous demande de faire est la chose la plus naturelle au monde.

— Je vous ai demandé de rester dans le fauteuil, souffle-t-elle en caressant mon clitoris de ses doigts habiles, parce que c'est la meilleure façon d'atteindre le point G, le clitoris et les autres points sensibles en même temps.

Je me cramponne aux bras du fauteuil, sentant mon excitation monter de nouveau.

Elle continue de me caresser, tout en insérant deux doigts en moi en un lent mouvement de va-et-vient. Merde ! Elle avait raison — la position me donne d'incroyables sensations.

Elle continue un moment… Puis je perds toute notion du temps. Je m'allonge dans le fauteuil, frissonnant et gémissant. Je ne contrôle plus aucune de mes réactions, savourant chaque millimètre des doigts de Fabienne en moi.

— Je pense que vous êtes prête, dit-elle.

Avant que j'aie le temps de lui demander à quoi d'un air béat, elle ôte ses doigts et place quelque chose — je présume qu'il s'agit du dildo rose — à l'entrée de mon sexe. Elle continue à me caresser d'une main, et fait entrer le dildo, à peine. La sensation est extraordinaire, et je n'ai qu'une envie : le sentir tout entier en moi.

— Pouvez-vous ramener un de vos genoux contre votre poitrine ? demande-t-elle.

J'ai le souffle court. C'est tellement bon… Je n'ai plus aucune hésitation envers tout ce qu'elle peut me suggérer. Je prends mon genou gauche et l'appuie contre ma poitrine. Au même instant, Fabienne enfonce le jouet dans mon sexe. Je laisse échapper un petit cri, suivi d'un gémissement. Dans cette position, chaque mouvement démultiplie les sensations et je me sens sur le point de défaillir. Pourtant, j'en veux encore plus.

Comme si elle lisait dans mes pensées, elle se penche pour attraper quelque chose dans le panier.

— J'aimerais essayer quelque chose de vraiment fantastique avec vous, mais j'ai besoin de votre permission d'être assistée de Melissa.

— Heu…

J'essaie de retrouver mon souffle, elle ne cesse de faire aller et venir le dildo en moi, et plus j'hésite à répondre, plus elle accélère le rythme.

— Oui, je finis par balbutier, oui, elle peut… vous assister.

J'ai du mal à parler, mais s'il existe quoi que ce soit d'encore meilleur que ce qu'elle me fait maintenant, je veux savoir ce que c'est !

— Parfait.

Elle s'interrompt un instant, et j'entends Melissa venir vers nous. Je reste là, pantelante, en proie à une telle excitation que j'ai besoin qu'on s'occupe de moi, le plus vite possible. Tandis que je commence à montrer des signes d'impatience, j'entends Fabienne murmurer : « Tu t'occupes de cette partie » à Melissa. J'entends Melissa s'approcher de moi, puis je sens quelque chose de glissant entre mes fesses. J'aurais dû m'en douter.

J'ai déjà vu une double pénétration une fois dans un film porno assez torride. Le film ne m'avait pas fait beaucoup d'effet, mais en voyant cette scène, je n'avais pu m'empêcher d'imaginer ce qu'on devait ressentir. Depuis, je nourrissais ce fantasme en secret, et voilà que j'étais sur le point de le vivre.

— Votre anus a-t-il déjà été stimulé, Mia ? demande Fabienne.

— Pas de cette façon.

— Bien, alors détendez-vous. Nous allons procéder en douceur. Et là encore, vous allez nous guider, en nous disant ce qui est agréable.

Je suis tellement excitée et prête que je voudrais que tout aille beaucoup plus vite. Le seul fait de penser à ce qui va suivre me met dans un état proche de l'orgasme. Mais j'essaie de me maîtriser. Je ne veux pas jouir trop vite et gâcher une telle expérience. Je veux prolonger ce plaisir insensé aussi longtemps que possible.

Respire…

Fabienne ou Melissa — je ne sais plus qui fait quoi à ce stade — enlève le dildo de mon sexe, et le laisse juste à l'entrée, prêt à y entrer de nouveau à tout instant. Puis elle fait de lentes rotations, le plongeant très lentement en moi… Si elle continue, je vais crier !

— Oh ! oui ! ne puis-je m'empêcher de crier. S'il vous plaît, mettez-le moi ! je supplie, à la fois choquée et excitée par mes propres propos.

Je sens l'autre dildo entre mes fesses, mais je suis tellement trempée que je ne ressens aucune résistance.

— Oh… Oui… N'arrêtez pas !

J'ai quasiment crié ces derniers mots.

Fabienne et Melissa coordonnent leurs mouvements, allant et venant en moi à l'unisson. Chaque va-et-vient est comme un avant-goût du paradis. Je n'aurais jamais cru qu'un tel plaisir fût possible.

Puis, juste à l'instant où je pense être sur le point d'avoir l'orgasme le plus phénoménal de ma vie, une des deux femmes se met à me caresser le clitoris.

Je bascule.

— Ah… !

Mon corps tout entier tressaille sous l'effet de spasmes violents, tandis que l'orgasme m'emporte par vagues successives.

Je ne sais pas combien de temps s'écoule avant que je ne reprenne mes esprits. Mais quand je finis par revenir sur Terre et que j'ôte mon bandeau, je m'aperçois que Fabienne et Melissa ont déjà quitté la pièce. Je lève les yeux vers Evan, qui n'a pas bougé d'un pouce.

On ne prononce pas un mot, tandis que leurs talons hauts résonnent sur le marbre de l'entrée. Le doux clic de la porte d'entrée nous fait l'effet d'une cymbale annonçant la fin de la méditation. Nous sortons de notre sortilège, et un grand sourire se dessine simultanément sur nos lèvres. Je suis si grisée que j'ai presque envie de pleurer de joie.

— Bon anniversaire, mon amour, lui dis-je effrontément, alors que je suis toujours dans la même position, dénuée de toute inhibition.

Evan se lève du lit avec langueur, et prend le dildo qui était en moi quelques secondes plus tôt.

— Je crois qu'on sait comment se servir de ça, maintenant.

Et il ôte son boxer, qui ne cachait de toute façon absolument rien de son envie de moi…

ALISON RICHARDSON

Les chemins du plaisir

éditions HARLEQUIN

Titre original :
AN IMPOLITE SEDUCTION

Traduction française de MARIE PASCAL

83-85, boulevard Vincent-Auriol, 75646 PARIS CEDEX 13.
Service Lectrices — Tél. : 01 45 82 47 47
www.harlequin.fr

Il n'est rien de plus ennuyeux au monde qu'un chaste jeune homme.

Comme chaque personne un tant soit peu éclairée sait combien cela est vrai, il n'est nul besoin pour moi de m'appesantir sur la consternation qui fut la mienne lorsque j'appris que ma chère cousine Charlotte était fiancée à un homme connu de tous comme un parangon de vertu. En effet, le promis de Charlotte observait l'ascétisme et la chasteté les plus stricts, et ce presque jusqu'au fanatisme.

En d'autres termes, ma cousine Charlotte semblait condamnée à une nuit de noces des plus mornes.

Les regrettables penchants du fiancé n'étaient pas la seule caractéristique fâcheuse de cette future union. Les parents de Charlotte étaient morts lorsqu'elle était très jeune. Son tuteur, un oncle maternel vivant en Angleterre, avait lui-même quatre filles, et l'homme n'avait de toute évidence pas voulu se donner trop de peine pour marier sa nièce. Après tout, Charlotte était la fille unique d'un comte, et la fiancer au vicomte de Hudstone n'était pas grande prouesse. Lorsque j'arrivai par une fraîche journée d'avril à la résidence tout sauf remarquable du vicomte dans le Derbyshire, je sus tout de suite que le bonheur futur de ma cousine était loin d'être assuré.

Pour gâter davantage les choses, Charlotte avait principalement été élevée par des hommes, et dès que j'eus l'occasion de parler à cœur ouvert avec elle, je vis que son éducation souffrait de cruelles lacunes. Elle avait atteint l'âge de vingt ans — et je fus choquée de l'apprendre — en ayant conservé toute son innocence, et sans se douter un seul instant qu'il n'était pas recommandable pour une femme de se présenter vierge devant l'autel.

Bien que la société exige que l'on montre le contraire, rien n'est plus dommageable au futur bonheur d'une femme qu'une jeunesse passée en de chastes et virginaux amusements. Toute femme sensée en est bien consciente. Ce sont les hommes qui ont propagé le pernicieux mythe selon lequel une épouse devrait grimper innocente dans son lit de noces, bien que le sexe fort puisse peut-être être excusé de colporter de tels mensonges. Les hommes, après tout, ne cherchent à défendre que leurs propres intérêts, même si c'est parfois de bien perverse et singulière manière, et il est sans doute rassurant pour eux de savoir qu'une épouse encore vierge sera incapable d'établir la moindre comparaison entre les services prodigués par son mari et ceux de ses prédécesseurs.

Bien sûr, les femmes les plus clairvoyantes ne sont

pas dupes de cette supercherie, et prennent leurs propres dispositions bien avant d'atteindre l'âge de se marier. Ce fut mon cas. En effet, mon éducation fut beaucoup moins stricte que celle de Charlotte, bien que j'eusse aussi perdu ma mère très jeune. La nature, dans sa grande générosité, me dota de cheveux bruns et raides et d'une poitrine menue, ce que, dirait-on, les hommes prennent universellement pour une marque de vertu. Par conséquent, mon père ne ressentit jamais le besoin de régenter mes allées et venues. Il ne fut qu'une présence lointaine et bienveillante dans mon adolescence ; il me laissa avec amour et sagesse me débrouiller seule, dans une bonté qui me fait encore aujourd'hui honorer et chérir sa mémoire. A l'opposé, ma blonde et plantureuse cousine Charlotte ne fut pas laissée tranquille une minute. Son tuteur n'eut qu'à regarder ses boucles blondes et ses courbes voluptueuses pour comprendre le danger qu'elle représentait, et il la fit surveiller de près durant toute sa jeunesse.

En bref, la situation, telle que je la trouvai à mon arrivée en Angleterre, était déplorable : la fiancée innocente et inexpérimentée, ignorante de ses propres intérêts, et son promis prude et bien moins éminent qu'on eût pu le souhaiter. Il était clair que les deux jeunes gens n'éprouvaient pas de réelle affection l'un pour l'autre, ce qui signifiait que Charlotte aurait à supporter les défauts de son époux sans l'indulgence qu'un tendre attachement aurait pu faire naître en elle. Malheureusement, j'arrivai trop tard pour la soustraire aux promesses qu'elle avait faites. Tout ce que je pouvais faire, c'était trouver un moyen d'alléger son fardeau.

Le malencontreux sort de Charlotte ne fut pas la seule découverte déplaisante que je fis à mon arrivée dans le Derbyshire, et eussé-je appris plus tôt qui étaient les voisins du vicomte que je n'aurais pas entrepris ce voyage du tout.

J'eus de nombreux hommes dans ma courte vie, et chaque fois sauf une, mes amants et moi nous quittâmes en d'excellents termes. La seule exception concerne un exécrable Ecossais dont je fis la connaissance à Paris et qui fut coupable de la plus vile des supercheries à mon encontre. Après mon départ de la capitale française, ma seule consolation fut de savoir que je pourrais vivre le reste de mes jours sans plus avoir, jamais, à poser les yeux sur lui.

Cet homme désagréable, celui que j'aurais aimé voir sombrer dans l'oubli d'un souvenir à demi effacé, apparut devant moi sans que j'y fusse préparée dès ma première soirée passée dans le Derbyshire. J'étais assise à côté du feu, en attendant que tous les invités du vicomte n'arrivassent pour le souper, lorsque j'entendis le majordome annoncer, de sa voix douce et posée :

— M. James McKirnan.

Je fus tellement stupéfaite et prise de court que je ne réagis pas à cette annonce aussi calmement que je l'aurais voulu. D'un bond, je me levai du divan et m'exclamai « Vous ! » d'une voix forte et affligée.

Dans une existence qui avait été jusque-là un modèle de comportement rationnel, ce fut l'une de mes rares concessions au mélodrame.

— Comtesse, répondit James MacKirnan en s'inclinant légèrement. Nous attendions tous votre arrivée avec impatience. A commencer par moi-même.

Je devrais peut-être en dire davantage pour expliquer la violence de ma réaction. Je rencontrai cet homme pour la première fois il y a quelques années de cela, alors que, pour satisfaire à mon propre plaisir, j'avais décidé de me faire passer pour une putain du célèbre bordel de Mme Barthez. Je ne pus bénéficier — hélas — que d'un temps des services de James en tant qu'amant régulier : à cause d'un fâcheux concours de circonstances, il découvrit ma véritable identité et, à partir de ce jour, devint incontrôlable. Au début, pourtant, il avait été un client ardent et énergique, aux qualités et aux capacités remarquables. Son physique n'était pas de ceux que plébiscitent les femmes bien nées, car il n'y avait rien de subtil ni d'élégant en lui. Il possédait un corps très vulgaire et fort, large d'épaules, si musclé qu'il était dur sous les caresses, mais je le trouvai néanmoins plaisant.

En fait, malgré le sourire arrogant qu'il affichait, je lui trouvai fort belle allure en ce moment précis, alors qu'il se tenait devant moi dans le salon du vicomte, vêtu de l'habit de soirée que les Anglais portent pour souper.

Pourtant, l'habit ne fait pas le gentilhomme, et je ne perdis pas de vue que James n'était rien de plus que le fils d'un vulgaire commerçant, quelles qu'eussent pu être les prétentions qu'il affichait. Les hommes de basse extraction ont leur utilité, bien entendu (et James, pour être honnête, baisait comme le plus magnifique des pur-sang), mais ils devraient comprendre qu'ils ne sont là que pour servir à notre plaisir et ne devraient pas essayer de tenir les rênes lorsqu'il est de leur devoir de se laisser conduire. Lors de notre précédente rencontre, James McKirnan avait refusé de reconnaître ce raisonnable principe : il avait même suggéré, dans un moment d'égarement passager, que je devinsse publiquement sa maîtresse.

A l'assurance qu'il affichait et à l'impudence de son salut, je pus constater qu'il ne s'était pas bonifié avec le temps, et je fus déterminée à ne pas le laisser se jouer de moi cette fois.

— M. McKirnan nous a dit que vous vous êtes souvent rencontrés lorsque vous étiez tous deux à Paris, dit innocemment Charlotte, que ma réaction inattendue semblait avoir étonnée.

— Oui, répondis-je. Nous nous sommes en effet vus régulièrement.

James venait me retrouver au bordel une fois par semaine, tous les jeudis soir.

— Votre cousine s'est toujours montrée la plus accueillante et accommodante des hôtesses, ajouta

James avec une feinte courtoisie. J'attendais toujours nos rencontres avec grande impatience.

C'était la vérité : il m'appréciait beaucoup durant la période où il m'avait prise pour une prostituée.

— M. McKirnan est notre voisin, expliqua ma naïve cousine, comme si elle pensait que cette nouvelle pût me faire plaisir. Il a loué notre cottage pour l'année, en attendant que soit terminée la nouvelle demeure qu'il se fait construire un peu plus au nord, près de Manchester.

La famille se retira alors, comme pour laisser deux anciennes connaissances bavarder en tête à tête.

James s'assit à côté de moi sur le divan, trop près pour que cela fût convenable.

Je m'écartai et lui demandai froidement comment il avait passé ces trois années qui s'étaient écoulées depuis notre dernière rencontre.

Sa réponse fut aussi vulgaire qu'on eût pu s'y attendre :

— J'ai gagné beaucoup d'argent, dit-il. Manchester est l'endroit idéal pour cela en ce moment.

Puis il baissa la voix, et poursuivit :

— Vous savez, je pourrais payer bien plus pour vos services aujourd'hui, et ce durant des semaines.

Il s'était fait remarquer, au bordel parisien, pour sa pingrerie hors du commun.

Je lui répondis que je n'étais plus à vendre.

— Ah, je vois, dit-il, en prenant soin de parler très bas pour ne pas être entendu par le reste des convives. Cela signifie-t-il que vous me laisseriez vous baiser gratuitement à présent ?

Au sourire narquois qu'il arborait, je compris qu'il se croyait intelligent.

Je me détournai en reniflant avec mépris et regardai le feu.

— Vous ne pouvez pas être encore fâchée contre moi, comtesse, dit-il sur un ton taquin, comme s'il cajolait une enfant irritable. Pas après toutes ces années. N'êtes-vous pas contente de me revoir ?

Heureusement, je n'eus pas à répondre à cette odieuse question, car nous fûmes à ce moment invités à passer à table.

Lorsque nous pénétrâmes dans la salle à manger, je vis tout de suite que le plan de table n'était pas du tout conforme à l'étiquette. Au lieu d'être placée à côté de l'hôte — ce qui était mon droit en tant que comtesse —, j'étais presque en bout de table, à un endroit totalement inapproprié à mon rang.

Je fis remarquer, avec calme et bon sens, que le serviteur chargé de disposer les cartons avait fait une erreur, mais le vicomte répondit sèchement que le plan de table était tel qu'il l'avait souhaité et me regarda comme si je venais de me rendre coupable d'une grande impolitesse.

Il est peut-être inutile d'informer le lecteur que James McKirnan était assis à ma droite ; il l'aura déjà compris, car telle est la logique du destin et de la littérature.

A ma gauche se trouvait un vieil ecclésiastique,

le fils cadet d'une obscure famille de la petite noblesse. J'en fis ostensiblement l'objet de toutes mes attentions dès le moment où je m'assis, et, pendant les premiers plats, James n'essaya plus de me faire la conversation.

Puis, alors qu'on servait la viande, il demanda :

— Comment trouvez-vous le Derbyshire, comtesse ?

Une question aussi innocente ne pouvait être ignorée sans que cela parût suspect, et la vieille mère du vicomte attendait impatiemment ma réponse depuis l'autre bout de la table.

— C'est très vert, me contentai-je de dire, n'ayant pas encore eu le temps de me forger ma propre opinion sur la question puisque je venais juste d'arriver. Et tranquille, ajoutai-je.

Cette réponse sembla plaire à la vieille femme.

— Oh oui, et c'est encore vrai, Dieu merci. Malgré toutes ces mines qui gâchent le paysage, dit-elle en adressant un regard mauvais à James.

A cette remarque, je compris que sa richesse nouvellement acquise devait avoir un quelconque lien avec les mines de charbon.

— J'espère que vous ne manquerez pas de distractions ici, continua la vieille femme, me parlant de nouveau. Vous qui êtes habituée à vivre en ville.

Je répondis poliment que j'étais certaine de trouver mille et une façons de me distraire dans le Derbyshire.

— Nous ferons tous de notre mieux pour que

vous ne vous ennuyiez pas, promit James sur un ton qui se voulait détaché.

En faisant cette remarque, il posa sa main gauche sur mes genoux.

La surprise que me causa ce geste déplacé me fit avaler de travers ma première bouchée de viande. James se pencha vers moi en feignant la préoccupation.

— Est-ce que tout va bien, comtesse ? demanda-t-il.

J'acquiesçai et tirai sur son bras qui était sous la table. En guise de réponse, il pinça ma cuisse et glissa sa main entre mes genoux.

Je ne pus même pas risquer le moindre regard désapprobateur vers lui, prise comme je l'étais au beau milieu d'un souper pour douze.

La salle à manger était faiblement éclairée et la nappe volumineuse, de sorte que personne, j'en suis certaine, ne put remarquer la raison de mon soudain embarras. James avait de puissantes mains, et, avec quelques pressions de sa paume, il eut vite fait d'écarter mes jambes. Alors que je luttai pour garder un visage impassible, il caressa lentement et fermement mes cuisses, en devisant pendant tout ce temps avec la mère du vicomte à propos de la sécheresse inhabituelle de ce début de printemps.

Ensuite, tout en continuant de couper sa viande à la fourchette en semblant s'en désintéresser, il remonta sa main le long de ma cuisse se mit à caresser mon sexe à travers mes jupes.

J'essayai de serrer les genoux, mais ses doigts

agiles trouvèrent malgré tous mes efforts le chemin de mon con, et pour ne pas m'agiter de façon grossière sur ma chaise, je fus forcée d'abandonner la lutte. Je me calai dans le fond de mon siège et écartai les jambes. Et James me pinça de nouveau légèrement lorsque je cessai toute résistance.

La mode en vigueur ces dernières années en Angleterre exigeait que les robes fussent portées avec un nombre très restreint de jupons, et ma décision de suivre les coutumes locales rendit l'assaut de James plus redoutable qu'il ne l'aurait été sinon. Etre caressée à travers deux fines épaisseurs de soie et de coton est presque aussi intense que d'être touchée nue, en particulier lorsque l'homme dont il est question possède des mains si inventives.

Vous savez sans aucun doute ce qu'il advient lorsqu'un homme cajole votre sexe, surtout si ses doigts sont habiles. Vous commencez à avoir chaud, votre circulation sanguine est perturbée, et vous pouvez éprouver quelque difficulté à ne pas gémir bruyamment. Je peux vous assurer que tous ces symptômes apparaissent sans que vous ne puissiez rien y faire, même si la main qui vous caresse appartient à une brute mal dégrossie incapable de bien se tenir à table.

La mère du vicomte fit remarquer qu'elle était heureuse que j'eusse enfin recouvré mes couleurs. Je lui avais paru si fatiguée après ce long voyage.

Mais était-il normal, se demanda l'aimable femme,

que mes joues fussent si rouges et mes yeux si brillants ? Ne me sentirais-je pas un peu fiévreuse ?

Non, la rassurai-je, le souffle court, je n'étais pas le moins du monde fiévreuse.

Heureusement, à ce moment, les domestiques vinrent enlever les assiettes avant le plat suivant et tout le monde fut distrait, car ce fut alors que James trouva mon clitoris parmi les replis de ma jupe, et je dus baisser les yeux et me mordre les lèvres pour ne pas exprimer à voix plus que haute tout le bien que m'inspirait sa découverte.

Il fut heureux que personne ne s'adressât directement à moi pendant les minutes qui suivirent car il n'est pas sûr que j'eusse pu répondre. Malgré toutes ses fautes, James avait toujours été un amant talentueux, même en ne se servant que du bout de ses doigts, et il n'avait rien perdu de sa dextérité.

Pour dissimuler le moment de mon orgasme, James fit semblant de passer devant mon assiette pour attraper le sel ; si quiconque me vit bondir sur ma chaise, cela fut sans aucun doute imputé au grave manquement à l'étiquette dont mon voisin venait de faire preuve. L'espace d'une seconde, j'empoignai le bras de James sous la table, avant de me rasseoir.

James se pencha vers moi et murmura :

— On dirait que vous êtes malgré tout contente de me voir, comtesse.

Je lui assurai que rien n'était moins éloigné de la vérité.

— Fadaises, dit-il dans un chuchotement à peine audible. Je sais ce que j'ai senti à travers vos jupes.

Je lui adressai un regard plein de mépris et rapprochai ma chaise du vieil homme d'Eglise assis à ma gauche.

Pour moi, la victoire que James venait de prendre sur moi (car je pense, hélas, que cette soirée ne peut pas être comprise autrement) était un nouvel affront dont mon futur cousin par alliance, le vicomte, aurait à répondre. J'espère ne pas faire preuve de fierté déplacée, mais je suis, après tout, une comtesse. Aucun hôte attentionné ne m'aurait jamais fait asseoir à côté du fils d'un apothicaire, et si je n'avais pas été forcée de prendre place à côté de James au dîner, il n'aurait jamais eu la chance de pouvoir impudemment accéder à mes cuisses.

J'en profite ici pour souligner un autre fait que tout le monde aura déjà remarqué : pour manger sa viande de façon correcte, l'on se sert de ses deux mains, l'une tenant la fourchette, et l'autre le couteau. Si une preuve supplémentaire de la grossièreté de James était nécessaire, l'incident survenu au cours de ce premier souper devrait permettre de clore le débat une bonne fois pour toutes. Durant le potage, une incursion sous la table aurait été moins répréhensible, mais que dire d'un homme se permettant de caresser les cuisses de sa voisine alors que toute personne civilisée est censée utiliser sa main gauche pour tenir sa fourchette ? Je vous laisse le soin de répondre à cette question et d'en tirer les conclusions qui s'imposent au sujet du degré de raffinement de cet odieux personnage.

Je résolus de ne plus penser à l'inconfort de ma propre situation en consacrant toutes mes énergies à aider ma cousine. Et, selon moi, la première de mes obligations envers Charlotte était de lui faire perdre sa fâcheuse virginité avant qu'elle n'arrivât à l'autel. Malheureusement, je ne savais pas encore comment mettre ce projet à exécution, ne voyant personne susceptible de me prêter secours parmi les chastes et prudes jeunes hommes qui constituaient les seules fréquentations du vicomte. Au début, j'espérai aussi, pour le bonheur de Charlotte, trouver un moyen d'aider son fiancé (je possède une très jolie femme de chambre prénommée Claudette, et si je le lui avais confié, le jeune homme à initier se serait retrouvé entre de très bonnes et compétentes mains). Hélas, il m'apparut vite que l'ascétisme maniaque du jeune vicomte était trop profondément ancré en lui pour qu'il pût être soigné. Le vicomte était d'un physique agréable et semblait vigoureux, mais il avait cette attitude guindée et satisfaite de soi qui est l'inévitable corollaire à la pruderie et à la fausse piété, et dès le moment où je le rencontrai ou presque, je compris que son cas était désespéré.

Puisque personne dans notre entourage proche ne pouvait servir mes desseins, je m'appliquai à chercher ailleurs un don Juan pour Charlotte, un homme sur la discrétion duquel l'on pût compter et qui acceptât d'accomplir un bref voyage dans le Derbyshire dans le seul but de la séduire. Quelques renseignements pris, je découvris que mon bon ami Lorenzo de'Lazia, un des fils cadets du comte de Ravello, se trouvait en résidence à Londres depuis quelques mois déjà, et il m'apparut être la personne toute indiquée pour le rôle que je voulais lui confier.

Comme tout homme de bon goût, Lorenzo trouve les vierges ennuyeuses, et il ne se rangea pas tout de suite à mes plans. Ce ne fut qu'après que je lui eus écrit de nombreuses lettres de supplication, dans lesquelles je vantais les nombreux charmes de ma cousine et dans lesquelles je lui promis que l'événement ne ressemblerait en rien à une banale et conventionnelle défloration, qu'il accepta de se mettre à mon service.

Lorsque je présentai mon projet à ma cousine, elle vit tout de suite son évidente sagesse. Par chance, les années qu'elle avait passées sous domination masculine n'avaient pas totalement obscurci sa raison et, en jeune femme vive et intelligente qu'elle était, dotée qui plus est de salutaires appétits naturels, elle vit clairement ses propres intérêts, à présent qu'ils les lui avaient été expliqués.

J'espère que le lecteur ne croira pas que j'ai essayé de conduire ma cousine à la ruine et au scandale. La ruine et le scandale ne sont pas le résultat inévitable de la poursuite du plaisir, mais découlent seulement du plaisir que l'on assouvit de manière irréfléchie et déraisonnable. Tant qu'une femme fait preuve de prudence dans le choix de ses amants, elle n'entachera pas sa réputation en suivant ses désirs. Lorenzo, je le savais, était un homme de confiance : il jouirait d'une nuit dans le lit de ma cousine sans ressentir le besoin de clamer ses exploits de par le monde. Peut-être, un peu plus tard, écrirait-il un circonspect et délicat poème à sa mémoire, mais sans citer le moindre nom, bien sûr, et personne ne pourrait jamais deviner ce qui s'était passé entre eux.

La chambre à coucher temporaire dont ma cousine disposait dans la demeure du vicomte se trouvait au rez-de-chaussée, et nous nous mîmes d'accord pour que Lorenzo vînt l'y rejoindre à 11 heures le mardi soir suivant, lorsque le reste de la maisonnée serait couchée.

Mon ami arriva avec ponctualité, dans une tenue qui convenait parfaitement à son rôle. Il portait de simples pantalons et une large chemise de coton, et ses boucles noires encadraient dans un désordre hédoniste sa fière et jeune figure. Il ressemblait en tout point à un homme fougueux qui se serait éclipsé durant sa toilette du soir pour partager un moment volé avec sa maîtresse.

— *Buona sera*, nous salua-t-il à voix basse, une fois qu'il eut escaladé la fenêtre ouverte.

Charlotte et moi l'attendions sur le lit, ma jeune cousine déjà en habits de nuit.

— Il a fort belle allure, murmura timidement Charlotte. Et pensez-vous qu'il va vraiment…

Alors qu'elle comprenait à présent les avantages de l'expérience sur l'innocence, elle était encore incapable d'évoquer l'acte d'amour de façon directe.

— Seulement si vous le voulez, ma chérie, lui assurai-je.

La charmante petite chose pouffa et agrippa mon bras, se rapprochant de moi.

— Dois-je lui dire que vous le trouvez à votre goût ? lui demandai-je, et elle acquiesça.

L'anglais de Lorenzo étant pauvre, je lui avais déconseillé d'en user au cours de la conversation avec Charlotte. Rien ne tue davantage le désir que voir un homme prétendre à une compétence qu'il ne maîtrise pas, et, en outre, parler en italien avec Lorenzo me permettrait de le guider dans l'initiation de ma cousine sans offenser sa pudeur ni sa délicatesse.

Quand je lui rapportai le jugement appréciatif de Charlotte, Lorenzo m'adressa un sourire malicieux et dit :

— Je suis votre obligé à vie, ma très chère Anna. Je bande rien qu'en la regardant.

— Qu'a-t-il dit ? demanda nerveusement Charlotte, en jetant des petits coups d'œil inquiets de lui à moi.

Les oreilles de ma cousine n'étaient pas encore prêtes à ouïr un compliment aussi direct.

— Il dit que votre beauté dépasse ce qui lui

avait été rapporté, lui répondis-je, et il est comme pétrifié devant tant de splendeur.

En guise de réponse, Charlotte rougit de jolie manière. Comme toutes les belles femmes, elle aimait entendre ce genre de louanges. Elle se cala de nouveau contre ses oreillers avec un sourire faussement timide, comme une enfant attendant une gâterie.

— Dénudons donc cette jeune personne, voulez-vous ? dit Lorenzo avec enthousiasme, en enlevant sa chemise, puis en grimpant sur le lit.

Charlotte recula devant cet impétueux assaut, et je plaçai un bras rassurant autour de ses épaules.

— N'ayez pas peur, ma très chère, dis-je. S'il fait montre de tant d'empressement, ce n'est qu'à cause de votre beauté.

Je l'embrassai sur la joue, et dénouai les lacets de sa chemise de nuit, afin que Lorenzo pût jouir de la vue de sa gorge nue.

— Montrons-lui combien vous êtes belle, lui murmurai-je à l'oreille.

Le spectacle obtint l'effet escompté auprès de son public.

— Dieu, quels glorieux tétins, gémit Lorenzo, en se penchant pour prendre un de ses seins, aux bouts fiers et délicatement rosés, dans sa bouche.

Ma cousine se figea sous l'effet conjugué de la surprise et du plaisir, et me regarda d'un air anxieux, afin que je lui traduisisse ce que Lorenzo venait de dire.

— Il dit que vous êtes aussi voluptueuse que Vénus elle-même, répondis-je, ce qui, d'une façon peut-être plus métaphorique que l'italien de Lorenzo, signifiait rigoureusement la même chose.

Le compliment et la sensation procurée par la bouche avide de Lorenzo sur sa poitrine enivrèrent ma cousine ; elle leva même une main audacieuse quoique tremblante et enfouit ses doigts dans les boucles noires de Lorenzo, un geste qui toucha clairement son admirateur au cœur. Il prit sa main et couvrit sa paume de baisers.

— Ma chère petite chose, murmura-t-il. Comme j'ai hâte de vous baiser.

— Votre contact est doux comme le baiser d'un ange, traduisis-je pour Charlotte, et il se croirait aux portes du paradis.

Il fit ensuite remonter ses deux mains le long de ses cuisses, en profitant pour relever sa chemise de nuit. Charlotte se raidit lorsqu'elle sentit que cédait ce dernier rempart, mais en jeune femme docile et en digne parente de votre obligée, elle maîtrisa sa nervosité et accepta cette nouvelle avance sans protester.

— Magnifique, murmura Lorenzo en embrassant les douces jambes de ma cousine. Absolument magnifique.

Appréciation que je pus traduire à Charlotte sans qu'il fût nécessaire d'y apporter quelque embellissement que ce fût.

Charlotte frémit d'une anticipation à demi

comprise sous ses mains, et laissa échapper un petit gémissement lorsqu'il caressa son sexe avec trois doigts délicats.

— Déjà mouillé, et pas timide pour un sou, dit Lorenzo, qui me jeta un coup d'œil en souriant. Etes-vous sûre qu'elle soit vierge ?

Je lui répondis que j'en étais tout à fait certaine.

Lorenzo glissa un de ses longs et gracieux doigts dans la fente de Charlotte, qui poussa un petit soupir d'extase.

— Vous auriez dû me préciser dans votre première lettre que votre cousine avait un petit con si délicieusement étroit, me dit Lorenzo. J'aurais accouru sans tarder.

Je m'excusai pour ce manque de clairvoyance.

— Qu'a-t-il dit ? demanda Charlotte, curieuse.

— Il dit qu'il sait qu'il connaîtra la plus douce extase de sa vie lorsqu'il pénétrera dans votre sanctuaire intime, lui répondis-je avec tact.

Lorsque Lorenzo retira ses doigts, Charlotte soupira de déception.

— De vous inquiétez pas, ma très chérie, dit Lorenzo en émettant un petit rire. Le meilleur reste à venir.

Puis il se pencha et l'embrassa entre les cuisses.

Ma cousine eut un soubresaut de surprise, et Lorenzo l'attrapa par les hanches pour lécher plus franchement son sexe, promenant sa langue tout autour de sa petite fente si sensible.

— Cela vous plaît-il ? demanda-t-il directement à Charlotte, dans son anglais au fort accent italien.

Et la jeune femme acquiesça avec emphase.

Si, à l'origine, Lorenzo m'avait accordé une faveur en acceptant de me rendre ce service, il se montrait à présent indéniablement enthousiaste devant la tâche à accomplir. A l'aide de sa langue experte, il explora chaque parcelle du jeune et impétueux con de Charlotte, qui — cela est compréhensible — s'en retrouva transportée, bien que le sage Lorenzo évitât soigneusement de la conduire déjà à l'orgasme.

— Pourrai-je également prétendre à ces services de la part de mon époux ? demanda Charlotte, le souffle court, lorsque son admirateur finit par cesser ses attentions.

Etant une femme honnête, je fus forcée de reconnaître que je ne le pensais pas.

Pendant ce temps, Lorenzo s'était promptement débarrassé du reste de ses vêtements.

Etant en tout point conforme à ce qu'un gentilhomme se doit d'être, Lorenzo possédait tout à la fois un corps et un sexe élégants. Ni trop grand ni trop large, son membre était d'une douceur exquise, et juste assez long pour garantir le plaisir, mais sans excès. C'était, en fait, l'instrument idéal pour une innocente jeune femme comme ma cousine, parfait pour qu'elle pût montrer ce dont elle était capable sans risquer de se faire mal.

Charlotte contempla le corps nu de Lorenzo avec fascination et, comme une enfant curieuse, elle tendit la main et toucha le bout de son sexe avec le doigt. Lorsque son sexe dressé tressauta en guise de réponse, elle retira rapidement sa main, mais le gentilhomme, par un geste d'encouragement, lui fit clairement comprendre qu'elle devait se sentir libre de continuer.

Alors Charlotte caressa et cajola son étrange nouveau jouet, tout d'abord du bout des doigts et, bientôt, en faisant preuve d'un enthousiasme non dissimulé, avec ses deux mains.

J'avais bien choisi l'amant de ma cousine : rares auraient été les hommes capables d'être l'objet de cette innocente séduction sans décharger leur semence entre les mains curieuses de Charlotte.

— Fort bien, finit par dire Lorenzo en riant. Il est temps que vous voyiez pour quoi cette chose est faite.

Il la fit s'allonger sur le dos et la prit dans ses bras.

— Etes-vous prête à apprendre comment l'on baise, à présent, ma très chère ?

Je n'eus pas le temps de trouver une traduction anglaise convenable, car Lorenzo passa directement de la suggestion verbale à la démonstration pratique, et car Charlotte était en effet plus que prête à apprendre comment l'on baisait.

Comme il était évident qu'aucune indication de ma part n'était plus nécessaire, je dis aux deux amants que j'allais les laisser poursuivre la leçon seuls, ce à quoi ni ma cousine ni Lorenzo n'opposèrent la moindre objection.

*
* *

Au fur et à mesure qu'approchait le jour fixé pour les noces, la demeure du vicomte s'emplissait de connaissances et de lointains voisins. L'on pourrait s'attendre à ce que l'arrivée de nouveaux visiteurs rendît la maison plus intéressante, mais ce serait commettre une erreur. Les aristocrates anglais — je puis vous le dire en toute honnêteté — sont les personnes les plus ennuyeuses que j'aie jamais rencontrées, et à chaque nouvel invité, j'eus à souffrir de pénibles discussions à propos des réserves de gibier à plume, de l'élevage des chevaux et d'autres sujets tout aussi terre à terre et inintéressants.

Lorsque fut venu le jour du mariage, j'étais arrivée à la triste conclusion que la seule personne capable de conversation intelligente dans tout le Derbyshire était James McKirnan.

James jouissait en Europe d'une réputation de philosophe et de fin connaisseur des sciences naturelles, et à cause de cela, il avait des correspondants dans toutes les capitales. Il était donc au fait de toutes les dernières rumeurs, et étant donné la pénurie de stimulation que je trouvais dans mon entourage, je pus me pardonner le désir de porter une esquisse d'attention à cet homme par ailleurs insupportable. Tard dans la soirée du mariage, après avoir cru mourir d'ennui en entendant des heures durant les récits de chasse des propriétaires terriens de la région, je ne pus résister à l'envie d'un vrai divertissement, et c'est ainsi que je me retrouvai debout dans un coin du vestibule du vicomte, à écouter James relater les derniers exploits de la célèbre salonnière, la marquise de Comte, qui avait compté parmi ses amies les plus chères lors de son séjour parisien.

Ses histoires au sujet des derniers amants en date de la marquise étaient merveilleusement détaillées et divertissantes, mais malheureusement, il ne fallut pas longtemps avant que la conversation ne devînt familière et déplacée.

— N'avons-nous pas passé assez de temps à évoquer les amours des autres, Anna ? demanda-t-il. J'ai toujours préféré l'acte à la parole.

Vous voyez ici son incroyable présomption : il osait s'adresser à moi par mon prénom, Anna, comme si nous étions intimes ou égaux en rang. J'étais outrée.

Je lui dit sur un ton hautain qu'il s'était déjà montré une fois indigne de mes attentions, et que je ne commettais jamais deux fois la même erreur.

En guise de réponse, James se contenta de rire, comme s'il trouvait amusant que je fusse vexée.

— Vous avez un si joli petit derrière, Anna, dit-il, en tendant la main vers mon postérieur. Vous n'avez pas idée de mon excitation, lorsque j'ai pour la première fois grimpé derrière vous sur le lit, chez Mme Barthez, et que vous m'avez offert votre beau cul.

— Je suis sûre que les filles de Madame avaient

toutes un beau derrière, lui dis-je en essayant de me dégager. Et ne m'appelez pas Anna.

James rit de nouveau, et ignora ma mise en garde.

— Pas aussi beau que le vôtre, dit-il, en s'approchant assez pour me parler à l'oreille, tout en faisant semblant de chasser un grain de poussière de l'épaule de ma robe. Vous n'avez aucune idée du plaisir que j'éprouvais en découvrant que cette petite putain, qui m'appelait « Monsieur » comme si elle m'apportait le thé, m'avait attendu sur le lit en mouillant son joli petit con, n'en pouvant plus d'attendre que je la baise.

Sa description de mon état dans ces circonstances n'était autre, bien sûr, que la vérité, et le lecteur pourrait juger injuste et exagéré de ma part d'en avoir pris offense, mais il est impossible de rendre compte avec des mots de l'impudente familiarité du ton et des manières qu'il avait employés, et ce fut ce qui rendit son petit discours si odieux à mes yeux.

— Avez-vous eu d'autres amants, Anna, depuis moi ?

Aucun qu'il ne valût la peine de mentionner, mais je ne le lui dis pas. A la place, je lui demandai s'il avait eu d'autres putains.

— Des dizaines, dit-il en souriant franchement. Mais aucune d'elle ne m'a sucé aussi bien que vous.

Je lui dis froidement qu'il était toujours agréable de savoir que ses efforts avaient été appréciés.

— Appréciés, ils le furent, pour sûr..., répondit-il.

Vous m'avez brisé le cœur en refusant de venir réchauffer mon lit toutes les nuits.

Je dis que j'étais sûre qu'il comprenait à présent pourquoi telle folie était absolument inenvisageable. A ma grande surprise, il me regarda d'un air buté et rétorqua qu'il ne comprenait pas du tout.

Je lui demandai s'il voulait que j'escaladasse le mur d'enceinte de la propriété du vicomte tous les soirs en chemise de nuit pour venir le retrouver, ce à quoi il me répondit que non, ce n'était pas du tout ce qu'il avait en tête, et je lui dis que j'étais heureuse de l'entendre, car il était hors de question que je devinsse sa maîtresse, ce à quoi il répliqua avec emportement qu'il ne voyait aucune raison pour que je ne devinsse pas sa femme.

Pour un homme de si basse naissance, oser s'adresser en ces termes à une femme telle que moi représente une grave et impardonnable insulte, et je lui dis que s'il avait l'intention de se montrer grossier et offensant en me parlant encore de mariage, je ne souhaitais pas poursuivre cette conversation. Et je m'en allai.

Ma cousine Charlotte n'était pas plus heureuse que je ne l'étais dans le Derbyshire, et, contrairement à moi, elle ne pouvait se consoler en songeant que, bientôt, elle s'en enfuirait.

La profondeur de son tourment était déjà évidente le premier matin de son mariage. Les jeunes mariés rejoignirent comme à l'accoutumée le reste de la famille au petit déjeuner ; le vicomte était en grande forme et affable, Charlotte éteinte et mutique.

Pendant que nous mangions, le vicomte nous gratifia tous d'une longue et édifiante lecture sur les bénéfices spirituels du mariage, vantant les vertus d'une épouse calme et obéissante, une femme dont la modestie et la simplicité devaient être à même de procurer un réconfort bienvenu à son époux éprouvé par les exigences de la vie publique. En tapotant avec condescendance la main de Charlotte, il se déclara heureux d'avoir trouvé un tel soutien en la personne de ma cousine.

Tout d'abord, il me restait encore à voir le vicomte se soumettre à quoi que ce fût de plus pesant et contraignant qu'une journée de chasse. Et, ensuite, si le destin d'une dame était de demeurer cloîtrée et privée de toute liberté comme il le suggérait, elle ferait une bien piètre hôtesse, et ne saurait donc être d'une quelconque utilité à son époux.

Après le petit déjeuner, Charlotte me confia que leur nuit de noces avait consisté en un bref et — pour elle — décevant accouplement, suivi par une longue lecture portant sur les joies et les responsabilités de la maternité.

Cet après-midi-là, en inspectant la bibliothèque, je tombai accidentellement sur la source des vues singulières exposées par le vicomte durant le petit déjeuner. Sur la table trônait, encore ouvert, un fin volume, œuvre d'un moraliste de troisième ordre prétendant rendre compte des plaisirs et des responsabilités de la vie maritale.

Je ne vous présenterai pas tous les arguments développés dans ce livre ; il suffit de dire que toute personne de bon sens les aurait réfutés, les jugeant totalement irrecevables. Parmi une foule d'opinions perverses, l'auteur affirmait que les femmes étaient naturellement chastes et pudiques et que, par conséquent, elles n'étaient pas attirées par les plaisirs de la chair. Un époux attentionné devait contraindre sa femme à l'acte d'amour le moins souvent qu'il le pouvait, en prenant soin de lui dissimuler la véritable force de ses propres désirs animaux.

Dans l'état déplorable du mariage à peine contracté par ma cousine, l'on peut voir les tristes résultats de ce conseil, et il m'apparaît parfaitement scandaleux que le Parlement anglais permette que ne circulent, sans censure ni poursuite, de telles absurdités.

La situation du vicomte, cependant, était moins désespérée que je ne l'avais initialement cru. D'après les descriptions de Charlotte, j'avais pensé que mon nouveau cousin par alliance était un homme aux instincts sous-développés et aux désirs inexistants, mais il s'avéra qu'il n'était pas tout à fait aussi insipide qu'il ne l'apparaissait à sa femme.

J'empruntais l'un des couloirs de l'étage, en une fin d'après-midi, lorsque j'entendis le vicomte chuchoter d'un peu plus loin un ordre d'une voix rauque.

— Martha, dit-il. Viens par ici.

Curieuse, je m'immobilisai et me plaquai dos au mur, essayant d'apercevoir ce qui se passait à l'autre bout du couloir sans être vue. Depuis mon poste d'observation, je ne distinguai pas le vicomte, mais vis l'une des femmes de chambre de l'étage, Martha, sans doute. Cette dernière était en train de nettoyer le tapis, mais elle se leva en poussant un soupir irrité. Le vicomte avait déjà dû se retirer dans une autre pièce, car elle leva les yeux au ciel et haussa les épaules dans une attitude de méprisante irritation, comportement qu'elle ne se serait jamais permis si le maître de maison l'avait regardée.

Martha disparut de mon champ de vision, pour y réapparaître déjà quelques minutes plus tard. Elle se remit à l'ouvrage, et j'entendis les pas retenus du vicomte qui s'éloignait dans la direction opposée, vers le vestibule.

Il ne fut pas bien compliqué de deviner pourquoi Hudstone avait détourné Martha de son travail.

Je poursuivis mon chemin et engageai la conversation avec la servante, la félicitant pour la propreté et l'état irréprochable de ma chambre pendant les semaines que j'avais déjà passées dans le Derbyshire. Après l'avoir gratifiée du généreux témoignage de ma reconnaissance, sous la forme d'une poignée de pièces, je lui demandai avec un sourire entendu si le vicomte trouvait que les distractions offertes par son lit de noces n'étaient pas suffisantes.

— Il semblerait bien, Madame. Sans vouloir offenser votre cousine, bien sûr.

Apparemment, sa découverte récente des plaisirs du mariage avait considérablement échauffé le sang du vicomte, et puisque, sur les conseils du moraliste qu'il admirait, il n'était pas censé soumettre son épouse au flot débordant de ses désirs, il avait fait de Martha la récipiendaire de ses ardeurs nouvelles. Les instincts animaux du vicomte, une fois débridés, étaient de toute évidence d'une vigueur sans pareille, et, à présent, il n'avait de cesse d'interrompre la domestique dans son travail en lui ordonnant, d'une voix chuchotée mais ferme, de lever ses jupes et de lui tendre son séant.

— Je ne sais pas comment il veut que je parvienne à terminer les sols, s'il me dérange à tout bout de champ comme il le fait, dit cette fille fort sensée, et indignée à juste titre que ces demandes lui fussent faites durant son service.

Je compatis avec Martha à l'évocation de ce fâcheux ajout à la liste des tâches qu'elle avait à accomplir.

— Et si tous les gentilshommes ont de si petits et vilains membres, ajouta Martha, il n'est pas étonnant que nos maîtresses soient toujours de si méchante humeur.

Importuner l'une de ses domestiques de cette façon, en particulier sans la décharger des autres tâches qui lui incombent, prouve que l'on est un bien piètre maître de maison. Qui plus est, je jugeai scandaleux que le vicomte déniât à ma cousine ses droits d'épouse alors qu'il était clairement capable de prendre une femme plusieurs fois par jour et plus que disposé à le faire. Soucieuse de ne pas blesser Charlotte, je fis en sorte qu'elle ne sût rien de cette injustice, au moins pour l'instant.

D'autres navires se profilaient à l'horizon, même si le port où ils pourraient s'ancrer n'était pas encore connu. Une semaine après le mariage, je commençai à recevoir des lettres de Lorenzo ; leur enveloppe m'était adressée, mais leur contenu était destiné à ma cousine.

La nuit que Lorenzo avait passée avec Charlotte lui avait fait plus grande impression qu'aucun de nous ne l'avait compris sur le moment. Il déclarait être amoureux de ma cousine et que l'idée qu'elle partageât le lit d'un autre l'empêchait chaque nuit de trouver le sommeil, le plongeant dans un état d'exquise et cruelle agonie. Il la suppliait de s'enfuir avec lui, expliquant que, comme l'Eglise anglicane (pour un catholique comme lui) n'en était pas une, son premier mariage ne comptait pour rien. Après avoir réglé quelques formalités pour dissoudre ce qui n'avait jamais été une véritable union, il l'épouserait et l'emmènerait en Italie.

En traduisant les lettres de Lorenzo à Charlotte, je ne m'encombrai plus d'euphémismes. Etant donné les tièdes attentions dont elle faisait l'objet de la part de son mari, je pensai qu'il lui ferait du bien d'entendre que mon impétueux ami italien mourait d'envie d'enfouir son visage entre ses cuisses, et qu'il aspirait à la servir avec infinie dévotion, ainsi qu'à la laisser lui faire l'amour sans répit, jusqu'à ce qu'il mourût d'épuisement, et que sa tendre aimée, qu'il vénérait plus que tout au monde, fût entièrement satisfaite.

Bien qu'émue par la prose extravagante de Lorenzo, Charlotte ne jugea pas possible d'envisager un changement de situation. Après tout, elle avait juré devant Dieu, devant son tuteur et devant tous ses parents d'aimer et d'honorer Hudstone, qu'elle avait accepté comme époux, et elle ne pouvait se résoudre à l'idée d'un scandale public. Je ne puis dire que je l'en blâmai.

Lorenzo résidait pour l'instant dans une maison de campagne toute proche, et peut-être eût-il pu se contenter d'être l'amant de Charlotte, mais ni elle ni moi ne jugèrent cette idée raisonnable. La présence continuelle d'un poète italien dans un coin de campagne aussi reculé aurait forcément fini par éveiller la suspicion, et ma cousine était de loin la plus belle femme à des lieues à la ronde. Au mieux, l'adultère est considéré comme une grave faute, et Charlotte ne voulut pas risquer d'être répudiée et de tomber en disgrâce. Etant donné le caractère de son époux, je ne pus que me rendre avec elle à la triste conclusion que, si elle souhaitait entretenir des relations extraconjugales avec Lorenzo, elle devrait se montrer prudente, si prudente peut-être qu'elle ne pourrait en tirer nulle jouissance.

*
* *

Je ne trouvai pas convenable de quitter ma pauvre cousine trop rapidement, étant donné sa situation délicate, alors je décidai de rester dans le Derbyshire un peu plus longtemps que je ne l'avais prévu, bien qu'il m'en coutât. James nous rendait régulièrement visite, et je dus m'obliger à de constants efforts pour ne pas le rencontrer tous les jours. J'avais pour principe de souffrir de migraine chaque fois qu'il venait souper, mais il était plus difficile à éviter dans la journée. Bien que mon inférieur en rang, James était sans aucun doute mon égal en ingéniosité : il possédait la faculté presque surnaturelle d'apparaître juste au moment où la famille s'était rassemblée pour l'après-midi, précisément lorsqu'il était délicat pour moi de trouver une excuse pour m'éclipser.

Il réussit son plus beau coup lors d'un de ces après-midi, alors qu'ils nous avaient tous rejoints dans le salon. Charlotte et sa belle-mère brodaient, le vicomte et James étaient plongés en pleine conversation, et je regardais dans le vide, faisant de mon mieux pour sembler aussi ennuyée que possible, ce qui était la pose que j'affectais toujours lorsque James parlait (bien que, en fait, ce qu'il dît en cette occasion m'intéressait, et que je l'écoutasse attentivement).

— J'aurais besoin de trois gravures pour ma contribution aux *Entretiens philosophiques*, disait James.

Il venait de terminer la description de l'une de ses dernières expérimentations en date ; il entendait en faire parvenir le compte rendu à la Royal Society.

— Mais je ne parviens pas à me satisfaire des dessins que je réalise moi-même.

Le vicomte, qui, soit dit en passant, ne possédait pas la moindre connaissance en matière de philosophie expérimentale, compatit.

— Puis me sont revenues à la mémoire les illustrations que la comtesse avait réalisées pour cet ouvrage écrit par son cousin le marquis, continua James.

— Est-ce vrai, comtesse ? demanda le vicomte.

Je ne répondis pas tout de suite, comme si j'étais surprise que l'on s'adressât directement à moi, et je feignis d'ignorer le sujet de la conversation.

— M. McKirnan me dit que vous êtes une habile dessinatrice, répéta le vicomte. Est-ce vrai ?

Je reconnus avoir effectué un petit travail pour rendre service à mon cousin Robert.

— Dans ce cas, vous devez aider M. McKirnan dans sa contribution aux *Entretiens*, dit le vicomte, et au sourire satisfait qui passa sur le visage de James, il fut évident qu'il attendait que Hudstone fît précisément cette suggestion.

— Oh ! non, protesta James avec fourberie. Je ne voudrais surtout pas imposer quoi que ce soit : les délais dont je dispose sont brefs, et les dessins doivent être commencés aujourd'hui même si l'on veut pouvoir les retoucher.

Je ne fus pas dupe une seconde. Je savais très bien pourquoi James voulait ma présence au cottage cet après-midi-là, et cela ne regardait en rien le dessin ni la philosophie.

La pruderie de mon cousin par alliance vit une objection à cette suggestion qu'il avait pourtant lui-même formulée : James et moi-même serions seuls à son logis.

— Peut-être pourrais-je vous accompagner moi aussi, proposa-t-il, en s'éclaircissant la gorge et en adressant à James un regard lourd de signification, si la comtesse doit passer l'après-midi chez vous.

J'espérai que, pour une fois, le pharisaïsme du vicomte pût se révéler utile. Bien que je n'eusse nulle envie de passer le reste de la journée penchée sur des dessins techniques, il aurait servi de leçon à James de devoir consacrer son après-midi au travail, alors qu'il ne songeait de toute évidence qu'au plaisir.

— Je sais que vous aviez à faire aux écuries cet après-midi, dit James avec amabilité, et je m'en voudrais de vous détourner de votre labeur pour rien. Ma gouvernante, Mary, sera au cottage toute la journée, et elle pourrait nous tenir compagnie.

Bien sûr, je fus certaine qu'il s'agissait d'un mensonge.

Mary (qui profitait sans doute d'une journée de congé) était une femme d'âge mûr et respectable, et l'idée de sa présence rassura le vicomte quant à la bienséance de la situation.

— Dans ce cas, la comtesse serait heureuse de consacrer son après-midi à aider un ami dans le besoin, répondit impérieusement Hudstone, comme s'il avait le droit de répondre pour moi.

— Je savais que je pouvais me fier à la nature généreuse de la comtesse, dit James en réprimant un sourire. Et je sais d'ores et déjà que je lui serai extrêmement reconnaissant des efforts qu'elle voudra bien fournir à mon endroit.

Sans que l'on me demandât une seule fois mon avis, il fut décidé — entre hommes — que je devais suivre James à son cottage, et me mettre aussitôt au travail.

Après que je l'eus accompagné, en observant un silence contrarié, jusqu'à la porte de son cottage, James se tourna vers moi et me sourit comme s'il venait de me battre aux cartes.

— Vous m'évitiez, comtesse, dit-il en prononçant mon titre comme s'il se raillait.

— Où se trouvent les instruments que je suis censée dessiner ? demandai-je abruptement.

— Vous avez sans doute compris qu'il s'agissait d'un prétexte, répondit-il. Je suis capable de réaliser mes propres illustrations moi-même.

— Dans ce cas, je vais rentrer.

— Oh que non, mon trésor.

James rit et s'approcha de moi.

— Nous allons être occupés pendant quelques heures.

— Occupés à quoi faire ? fis-je avec tout le détachement dont je fus capable.

J'avais imprudemment pénétré trop avant dans la pièce ; si je m'étais trouvée plus près de la porte, j'aurais facilement pu m'enfuir, mais j'étais à présent prise au piège, retenue prisonnière par d'infranchissables barrières : James, une table et deux murs.

Les murs et la table ne bougèrent pas. Mais James, quant à lui, s'approcha. Il tendit le bras et dénoua délicatement le ruban qui fermait ma cape ; le poids de l'étoffe la fit tomber de mes épaules et choir à terre.

Puis l'impudent bâtard saisit mon visage à deux mains et m'embrassa.

James m'avait toujours embrassée avec un appétit viril et assumé, et il ne s'embarrassa pas de demi-mesures cette fois encore. Il enfouit des doigts avides dans ma chevelure, semant le chaos dans ma coiffure, et prit ma bouche comme un homme qui avait trop attendu pour perdre son temps en de doux atermoiements.

Quand je finis par me dégager, il me saisit par la taille et me serra contre sa poitrine.

— Cela devient pénible, Anna, grogna-t-il. Comme tout homme, j'aime la conquête, mais il serait temps pour nous deux de passer à un autre jeu.

Je lui dis qu'il se trompait s'il pensait que je voulais être conquise.

— Je ne vous crois pas, Anna.

J'ai déjà mentionné la mode anglaise qui consistait

à porter des vêtements simples et peu volumineux, et, dans les bras de James, je pris de nouveau conscience des dangers qu'un tel usage représentait. Je sentis ses mains brûlantes pénétrer les fines épaisseurs dont était constituée ma robe.

— Vous tremblez, mon ange, murmura James, en caressant les pointes de mes seins dressées à travers la mince barrière de coton qui recouvrait ma gorge.

Il possédait une imagination débordante et je le lui dis.

— Je rentre, insistai-je, en essayant de nouveau de me dégager.

En guise de réponse, il me prit dans ses bras et me porta jusqu'à l'escalier.

C'était la première fois que je me rendais à son cottage, mais je sus parfaitement où James avait l'intention de me conduire. D'un air indigné, je lui rappelai que je n'étais pas l'une de ces servantes qu'il avait l'habitude de coucher dans son lit ; et il m'assura qu'il ne commettrait jamais cette erreur car aucune servante n'aurait l'impudence de se comporter en sale petite mijaurée comme je le faisais. En disant cela, il attrapa une bride qui était suspendue à un clou au pied de l'escalier. Lorsque je lui demandai ce qu'il avait l'intention d'en faire, il me répondit qu'il allait m'apprendre à entendre raison, ce qui ne fut pas la plus rassurante des réponses.

Il me laissa choir sur son lit, et après une courte lutte (dans laquelle je me jetai à corps perdu, mais qui ne sembla qu'un petit amusement pour lui), il lia mes deux mains ensemble à l'aide des rênes de la bride, et les attacha au cadre du lit. Ensuite, il saisit des deux mains ma légère robe par l'encolure et la déchira jusqu'aux pieds.

Traiter une toilette de tel prix avec autant de mépris en dit long sur son évident manque de goût, et je le lui fis remarquer à grands cris. Il me répondit simplement qu'il préférait me voir nue.

— A présent, Anna, dit-il en se débarrassant de sa chemise, voyons si nous pouvons raisonnablement nous mettre d'accord sur la façon dont nous allons passer cet après-midi.

Je lui dis avec humeur que je ne serais pas la maîtresse d'un vulgaire artisan, malgré toutes les rênes dont il pourrait se servir pour m'attacher. Pour parler franchement, toutefois, je ne considérai pas ma situation actuelle comme particulièrement fâcheuse : si, en fait, il était disposé à me prendre sans que je me donne à lui, cela résolvait grandement les difficiles problèmes de rang qui se seraient présentés dans le cas d'un arrangement réciproque. Je n'avais en revanche nulle intention de lui laisser entrevoir que je nourrissais de telles pensées. L'homme était bien trop fier et opiniâtre pour avoir besoin d'encouragements supplémentaires.

James s'allongea à mon côté sur le lit, comme s'il s'installait pour bavarder à l'aise.

Il ne s'attendait pas à ce que je le frappasse ; il se convulsa lorsque mon pied entra en contact avec sa cuisse, puis il roula jusqu'à l'autre bout du lit, en jurant.

— Ne me confondez pas avec le personnage dont j'ai joué jadis le rôle, lui dis-je. Je ne suis pas une vulgaire putain dont vous pouvez disposer à votre guise.

— Il n'y a pas de risque que quiconque s'y méprenne, dit James avec une grimace, en frottant sa cuisse douloureuse. Vous êtes bien trop prompte à me rappeler votre condition.

Nous nous défiâmes des yeux pendant un moment depuis les bouts opposés du lit.

— Nous finirons tous les deux par perdre à ces incessantes chamailleries, vous savez, dit enfin James. Pensez à tout l'amusement que nous aurions pu nous procurer au cours de ces deux derniers mois, si seulement vous ne vous étiez pas montrée aussi entêtée.

Il y avait du vrai dans ce qu'il avançait, même s'il m'en coûtait de l'admettre.

Je tournai les poignets pour mettre mes liens à l'épreuve. Ils étaient solides.

— Ecartez vos jolies petites cuisses pour moi, me cajola James d'une voix douce. Faites-moi voir les délices qui m'attendent.

Alors que je n'obtempérais pas, il sépara lui-même mes genoux. Nous luttâmes un moment, bien que ma résistance fût à présent plus symbolique que réelle et qu'il prît vite le dessus sur moi.

— Oh ! oui, dit-il doucement.

Il toucha l'intérieur de mes cuisses du pouce, effleurant presque les lèvres de mon sexe.

— Je te retrouve telle que tu as toujours été devant moi : prête et impatiente. Tu veux désespérément que je te baise, n'est-ce pas, ma très chérie ?

Je détournai la tête et essayai de serrer les jambes, mais ses mains étaient trop puissantes.

— Non, Anna, dit James. Plus de fausse pudeur.

Il avait une main posée sur chacun de mes genoux et appuyait sur mes cuisses, de sorte que j'étais complètement ouverte sous lui.

— J'aurai mon comptant de vous aujourd'hui, mon amour. J'ai attendu trop longtemps, je vais vous prendre jusqu'à ce que nous mourions tous deux d'épuisement.

— Arrière, dis-je froidement. Sale paysan.

— Avez-vous entendu cela ? répondit James en lâchant mes genoux pour se lever. Nous n'avons pas de paysans, ici en Grande-Bretagne, seulement des yeomen parfaitement conscients du respect auquel ils ont droit.

James venait de terminer de défaire ses pantalons, et, à ma grande honte, je dois admettre que je laissai échapper un murmure admiratif en revoyant pour la première fois son membre dressé. Alors qu'il se débarrassait du reste de ses vêtements, son sexe était déjà aussi dur qu'un tronc d'arbre, et presque aussi large.

Il me regarda, allongée sur le lit, et ses yeux s'arrêtèrent sur mes poignets entravés.

— Pouvons-nous nous dispenser de ces rênes, à présent, comtesse ? J'aimerais mieux vous prendre d'une façon moins brutale.

Mon impatience à l'avoir en moi s'était de toute évidence trop facilement lue sur mon visage.

— Si vous me détachez, je m'enfuirai, menaçai-je.

Pour exquis que fût son sexe, il me fallait décourager chez James toute démonstration de confiance excessive.

— Quelle créature perverse vous faites, dit James, pour lutter avec tant d'acharnement contre le plaisir.

Je n'avais aucune objection à ce qu'il me baisât, comme je l'ai mentionné plus tôt, mais je n'avais pas non plus l'intention de lui en accorder l'expresse permission. Je lui dis avec dédain que je ne changerais pas d'avis ; qu'il ferait mieux de me détacher et de me laisser partir. Plus vite comprendrait-il que rien ne réussirait à me convaincre, raisonnai-je, plus vite déciderait-il d'agir en conformité à ses seuls désirs.

— Je n'ai nulle intention de vous prendre de force, petite idiote, vous pouvez donc chasser cette possibilité de votre esprit, dit James. Je vous baiserai quand vous me le demanderez, et pas avant.

Je fus vexée d'avoir été aussi bien percée à jour, et je sus que l'état physique dans lequel je me trouvais n'était pas davantage un secret pour lui. James caressa mon sexe d'une main, et je serrai les mâchoires pour étouffer un gémissement.

— Une voix si froide, se moqua-t-il, mais un con

si humide et accueillant. Que vais-je faire de vous, Anna, qui vous entêtez à vous montrer si difficile ?

Comme je ne répondais pas, il se pencha entre mes cuisses, et se mit à me caresser avec sa langue.

La langue de James était aussi puissante et agile que ses mains et je luttai désespérément pour conserver une respiration calme et un corps immobile. Il lécha mon sexe pendant un très long moment, avec lenteur et application, et ma réaction naturelle fut de lever et d'incliner mon bassin, afin de tirer le meilleur parti de chaque angle selon lequel sa bouche se présentait à moi. James, inépuisable, redoublait d'attentions ; il continua à sucer mon sexe mouillé et douloureux jusqu'à ce que je gémisse comme si c'était la première fois que l'on me prodiguait de telles caresses.

En guise de réponse, il écarta les plis de mon sexe pour dégager mon clitoris droit et dur, et commença à le tourmenter doucement du bout de sa langue, en insistant progressivement, jusqu'à le frotter d'avant en arrière du plat de sa langue selon un rythme calme mais incessant et que mon con se mette à frémir de plaisir, tout près de succomber à l'orgasme.

Puis il s'interrompit.

Je criai de frustration, et il me plaqua de nouveau contre le lit, en posant ses mains sur mes hanches.

— Dois-je poursuivre, Anna ?

Ses yeux verts se riaient de moi, et il semblait fort content de lui.

Son stratagème était trop grossier et j'étais trop furieuse pour répondre.

Il rit et plaça sa main quelques centimètres au-dessus de mon sexe, assez près pour que je pusse sentir sa chaleur, mais trop loin pour que je pusse l'atteindre, même en me cambrant et me contorsionnant.

— Dites-moi ce que vous voulez, demanda James.

Je répondis que je voulais qu'il me laissât tranquille, ce qui constituait un mensonge fort peu convaincant.

— Anna, dit-il sur un ton badin, en retirant sa main, vous êtes une jeune femme fort entêtée et malhonnête, et vous devez apprendre à dire la vérité.

Il me retourna et m'administra une petite tape sur les fesses.

— Reconnaissez que vous voulez que je vous baise, mon obstinée amie.

Il plaqua son torse contre mon dos ; alors que sa queue grosse et dure frottait contre mes fesses et mes cuisses, il caressa doucement mes jambes et réitéra sa demande :

— Dites-moi ce que vous voulez, et je promets de vous faire jouir cinq fois avant de vous renvoyer chez ce pauvre idiot de Hudstone.

C'était une proposition fort alléchante, mais je ne répondis toujours pas. En ricanant, il continua à me toucher et à couvrir mon corps de lentes caresses appuyées, tout en m'embrassant dans le cou. Une fois ou deux, il pinça mes tétons douloureux et mes cuisses afin de me soulager un peu, mais il ignora totalement mon sexe frustré, et au bout de quelques minutes j'avais totalement perdu la tête.

— James, murmurai-je, vaincue. Détachez-moi.

Si seulement j'étais libre de mes mouvements, raisonna mon esprit enfiévré, il ne pourrait plus me refuser satisfaction bien longtemps.

Il détacha mes bras du cadre de lit et pressa ensuite ses lèvres contre mes poignets rougis.

— Vous ai-je fait mal, ma très chérie ?

Je secouai vigoureusement la tête, la douleur étant la dernière chose à laquelle je songeais.

— A la bonne heure, murmura-t-il en m'attirant à lui. Un corps si magnifique ne doit pas être gâté par la violence.

Il glissa sa main sous mes fesses et entre mes cuisses pour caresser mon sexe depuis l'arrière.

A ce contact brûlant, je ne m'appartins plus, et me collai à sa queue avec plus d'abandon et de licence que je n'aurais dû le faire.

— Est-ce cela que vous voulez, mon ange ?

Il guida son membre jusqu'à l'entrée de mon sexe, et le frotta contre mes lèvres gonflées.

Pour toute réponse, je poussai un petit gémissement suppliant.

— Qu'était-ce donc que cela, mon amour ? se moqua-t-il, alors que ses caresses me faisaient de plus en plus perdre la tête.

— Oui, murmurai-je. Oui, c'est cela que je veux.

— Comme ceci, Anna ?

Il poussa son sexe à l'entrée de ma fente, et, toute honte bue, je gémis :

— Oh ! encore, encore, je vous en prie…

— Ah, j'aime vous entendre supplier, dit-il dans un rire, en se retirant. Je crois que j'aimerais vous entendre le faire un peu plus.

Je n'étais plus du tout moi-même ; je me suspendis à son cou, et l'implorai :

— Oh ! James, baisez-moi, je ne puis plus attendre…

Une fois qu'il fut tout entier en moi, il prit possession de mon sexe avec autant d'avidité et d'autorité que s'il en était le seul maître. Il changeait mon corps de position au gré de ses humeurs et de ses envies, pour jouir d'un nouveau point de vue sur moi, ou pour modifier la sensation que lui procurait mon con autour de sa queue, et j'avais depuis longtemps dépassé le point où je me souciais encore des privilèges qu'il s'accordait. A dire vrai, il se pourrait bien que cet arrogant et obstiné bâtard possédât le plus beau membre du monde, et les caractéristiques qui le rendent si inapte à toute vie en société — son intolérable fierté et son corps de paysan — lui permettent de baiser avec plus de puissance et de conviction que tout autre homme qu'il m'ait été donné de rencontrer. Et cet après-midi ne fit pas exception.

Après que j'eus joui deux fois en un temps fort court, il s'arrêta pour reprendre son souffle, et plaisanta :

— Est-ce que je vous plais toujours, Anna ?

Et je fus forcée de reconnaître que c'était le cas.

Mais j'étais encore loin d'être satisfaite ; privée de sa queue, je passai mes jambes autour de sa cuisse ferme et musculeuse, et pressai mon sexe contre la chaleur de sa peau. Il n'avait toujours pas joui, et j'espérais le sentir bientôt de nouveau en moi.

— Vous avez toujours aimé que je vous prenne avec brutalité.

Il rit, en caressant mes fesses d'une main.

J'acquiesçai en me serrant plus fort contre lui.

— Mais vous aimez cela aussi, n'est-ce pas, mon ange ?

Il écarta mes jambes de sa cuisse et s'introduisit en moi, cette fois avec une excessive lenteur.

— Vous aimez quand je prends mon temps pour savourer votre con.

Il se mit ensuite à me baiser avec tant de langueur et de patience que, si j'avais été capable de pensée cohérente, j'aurais su qu'il ne faisait rien d'autre que se mettre outrageusement en avant.

La fierté et l'ambition peuvent être de dangereuses qualités chez un homme, mais elles possèdent également leurs avantages. James, étant l'homme qu'il était, ne me laisserait jamais partir avant d'être certain que je fusse fourbue et comblée au-delà de toute raison ou de toute mesure, et pour lui rendre justice, je dois avouer qu'il atteignit parfaitement son but.

Après que nous nous fûmes épuisés, je restai

un long moment dans son lit, allongée contre sa poitrine, mais mon lecteur ne devra pas pour autant penser que les raisons de mon comportement étaient sentimentales. C'était une chaude journée, et je jugeai peu judicieux de me lever trop rapidement après un si vigoureux exercice.

Il est dans la nature des hommes, toutefois, de confondre simple précaution naturelle et signe d'affection.

— C'est ainsi que je me souviens de toi, mon amour, murmura James contre mes cheveux. Si douce, et abandonnée entre mes bras.

Peut-être par gratitude pour les plaisirs qu'il venait de m'offrir, je le laissai me cajoler et me caresser un peu plus longtemps.

Enfin, il prit mon visage entre ses mains et m'embrassa tendrement sur la bouche.

— J'aimerais vous avoir ici avec moi toutes les nuits, Anna, dit-il avec gravité. Je vous veux comme femme.

Je fus toute proche de rire à cette proposition ridicule, mais il semblait si sérieux et si déterminé que je décidai de me montrer gentille.

— Vous vous êtes élevé fort haut grâce à vos efforts et à votre travail, dis-je doucement, et peut-être ne comprenez-vous pas totalement le monde dans lequel vous évoluez à présent. Vous devez voir, M. McKirnan, que…

Je voulus me montrer respectueuse, en m'adressant

à lui par son nom de famille, mais il ne l'entendit pas de la sorte.

— Ne m'appelez pas ainsi, grinça-t-il, en serrant mes cheveux détachés entre ses doigts. Appelez-moi M. McKirnan durant le souper si vous le souhaitez, mais quand vous êtes nue dans mon lit, je veux que vous m'appeliez James.

— James, concédai-je. Vous comprenez certainement que je ne peux pas vous épouser.

— Et pourquoi pas ? insista-t-il avec entêtement.

— Vous êtes un roturier, répondis-je, soulignant l'évidence. Selon la loi en vigueur dans l'Empire, je perdrais mon titre et mes terres.

— Le domaine que je viens d'acquérir n'est en aucun cas petit, dit James. Et lorsqu'elle sera terminée, ma demeure sera la plus vaste de tout le voisinage. Il n'est rien que je ne pourrais vous acheter, Anna, si vous le désiriez.

De toute évidence, il ne connaissait pas l'étendue de mon imagination.

— Je n'ai nul désir de me remarier, dis-je. Et nul désir de rester plus longtemps que nécessaire dans la campagne anglaise.

— Alors nous vivrons à Londres, mon amour, où vous trouverez toutes les personnes que vous voudrez pour vous divertir.

— Toutes les personnes que je voudrais pour se railler de la basse naissance de mon mari, rétorquai-je, perdant peu à peu ma patience, car il devenait ridicule.

— Les questions de rang vous préoccupent-elles donc tellement ? demanda James avec colère.

Comment répondre à une question aussi stupide ? Si je n'avais pas été déjà convaincue de son intelligence, j'aurais cru l'homme limité. Sans le rang, que reste-t-il de l'ordre social ? Pourquoi, alors que la naissance et la fortune m'avaient favorisée, choisirais-je de m'abaisser ?

— Je pars, dis-je.

Trop d'agitation pendant les heures chaudes de la journée avait clairement fatigué et affaibli son esprit, et il semblait totalement privé de sa raison et de son bon sens.

Me drapant comme je le pus dans ma robe déchirée, je dévalai l'escalier et me précipitai vers la porte. Une fois ma cape soigneusement attachée, j'étais assez présentable pour retourner jusqu'à mes appartements sans courir le risque que quiconque ne remarque quoi que ce soit de suspect dans ma toilette.

James m'arrêta avant que je ne franchisse la porte.

Il n'avait pas décoléré ; il m'attrapa par le bras et lança :

— Je vous aurai pour femme, Anna, d'une façon ou d'une autre.

Je lui dis de ne pas gâcher sa salive en de vaines menaces.

Il s'avéra que ses menaces n'étaient pas aussi vaines qu'elles ne me l'avaient semblées.

***

A 10 heures le lendemain matin, je fus abruptement appelée dans le cabinet de travail de mon cousin par alliance. Lorsque je demandai si je pouvais disposer de quelques minutes pour terminer la lettre que j'étais en train d'écrire, le valet m'informa que ma présence était requise sans délai.

Mon cousin par alliance était en rage ; ce fut évident dès que j'entrai dans la pièce. Ses joues n'étaient plus qu'une vaste étendue cramoisie, et sa respiration était sifflante.

Je fus un instant saisie d'angoisse, en croyant qu'il avait peut-être trouvé l'une des lettres que Lorenzo avait écrites à sa femme.

La vraie raison de sa colère était tout aussi catastrophique.

Après mon départ précipité l'après-midi précédent, James était allé trouver mon cousin par alliance et lui avait raconté une fable à dormir debout.

James avait avoué à Hudstone, avec toute l'apparence d'une réelle contrition, qu'il venait me rejoindre dans mon lit toutes les nuits depuis un mois. Sa conscience torturée, prétendit-il, réclamait qu'il se mît à la merci de l'homme dont il avait déshonoré la maison par sa conduite. James avait alors continué en expliquant que ma réticence à le rencontrer au souper et que ma constante impolitesse à son égard étaient le résultat de notre liaison ; j'avais eu peur, dit-il, de laisser échapper un geste ou un mot qui auraient rendu les sentiments que je nourrissais pour lui évidents à la maisonnée ou au voisinage, et j'avais donc feint la froideur.

— Je n'aurais jamais cru cela de James, continua Hudstone, en me lançant des regards furieux comme pour signifier qu'il rejetait la faute sur l'étrangère indigne de confiance que j'étais. Mais il souhaite vous épouser, et j'ai reconnu que c'était le parti le plus raisonnable. Le révérend Nelson proclamera les bans à l'église ce matin. Il est probablement en train de le faire au moment même où nous parlons.

Ce fut un coup du sort soudain et inattendu ; une demande en mariage faite en privé était déjà assez fâcheuse, mais une annonce publique serait difficile à annuler. Sans que l'on m'informât ni me consultât, l'on avait gravement compromis ma situation, et je ne voyais aucun recours immédiat.

— Ce sont des mensonges bas et infondés, dis-je néanmoins, refusant de me laisser intimider. Je ne veux pas épouser cet homme.

— Vous vous êtes déshonorée vous-même et vous avez déshonoré ma maison, dit mon moralisateur de cousin par alliance, et je veillerai moi-même à ce que cet affront soit lavé. Je ne vous donne pas le choix. Tout le Derbyshire sera au courant de vos fiançailles d'ici quelques heures, et je ne vous permettrai pas de causer votre embarras ni le mien en vous soustrayant à l'engagement que vous avez déjà contracté lorsque vous avez disposé licencieusement de votre corps sans la bénédiction de l'Eglise.

L'espace d'un instant, je crus tout espoir perdu. Puis l'esquisse d'une idée germa dans un recoin de mon esprit, et je compris qu'il était mieux de ne pas discuter plus avant avec lui.

Ce sale hypocrite paierait, me promis-je, pour s'être dressé sur mon chemin de la sorte.

J'avais espéré éviter tout autre contact avec James, mais le perfide bâtard m'attendait dans le petit salon, et il m'interpella dès que je quittai le cabinet du vicomte. Il m'appela par mon nom alors que je tentai de lui échapper, et je compris que pour que le plan qui était en train de naître dans mon esprit fonctionnât, James ne devait pas suspecter les profondeurs de ma colère. Je m'immobilisai et attendis qu'il me rejoignît.

— Ne soyez pas fâchée contre moi, Anna, dit James en saisissant mes deux mains.

Je ne répondis rien mais ne me dégageai pas.

— Vous finirez par vous réjouir de ce que vous prenez pour l'instant pour un revers, dit-il avec douceur. Je promets de vous rendre heureuse.

J'écarquillai les yeux et dis qu'il n'était pas aimable de sa part de m'exposer publiquement au ridicule de la sorte.

— Non, ma très chère, ce n'est pas ce que j'ai fait, dit-il gravement, en me serrant dans ses bras. Hudstone ne dira rien. Personne ne saura la raison de notre union. Et quand tous verront l'affection que nous nous portons, nous ferons l'envie de tout le comté. Aucun homme dans toute l'Angleterre n'aimera sa femme plus que je vous aimerai.

S'il est bien une chose à laquelle je n'ai jamais aspiré, c'est d'avoir un Anglais pour époux. La plupart d'entre eux sont des créatures pathétiques et serviles traitant leur femme avec une tiédeur et une mièvrerie risibles — toute femme normalement constituée devrait s'effrayer, comme je le fis alors, devant les affligeantes promesses faites par James.

— Vous me pardonnerez, n'est-ce pas, mon ange ? murmura-t-il avec ardeur. Vous viendrez de votre plein gré honorer ma table et mon lit de votre présence. Vous avoir comme maîtresse de mon nouveau logis scellera définitivement mon bonheur.

Les classes moyennes doivent croire tous ces indigestes romans qu'elles lisent, car je ne pus trouver d'autre source aux ridicules fadaises qui sortirent de la bouche de cet homme par ailleurs si sensé.

Si je capitulais trop rapidement, il deviendrait peut-être suspicieux.

— Je n'ai d'autre choix que celui de me rendre à vous, lui dis-je. Le vicomte ne m'a laissé aucune autre marge de manœuvre.

— Est-ce une sentence si cruelle, Anna, de devenir ma femme ? me pressa-t-il de répondre.

Oui. C'était un destin intolérable, et je remuerais ciel et terre pour y échapper.

— Je suppose que je m'y habituerai avec le temps, dis-je.

Il me serra davantage et enfouit son visage dans mon cou.

— Je vous comblerai de bonheur, mon ange, murmura-t-il. Venez avec moi à mon cottage afin que nous puissions célébrer nos fiançailles comme il se doit.

— Oh non, dis-je pieusement, en me dérobant à ses baisers. Si nous sommes censés devenir respectables, je ne veux aucune demi-mesure.

J'avais du travail à accomplir, et je me promis que ce misérable et méprisable escroc ne me serrerait plus jamais dans ses bras.

La première étape de mon plan consista à aller trouver la femme de chambre et à l'envoyer dans le cabinet de travail du vicomte.

— J'ai entendu que Votre Seigneurie avait eu une contrariété, entendis-je Martha dire avec réserve lorsqu'elle pénétra dans la pièce.

— Oui, répondit abruptement mon vil cousin par alliance. Ferme la porte.

Ensuite, j'allai trouver Charlotte.

— La femme de chambre m'a dit que votre époux souhaitait vous voir, dis-je. Dans son cabinet.

Parfois, raisonnai-je, une bonne purge vaut mieux que tous les autres remèdes.

Charlotte, comme vous vous en souviendrez, s'était méfiée du scandale qui pourrait survenir si elle abandonnait son époux peu méritant, mais lorsqu'elle ouvrit la porte du cabinet et prit la mesure de l'énergie avec laquelle son seigneur et maître besognait la femme de chambre, elle ne fut pas longue à comprendre ce qu'elle avait à faire.

Quelques heures plus tard, nous nous trouvions avec Lorenzo dans une voiture faisant route pour Londres, ville depuis laquelle nous pourrions tous échapper à cette île de malheur et accoster sur les terres plus sûres du Continent.

Charlotte parla de demander le divorce, mais j'eus une meilleure idée, et qui rencontra un vif succès. Il s'avéra que le mariage de ma cousine fut facilement annulé une fois que nous expliquâmes à un bienveillant évêque que l'union n'avait jamais été consommée, à cause des requêtes perverses et contre nature que le vicomte de Hudstone n'avait cessé d'adresser à son innocente jeune épouse. Après la frayeur que lui avait causée sa nuit de noces, au cours de laquelle elle avait fui, épouvantée par les horribles perversions que son époux avait exigées d'elle, elle s'était chastement enfermée à double tour toutes les nuits afin qu'il ne lui fît aucun mal.

Bien que fausse dans les détails, cette histoire possédait un fond de vérité qui sut convaincre, et ma cousine fut sur-le-champ libérée de ses engagements. J'expliquai aussi à l'évêque comment le luxurieux vicomte avait essayé de me marier de force avec l'un de ses amis tout aussi lubrique et dévoyé que lui, un certain M. James McKirnan. Le prêtre local, ajoutai-je, avait même été complice de cette machination, proclamant les bans à l'église malgré ma virulente opposition à cette union.

L'évêque était un homme bavard, et ces deux histoires avaient déjà largement circulé dans la société londonienne lorsque nous partîmes pour Amsterdam, une quinzaine plus tard.

L'annulation des noces de Charlotte et son rapide remariage furent plus hasardeux qu'il ne nous était apparu sur le moment, car, sept mois plus tard, elle donna naissance à un magnifique petit garçon dont les boucles noires et le teint halé n'auraient pu le faire passer pour le fils de Hudstone, même aux yeux des plus bienveillants et crédules des observateurs.

En ce qui concerne James McKirnan, je ne doute pas un seul instant que bon nombre de filles de mineurs autour de Manchester seraient heureuses de profiter de ses attentions, et je suis sûre que l'une d'entre elles ferait une parfaite épouse pour cette brute mal dégrossie.

EDEN BRADLEY

Les surprises de la nuit

éditions HARLEQUIN

Titre original :
NIGHT MOVES

Traduction française de SYLVIE PATRICK

83-85, boulevard Vincent-Auriol, 75646 PARIS CEDEX 13.
Service Lectrices — Tél. : 01 45 82 47 47
www.harlequin.fr

Kate s'accouda au cadre métallique de la fenêtre du wagon, tandis que le train quittait Klamath Falls, dans l'Oregon, la ville la moins exaltante au monde. Pourtant, son cœur s'emballa et son pouls s'accéléra dans l'instant.

Elle ressentait toujours un délicieux frisson d'excitation à bord d'un train, sachant que le meilleur était à venir, aussitôt les autres passagers profondément endormis.

L'éclairage du quai s'estompait à mesure que la rame s'en éloignait. Désormais, l'univers était plongé dans le noir complet. On ne pouvait absolument rien distinguer dans la nuit d'encre, aucune lumière ne trouait les ténèbres à des kilomètres à la ronde. Peu lui importait. Une seule chose comptait — sa présence dans ce monstre d'acier lancé à toute vitesse, ce sentiment de puissance, comme si le monde lui appartenait.

Il était près de minuit : le wagon-restaurant ne servait plus depuis longtemps. Le train ayant eu du retard, Kate s'était morfondue pendant des heures dans la gare déserte. Klamath Falls, en effet, était une petite ville de province où les bars et commerces fermaient très tôt le soir. Si elle n'avait pas eu la bonne idée de dîner dès son arrivée d'Ashland, elle se serait trouvée réduite au distributeur de confiseries, coincé entre les vieux bancs de bois de la salle d'attente.

Enfin, tout cela n'était qu'un mauvais souvenir. A présent, elle bouillait d'impatience à l'idée du pur bonheur qui l'attendait dans la suite des événements, au cours du long trajet qu'elle venait d'entreprendre.

Le train avait quelque chose de sexy. Quant à savoir quoi, elle aurait été bien incapable de le préciser. Le roulis qu'elle sentait sous elle, associé au grondement des roues sur les rails, lui faisait l'effet d'un gigantesque vibromasseur. A cette pensée, elle sentit son corps se liquéfier de désir.

Il lui fallait s'isoler au plus vite.

Dieu merci, il était très tard. La plupart des passagers devaient déjà dormir dans la lumière tamisée des wagons.

Elle se renversa sur son siège pour mieux s'abandonner aux oscillations, aux secousses qui provoquaient de voluptueuses sensations entre ses jambes.

A ce stade, les préliminaires étaient aussi grisants que les péripéties aventureuses dont elle pimentait ses voyages. Elle ne se lassait pas de ce petit jeu auquel elle se livrait dans chaque train où elle montait pour sillonner le pays en tous sens, quelle que soit sa destination — laquelle ne présentait pas le moindre intérêt à ses yeux. Le balancement, le frottement fluide des essieux glissant sur les rails, rien d'autre ne comptait.

Elle patienta encore une trentaine de minutes sur son siège, absorbant avec bonheur l'énorme poussée de cette masse de métal qui se propulsait sous elle.

A la fin, n'y tenant plus, elle se leva, passa son lourd bagage sur son épaule et slaloma habilement entre les rangées des sièges où les voyageurs sommeillaient déjà. Pour elle, la nuit ne faisait que commencer. Elle pénétra dans le premier, puis le second soufflet séparant les wagons et continua sa progression jusqu'aux voitures-lits.

Arrivée là, elle prit une profonde inspiration et poussa la dernière porte qu'elle franchit avec aisance, fruit d'une longue habitude, avant de la refermer derrière elle.

Elle s'attarda dans le couloir le temps de retrouver son équilibre, tous les sens en éveil, le souffle court, le sang lui battant violemment aux tempes. L'étoffe de son jean frottait contre son sexe humide au rythme des roues, tandis qu'une chaleur intense se répandait entre ses cuisses.

Bientôt…

Le couloir était désert. Elle s'avança dans le passage et tourna la poignée de la première porte qu'elle trouva verrouillée. Quelle poisse !

Elle poursuivit son chemin et tenta d'ouvrir la suivante. Egalement fermée à clé. Elle parvint à l'extrémité du wagon en essayant toutes les portes les unes après les autres. En vain. Elle gagna la voiture voisine en soupirant de frustration.

Le silence l'accueillit. Les oreilles bourdonnant du ronflement des moteurs, tout étourdie par le chuintement des roues, elle s'attarda un moment pour savourer les sons vibrants et puissants, l'enivrante sensation chaque fois renouvelée, avant de se décider à repartir. Si la première porte était fermée à clé, la suivante s'ouvrit d'une simple pression des doigts.

Enfin !

Elle s'y engouffra, scrutant le compartiment obscur avec une impatience mêlée d'inquiétude à l'idée d'être surprise en pleine action. Elle ne vit rien au pied de la couchette capitonnée, pas le moindre bagage trahissant la présence d'un passager. Elle s'immobilisa pour prêter l'oreille, mais seul le sifflement du vent à la fenêtre lui répondit. Rassurée, elle s'avança en prenant soin de refermer la porte.

Sa peau brûlait littéralement, il lui fallait assouvir sans délai ses pulsions. Abandonnant son sac volumineux sur la banquette, elle s'approcha de la fenêtre où elle s'appuya de tout son poids. Parfaitement immobile, elle savoura avec délices le vrombissement du train, les vibrations qui déferlaient dans chaque fibre de son corps. Les seins plaqués contre la paroi lisse et froide, elle sentit ses mamelons s'ériger presque instantanément à travers le coton de son T-shirt.

Une moiteur exquise se propagea au niveau de son entrejambe. Taraudée par le désir, elle se hâta de faire glisser la fermeture Eclair de son jean avec une plainte sourde et faufila une main entre ses cuisses sous la dentelle de sa petite culotte.

Oh ! oui !

Sans plus attendre, elle entreprit de masser délicatement son sexe bombé. Mais le désir était si lancinant que, tel un amant ardent et impatient, elle pressa son clitoris à pleine main et se mit à frotter sans relâche le petit bouton durci contre sa paume, lui imprimant le rythme saccadé des roues et des rails dont elle ressentait la trépidation sous ses pieds. Une onde de plaisir déferla dans ses veines comme de la lave en fusion. Alors, n'y tenant plus, elle infiltra deux doigts entre les lèvres gonflées de son sexe trempé avec un long gémissement rauque.

Oubliant toute retenue, elle plongea plus loin et se mit à titiller sans relâche le petit bourgeon de chair, tandis que le train oscillait sous elle, tel un gigantesque monolithe fougueux. Et quand elle ressentit une vague de plaisir intense, elle enfouit ses doigts encore plus loin, au plus profond de sa chair palpitante.

Oui…

Elle accéléra le mouvement, de plus en plus vite, de plus en plus fort, le corps tendu à se rompre dans l'angle de la fenêtre. Le ventre en feu, les jambes flageolantes, sur le point d'exploser, elle ne ralentit pas ses va-et-vient effrénés, pressant son clitoris avec application pour la mener encore plus loin. Le balancement du train acheva de la transporter au bord du gouffre où un orgasme puissant la frappa de plein fouet, la laissant pantelante, égarée, le corps secoué de longs spasmes voluptueux.

Son petit vice secret. C'était si bon.

Une voix s'éleva dans l'obscurité :

— Merveilleux !

Kate poussa un cri, elle ôta instinctivement la main de sa culotte et faillit basculer sur la banquette en vinyle.

— Désolé, reprit la voix. Je dormais au moment où vous êtes entrée, et quand je me suis réveillé, je n'ai pas osé vous interrompre…

Le cœur de Kate s'emballa. Rouge de honte, de colère et d'effroi, elle referma fébrilement son pantalon.

— Vous m'avez fait une peur bleue ! Ecoutez… je… je file tout de suite. Vous ne m'avez jamais vue, d'accord ?

— Ce serait dommage, rétorqua tranquillement la voix. Attendez, je vais allumer, n'ayez pas peur.

— Non, non, je vous laisse. Et… euh… s'il vous plaît, vous n'êtes pas obligé de raconter ce qui s'est passé…

C'était qui, ce type ? Un pervers ? Quoique, sur ce point, elle-même n'eût rien à lui envier.

Incapable d'esquisser le moindre mouvement, elle cilla lorsqu'une petite veilleuse de couleur ambrée éclaira l'étroite banquette.

Il était assis au bord de la couchette — le surfeur californien typique, une forêt de cheveux blonds retombant en désordre sur ses épaules, auréolant son visage d'ange, une barbe naissante d'une teinte plus foncée, un pantalon cargo pour tout vêtement. Il était d'une beauté renversante.

— Oh ! s'exclama-t-il.

— Qu'y a-t-il ?

Il sourit en clignant des yeux. Elle supposa qu'ils étaient clairs, mais la lumière vacillante l'empêchait d'en déterminer la couleur. Gris ou verts ?

— Qu'y a-t-il ? répéta-t-elle, les doigts crispés sur la courroie de son sac.

Qu'attendait-elle pour tourner les talons et détaler sans demander son reste ?

— Vous êtes ravissante.

Elle éclata de rire.

— C'est bien la dernière chose à laquelle je m'attendais !

— Non, non, je suis sincère. Je dois dire que je ne m'y attendais pas en vous observant tout à l'heure dans le noir. Je ne distinguais que vos cheveux.

Elle porta machinalement la main à ses boucles blondes indisciplinées.

— Qu'est-ce qui ne va pas avec mes cheveux ?

— Ils sont superbes, répondit-il d'une voix rauque, encore embrumée de sommeil, qui la mit dans tous ses états.

Que lui arrivait-il ? Encore engourdie après l'orgasme qu'elle venait de vivre, Kate sentit le désir renaître en elle. Il était si beau avec son corps sculpté d'athlète…

— Vous devez être aveugle, si vous voulez mon avis.

— Je ne pense pas, j'ai tout vu.

Elle posa la main sur le bouton de la porte.

— Bon, je ne vous dérangerai pas plus longtemps, je m'en vais.

— Inutile de dire que j'ai beaucoup aimé le spectacle.

Elle se figea.

L'inconnu se leva de la couchette. L'espace confiné de la cabine l'obligeait à se tenir juste derrière elle, au point qu'elle pouvait sentir la chaleur rayonner de son corps à moitié nu. De si près, les subtils effluves de vétiver de son eau de toilette la firent chavirer.

— Attendez, ne partez pas. Au fait, moi, c'est Ian.

Kate tourna la tête et le regarda par-dessus son épaule. Il était là, tout près, trop près. Rien ne se passait comme prévu. Il avait été témoin de ses ébats et avait tout gâché.

Tout ? Peut-être pas, finalement…

Elle était dans un état second. Les sens en alerte, vidée d'énergie, prête à succomber au charme viril de cet homme à la peau dorée qui semblait avoir surgi de ses fantasmes les plus fous.

— Vous ne voulez pas me dire votre nom ? demanda-t-il doucement.

— Vous n'allez pas me dénoncer, n'est-ce pas ?

Il la gratifia d'un sourire enjôleur, la fixant d'un regard brillant qui n'avait rien de concupiscent.

— Ce serait stupide de ma part, non ?

Elle lui rendit son sourire.

— Avez-vous l'habitude de jouer les voyeurs ?

— Pas vraiment, non. Et vous, vous avez toujours ce côté exhibitionniste ?

— Oui, je l'avoue.

— Personnellement, j'aime bien ça chez une femme.

Le silence retomba. Ils se défièrent du regard en souriant. L'air était chargé d'électricité, vibrant comme une corde de violon prête à se rompre.

J'ai envie de toi.

Oh oui, elle avait envie de lui. Envie qu'il lui fasse l'amour ici et maintenant. Elle avait toujours rêvé de tenter cette expérience inédite dans un train. C'était inimaginable, surréaliste, comme une scène qui semblait tout droit sortie d'un film.

Elle n'était pourtant pas du genre à coucher à droite et à gauche, même si elle avait eu quelques aventures sans lendemain au cours de ses voyages. En outre, depuis sa rupture avec Dominic cinq mois plus tôt, elle s'était juré de renoncer définitivement aux hommes.

Il était peut-être temps de rompre son vœu de chasteté, au fond.

— Alors, tu restes ?

— Je réfléchis à la question, s'entendit-elle répondre.

Elle devait avoir perdu la raison.

— Comment t'appelles-tu ? insista-t-il encore.

— Kate.

— Kate ? C'est très joli. Tu ne veux pas le poser ? ajouta-t-il en désignant le bagage qu'elle tenait toujours à la main.

Elle acquiesça et le laissa la débarrasser du gros sac qu'il posa sur la banquette. Elle le détailla attentivement quand il se redressa. Il devait faire un mètre quatre-vingts, mais comme elle mesurait dix centimètres de moins, cela lui convenait parfaitement, d'autant qu'elle n'aimait pas les grands échalas. Il avait la morphologie d'un surfeur — mince, les muscles déliés, les épaules larges, le torse puissant. Elle effleura de l'index le tatouage qu'il arborait sur le bras.

— Qu'est-ce que c'est ?

— Une carte-mère. Je suis informaticien.

— Vraiment ?

— Mais oui. A quoi t'attendais-tu ?

— Euh… je ne sais pas, à rien de spécial. Tu es le parfait sosie du serveur qui travaille dans le petit café en bas de chez moi.

Il s'approcha d'un pas.

— Et ce type, il te plaît ?

Elle résista à l'envie de couvrir sa peau mordorée de baisers passionnés.

— Oui, mais pas autant que toi, je pense.

— Ah, et tu pourrais me dire à quel point je te plais ?

— Assez pour m'empêcher de fuir à toutes jambes comme je devrais le faire.

— Reconnais que les circonstances de notre rencontre sont assez extraordinaires, non ?

— C'est vrai.

Elle était folle de ne pas se sauver quand il en était encore temps. Seulement, elle avait l'esprit aventureux et n'aimait rien tant que prendre des risques. C'était d'ailleurs le principal reproche que lui avait adressé Dominic : trop spontanée, imprévisible, insaisissable. Elle était du genre à ruer dans les brancards, elle ne pouvait le nier, mais là, elle dépassait la mesure. Ce qui rendait l'aventure encore plus excitante.

— Kate…

— Oui ?

Il la fixait de ses yeux verts — elle en était certaine à présent — que sublimait son teint hâlé.

— J'ai envie de t'embrasser.

— Moi aussi.

— Même si tu ne me connais pas ?

— Cela n'a aucune importance. Au contraire. Je ne peux pas l'expliquer, mais il se passe quelque chose entre nous. C'est un peu mystérieux. Tu vois ce que je veux dire ?

— Absolument.

— Alors, embrasse-moi, Ian.

— Tout ce que tu voudras, ma belle.

Pas de doute, elle devait vraiment avoir perdu la tête pour se retrouver seule au beau milieu de la nuit en compagnie d'un parfait inconnu. Balayant toute prudence, elle chassa cette pensée importune de son esprit. Elle y réfléchirait plus tard. Elle se pendit à son cou, les bras noués autour de sa nuque, les doigts enfouis dans ses longs cheveux soyeux, et l'attira contre elle.

Il s'inclina et s'empara de sa bouche. Kate sentit la douce pression de ses lèvres fermes et fraîches sur les siennes. Il se mit à les mordiller avec gourmandise, les savourant avec avidité, et quand il enroula une langue conquérante autour de la sienne, elle fut prise de violents frissons et s'enflamma à ce contact. Sa langue était dotée d'un pouvoir ensorceleur, mais il n'y avait plus aucune douceur dans ce contact, ce n'était plus que désir irrépressible et besoin impérieux. Son baiser se fit plus envoûtant, délicieux, exactement ce dont elle avait envie, mais elle n'allait pas s'en contenter.

Elle en voulait plus, beaucoup plus.

Il devait lire dans ses pensées, car il la saisit par la taille, la plaqua contre lui et l'étreignit avec une telle force qu'elle sentit son érection se presser contre ses hanches à travers l'étoffe de son pantalon, propageant des ondes torrides dans chaque parcelle de son corps.

Sa bouche sensuelle, l'odeur musquée de sa peau, ses baisers délicieux… elle était grisée, le souffle court, privée de volonté.

Il s'écarta légèrement.

— J'ai très envie de te toucher, ma belle. Tu veux bien ?

— Oui, s'il te plaît.

En un éclair, il lui ôta son T-shirt, la contempla d'un œil émerveillé et se mit à caresser son ventre d'un doigt léger qui déclencha un feu d'artifice, un tumulte de sensations électriques dans son sexe déjà humide d'excitation. Pendant ce temps, le train poursuivait sa course folle dans la nuit en grondant tel un torrent souterrain chargé d'adrénaline, sauvage et primitif.

— Dépêche-toi, Ian, implora-t-elle.

— Je me dépêche de faire quoi ?

— De me déshabiller, je veux te sentir nu contre moi, pas toi ?

Il hocha la tête, les traits crispés par la tension qu'il avait peine à contenir. Il fit glisser l'une après l'autre les bretelles de son soutien-gorge, puis il s'approcha et posa la tête dans le creux de son épaule, sa barbe drue frottant d'une manière exquise sa peau délicate tandis qu'il dégrafait son soutien-gorge. Il le laissa tomber sur le sol et, maintenant qu'il n'y avait plus d'obstacle entre eux, il l'étreignit avec force, peau contre peau.

— Mmm, oui, comme ça…, murmura-t-elle.

Il la serra plus étroitement, pressant ses seins contre son torse viril, bougeant de telle sorte qu'elle se retrouva contre l'embrasure métallique de la porte. Il reprit possession de sa bouche, leurs lèvres, leurs souffles se mêlant avec passion, leurs langues entamant un voluptueux ballet, leurs hanches ondoyant à un rythme frénétique, comme un délicieux prélude à ce qui allait suivre. Les halètements sourds du train résonnaient, pareils à un chant primitif ponctuant leurs ébats.

Kate laissa ses mains vagabonder sur la peau tiède de Ian, explorant avec lenteur les pleins et les déliés de ses épaules et de son dos. Elle sentait la tension couver en elle avec une telle violence qu'elle en devenait presque insoutenable.

Il s'écarta pour prendre ses seins en coupe entre ses paumes et elle crut défaillir lorsqu'il se mit à caresser les pointes qui se dressèrent aussitôt, tels deux petits diamants durs et brillants.

— Tu aimes ?

— J'adore…

Il saisit ses tétons et les fit rouler entre ses doigts, les pinçant et les triturant avec une affolante douceur.

— Oh ! oui… continue…, gémit-elle, à moitié pâmée de bonheur.

— Kate, tu es fabuleuse, fit-il d'une voix rauque de désir en augmentant l'intensité de ses caresses. Ta peau, tes seins, ta bouche… Tu es si douce, si réceptive. Je n'en peux plus, regarde.

Et il l'attira encore plus près pour qu'elle sente son sexe dur contre son ventre.

— Ian… j'ai tellement envie de toi… viens…

— Oui…

Il envoya valser son pantalon et son boxer, exhibant son sexe dressé. Kate le contempla, fascinée. Elle aurait voulu tendre la main pour le toucher, caresser la peau soyeuse. Elle sentit une vague de chaleur l'envahir, et venir se loger entre ses cuisses.

Elle en mourait d'envie…

D'autant qu'ils étaient dans un train, le lieu de tous ses fantasmes, décuplant la force de son désir. Elle se rappelait les nuits où elle s'envoyait au septième ciel pendant que le convoi fonçait à grande vitesse vers une lointaine destination, cahotant au rythme de ses mains s'activant frénétiquement entre ses jambes.

S'agenouillant devant elle, Ian la dépouilla de son jean et de sa culotte, et elle sentit sa respiration entre ses cuisses, provoquant un tumulte de sensations torrides.

Cramponnée à ses épaules, elle écarta instinctivement les genoux pour lui donner un meilleur accès, le corps agité de frissons quand il parsema sa toison de petits baisers légers.

— Prends-moi, Ian, je n'en peux plus d'attendre, gémit-elle.

— Non seulement tu vas attendre, mais tu vas adorer, crois-moi.

— Non, je te veux en moi tout de suite.

— Un peu de patience. Ce serait dommage de brûler les étapes.

Deux doigts s'insinuèrent entre ses jambes nues et écartèrent les replis secrets de sa féminité. Elle réprima une plainte quand son souffle brûlant vint caresser son sexe offert.

Seigneur, c'était si bon…

Et même lorsqu'elle sentit son désir ruisseler au creux de ses cuisses, elle s'efforça de ne pas bouger.

La vision de ce corps superbe prosterné devant elle, sa longue chevelure soyeuse couleur de miel se déployant sur son ventre, le roulis hypnotique des roues sur les rails, c'en était trop…

Il entreprit de masser délicatement sa chair palpitante, tandis qu'un doigt agile s'aventurait à l'orée de la fente nacrée avant de s'y enfoncer lentement, profondément.

— Oh ! s'étrangla-t-elle, suffoquée de plaisir.

— Oui, ma belle, c'est bon, n'est-ce pas ? Je veux te voir te tordre de désir avant de jouir.

— Oui, Ian, je…

Son souffle chaud attisa le brasier qui la consumait tandis que sa langue prenait le relais et se mettait à titiller son clitoris.

Elle se cambra contre lui, défaillante.

Il recommença, encore et encore, l'explorant de sa langue, telle une minuscule lance humide conçue pour satisfaire ses moindres désirs, pendant que ses doigts fouillaient toujours sa fente ruisselante, lui arrachant de petits cris de plaisir.

Elle se mit à trembler, le désir bouillonna dans ses veines comme un torrent de lave brûlante, ou comme sous l'effet d'une drogue puissante injectée dans chaque cellule de son corps. Et quand il aspira son clitoris et se mit à l'aspirer avidement, elle perdit pied, emportée par une immense vague qui l'emporta vers la jouissance.

— Ian, je veux te sentir en moi, supplia-t-elle.

— Bientôt, bientôt, dit-il en accentuant tour à

tour la pression de ses lèvres et de sa langue autour du petit bouton de chair tendre avant de cesser son délicieux manège, la laissant hagarde, le corps secoué par une nouvelle onde de plaisir intense.

Le dernier spasme apaisé, il la prit par les épaules et la renversa délicatement sur la couchette.

— Attends, je reviens tout de suite.

Il fourragea dans un sac à dos posé sur la banquette, en tira un préservatif qu'il enfila rapidement avant de revenir se camper devant elle.

— Ouvre les jambes pour moi, ma belle.

Elle s'accrocha à ses épaules et obéit, oubliant toute réserve.

Aussitôt, il se plaça entre ses cuisses et pressa son sexe à l'orée de sa chair à vif.

— Viens, Ian, je t'en prie, je n'en peux plus…

Il prit une profonde inspiration et la pénétra centimètre par centimètre.

— Encore ! réclama-t-elle, folle de désir.

Sans se faire prier, il l'emplit tout entière dans un dernier coup de reins.

— Tu en veux plus ?

— Oh… oui… !

Enroulant ses cheveux autour de ses doigts, il l'attira à lui et s'enfonça encore plus loin dans la chaleur de son sexe brûlant, où il commença à se mouvoir avec une lenteur calculée.

— Mmm… que c'est bon !

Elle planta fermement les doigts dans ses hanches solides.

— Ne t'arrête pas…

Il la chevaucha plus vite, plus fort, accélérant ses va-et-vient au rythme de ses gémissements.

Elle enroula ses jambes autour de sa taille, collant son bassin au sien. Levant les yeux, elle surprit le regard extasié que cet homme si séduisant fixait sur elle.

— Kate, tu vois l'effet que tu produis sur moi ?

— Prouve-le moi, dit-elle, étrangement émue.

Il la prit au mot et se déchaîna avec une frénésie farouche. Elle heurtait le sommier de métal à travers le mince matelas où la clouait chacun de ses coups, la couverture de laine rêche lui écorchait la peau, mais cela n'avait aucune importance. Jamais encore elle n'avait connu pareille plénitude, un tel tourbillon de sensations exacerbé par le grondement de tonnerre incessant du train sur les rails. Quelque chose d'élémentaire, de primitif. Un pur délice.

— Plus fort, Ian, tu en es capable, j'en suis sûre ! murmura-t-elle.

Il la transperçait sans répit dans une sorte de danse endiablée, leurs bassins se cherchant, se repoussant, s'entrechoquant l'un contre l'autre à se briser, et dans un dernier élan fougueux, il l'emmena de nouveau au bord de l'extase. Elle s'y raccrocha désespérément, bien décidée à aller au bout de son désir. Et enfin elle explosa dans une gerbe de lumières éblouissantes, submergée par la vague déferlante de la jouissance. C'était merveilleux.

Ian s'enfonça une dernière fois en elle, encore plus

fort, et moins d'une seconde après elle, il explosa à son tour. Le corps agité de soubresauts, il se cabra puis s'écroula contre elle avec un grognement rauque.

Le train, tel un monstre fabuleux, galopait toujours sur ses rails, tandis qu'ils s'efforçaient de reprendre haleine dans l'étroit habitacle où stagnait l'odeur âcre et puissante du sexe.

Ian se débarrassa du préservatif et la prit dans ses bras. Elle se serra contre son grand corps tiède, pendant qu'il glissait un bras sous sa nuque et se mettait à jouer paresseusement avec ses boucles folles.

— C'était… merveilleux, balbutia-t-elle, au comble du bonheur.

— Fantastique, renchérit-il avec un sourire béat.

— Ian ?

— Oui ?

— J'ai un aveu à te faire.

C'était sorti sans qu'elle y réfléchisse. Et au fond, elle avait envie de le faire.

— Vu que je ne te connais pas, ajouta-t-elle, c'est plus facile…

— Mais si, tu me connais maintenant, ma belle, objecta-t-il avec un petit rire étouffé.

— Peut-être, mais je vais te le dire quand même.

— Je t'écoute.

— Eh bien, voilà…

Elle prit une longue inspiration.

— Je suis fétichiste. Des trains.

Il eut un petit rire.

— Ah, tout s'explique !

— Oui, cela m'arrive de temps en temps, le plus souvent possible d'ailleurs. J'adore prendre le train. Dès qu'il fait nuit, je cherche un compartiment libre et j'en profite pour me caresser.

— Et ensuite, c'est tout ?

— Oui et non. C'est le côté risqué, le lieu insolite qui me grisent. Transgresser l'interdit. C'est terriblement excitant, de plus en plus chaque fois, en fait. J'étais déjà en feu en montant à bord. Il fallait que je m'isole pour me soulager au plus vite.

— Regarde dans quel état tu me mets avec cette histoire, grommela-t-il, l'air faussement contrit. Remarque, je suis très content que tu me l'aies dit, et pas seulement pour cette raison.

— Notre rencontre est vraiment magique, reprit Kate après un silence. Tellement incroyable que je croirais presque avoir tout inventé.

— C'est bien possible, qui sait ?

— Mais tu existes en chair et en os ! Tu vis la même expérience, tu partages mon fantasme, non ?

— C'est aussi le mien. Faire l'amour à une jolie fille dans un train au milieu de la nuit, ça n'arrive pas si souvent, tu ne penses pas ?

— Arrête de dire que je suis jolie, c'est complètement faux.

— C'est curieux que tu ne veuilles pas le croire.

— Je suis trop maigre, et je ne te parle pas de ma tignasse hirsute.

— C’est ce que j’aime en toi, ton côté sauvage, ta peau douce comme la soie.

— Tu n’es pas obligé de me sortir des compliments.

— Et toi, tu n’étais pas obligée non plus de coucher avec moi au lieu de t’enfuir au galop. Et pourtant tu l’as fait.

— Parce que j’en avais envie.

— Exactement.

Elle sourit sans répondre. Il lui releva le menton, le regard flamboyant, et posa ses lèvres sur les siennes. Sa langue se mit à jouer avec la sienne. Son souffle lui caressa le cou, provoquant mille frissons délicieux à fleur de peau. Kate sentit aussitôt un gigantesque brasier la consumer, tandis que la température de la cabine montait en flèche.

— Si tu continues à m’embrasser de cette façon, je serai prête à croire tout et n’importe quoi, fit-elle quand il rompit le baiser.

— L’offre est tentante.

— Je suis sérieuse.

Elle était sincère. Etait-ce seulement à cause du train ? Cet homme avait quelque chose de spécial qui l’excitait comme jamais personne avant lui. Dire qu’elle ne le connaissait même pas. Au fond, elle n’en avait cure. Une seule chose comptait : assouvir jusqu’au bout le désir qu’elle sentait déferler en elle comme un raz-de-marée. Elle avait envie de lui, si fort que c’en était presque douloureux, elle brûlait de sentir ses caresses, sa bouche, ses mains, partout sur elle, en elle.

— Tu as confiance en moi, Kate ?

— Oui, absolument, je ne sais pas pourquoi.

— Mais tu ne sais rien de moi.

— Si, que tu es un crack en informatique, par exemple.

Il éclata de rire.

— Oui, c'est vrai. Tu aimerais apprendre autre chose sur mon compte ? Ou préfères-tu ne rien savoir et me considérer comme un étranger avec qui tu as fait l'amour une nuit dans un train ?

— Non, j'aimerais bien que tu me parles un peu de toi. Où habites-tu par exemple ?

— A Huntington Beach, en Californie, et je reviens d'un séjour à Bend, dans l'Oregon.

— Huntington Beach, c'est le paradis des surfeurs, n'est-ce pas ?

— Oui, tout le monde là-bas se balade avec sa planche sous le bras.

— Et tu faisais quoi dans un coin paumé comme Bend ?

— C'était l'enterrement de mon oncle.

— Oh ! Je suis désolée.

— Tu ne pouvais pas le deviner. Nous n'étions pas très proches, de toute façon. J'y suis allé par sens du devoir, à cause de la pression familiale.

— Tu fais toujours ce que l'on attend de toi ?

— Pas exactement. Mais cette fois… je ne sais pas. J'ai accepté par égard pour ma mère. Et, non, je ne suis pas le petit garçon à sa maman, si c'est ce que tu crois.

— Je ne pense pas qu'un petit garçon toujours fourré dans les jupes de sa maman puisse faire l'amour comme un dieu.

Il rit de bon cœur.

— A ton tour maintenant. Tu es montée à la gare de Klamath Falls ?

— Oui. J'ai assisté au festival Shakespeare d'Ashland pendant une semaine avec des amis. Tu connais ?

— Non, mais j'en ai entendu parler.

— C'est génial, à condition d'aimer le théâtre. C'est ton cas ?

— Oui, je… euh… j'ai joué Puck dans *Le Songe d'une nuit d'été*, au lycée.

— C'est vrai ?

— Tout à fait.

— Un type qui aime Shakespeare, c'est génial.

— Tous les hommes ne sont pas des brutes épaisses accros au foot.

— Peut-être pas tous, non.

Avec un sourire éblouissant, il repoussa une mèche de cheveux qui retombait sur le front de Kate.

— Et toi ? Où habites-tu ? Et qu'est-ce que tu fais dans la vie quand tu ne lis pas Shakespeare ?

— Je suis graphiste, je vis à San Francisco. Je travaille à mon compte, du coup, je peux voyager quand j'en ai envie.

— J'aime beaucoup San Francisco. La cuisine est sensationnelle. Et ils ont les pubs les plus sympas de la région.

— Tu connais le Zeitgeist ?

— Ah oui, le bar où les motards sont les bienvenus ? Ils ont la meilleure bière du coin.

Kate approuva de la tête.

— La vie à San Francisco est très agréable. J'habite en bord de mer. Et j'aime beaucoup le brouillard, on a vraiment l'impression d'être seul au monde dans un univers uniformément gris. Bon, j'arrête, sinon tu vas croire que je suis un peu zinzin, fit-elle avec un grand éclat de rire.

— Non, non, pas du tout. Personnellement, j'adore surfer à l'aube, vers 5 ou 6 heures du matin. La brume est très dense à ce moment-là. Il règne un tel silence, une paix totale, comme s'il n'y avait que l'eau et moi. L'océan à perte de vue, si sauvage… Plus rien d'autre n'a d'importance. Le travail, le stress, j'oublie tout. J'emmène mon chien qui m'attend, couché sur le sable.

— Tu as un chien ? Comment s'appelle-t-il ?

— Pete. Un pit-bull blanc à l'œil cerné de noir, comme dans la série culte *Les Petites Canailles*, tu te rappelles ?

— Bien sûr. Les feuilletons en noir et blanc des années cinquante et soixante, quelle merveille ! *I Love Lucy, Pour le meilleur ou pour le pire*. La vie était si simple, en ce temps-là ! Contrairement à aujourd'hui, ajouta-t-elle avec un petit soupir, où j'ai l'impression qu'on veut tout, tout de suite.

Il la fixait intensément de son regard clair, assombri de désir.

— Et moi, tu sais ce que je voudrais, là, tout de suite ? T'embrasser à perdre haleine et te faire jouir jusqu'au bout de la nuit.

Joignant le geste à la parole, il la renversa sur la banquette, l'enfourcha sans plus attendre et se mit à caresser chaque parcelle de sa peau crémeuse : son ventre, le creux de son cou, ses épaules.

Kate sentit ses mamelons se dresser immédiatement, tandis qu'une onde de chaleur se propageait dans tout son corps.

— J'ai envie que tu me prennes, Ian…

— Un peu de patience, ma belle…

— Tu as bien dit que tu voulais me faire jouir, oui ou non ?

— Oh ! oui, et plutôt deux fois qu'une.

Sur ces mots, il saisit ses tétons et les pinça avec force entre ses doigts, lui arrachant un gémissement rauque. Ses yeux brillaient dans la pénombre.

— Tu aimes ?

— Oh ! oui… c'est si bon.

Il prit ses seins en coupe, les pressa, puis se mit à en lécher avec application les pointes durcies, l'une après l'autre.

Kate éprouva une vague de chaleur qui courait de sa nuque à son sexe, ruisselant de désir.

— Oh… j'adore ce que tu me fais, gémit-elle. Continue, ne t'arrête pas, s'il te plaît…

Il leva les yeux, un petit sourire au coin de ses lèvres gourmandes.

— A tes ordres, puisque tu me le demandes si gentiment.

Il replongea vers sa poitrine, ses longs cheveux blonds caressant son cou tel un voile vaporeux, tandis que sa langue redoublait d'ardeur — lapant, suçant, tétant sans répit. Il s'activait de l'un à l'autre, pendant que ses grandes mains expertes massaient et pétrissaient en cadence les deux adorables globes laiteux.

Haletante, elle s'arqua lascivement contre lui, mais il l'ignora, sa langue continuant de lui infliger le délicieux supplice de ses effleurements.

— Ian..., articula-t-elle, tremblante d'impatience et de désir.

Pour toute réponse, il happa l'un de ses mamelons dans sa bouche, sa langue agile dessinant des arabesques savantes autour de la pointe offerte.

— Ian, arrête, je n'en peux plus...

Les lèvres refermées sur la pointe dressée de son sein, il se figea soudain, laissant délibérément Kate se consumer de frustration, de soif inassouvie. Elle n'avait encore jamais désiré personne avec une telle force, jusqu'au vertige.

— Ian, recommence...

Il se remit à titiller son téton du bout des dents, envoyant des ondes électriques dans chaque fibre de son être. Puis il s'empara de son jumeau et le mordilla avec ardeur.

— Oh... oui... oui...

Elle resta suffoquée, éperdue, sans force quand

il cessa cette douce torture. Trempée, en proie à une passion incontrôlable, elle ferma les yeux de ravissement. Elle aurait pu jouir là, tout de suite, par le simple attouchement de ses mains, de ses lèvres délectables, de sa langue sur ses seins.

Elle se cambra, se tortilla frénétiquement — s'il bougeait de quelques millimètres seulement, elle pourrait se frotter contre son sexe dur comme de la pierre et soulager enfin la tension qui l'oppressait.

Il releva la tête avec un petit rire de gorge.

— Un peu de patience, Kate. Je ne vais pas te laisser en plan, ne t'inquiète pas.

Elle geignit lorsqu'il pinça ses mamelons entre ses longs doigts.

— Tu aimes ?

— Beaucoup.

Il pinça plus fort.

— Oh…

Il s'acharna sur la chair délicate et sensible qu'il continua à cajoler, triturer, étirer, malaxer dans tous les sens, lui arrachant des gémissements de plaisir et de douleur mêlés. Elle sentit son sexe se contracter de plaisir.

C'était trop bon…

Elle était sur le point d'exploser.

— Voilà, oui, tu y es presque ! s'exclama-t-il, le visage penché sur elle, concentré, comme en transe. Tu es tendue comme un arc, tu dois être toute mouillée… prête à m'accueillir en toi.

— Fais-moi l'amour maintenant, Ian, je meurs d'envie de te sentir en moi, tu ne peux pas savoir…

— Non, attends. Je veux t'exciter par mes caresses, te donner du plaisir comme ça, du bout des doigts. Laisse-toi faire, tu ne le regretteras pas…

Il poursuivit son manège sans se lasser, encore et encore, frictionnant inlassablement ses tétons entre le pouce et l'index, augmentant de plus en plus la pression. Kate tremblait, ébranlée jusqu'au fond de son âme à mesure que le plaisir devenait plus intense, dans une sorte d'extase douloureuse. Elle croyait presque sentir son sexe dur plonger en elle, ses doigts la fouiller sans relâche, sa langue glisser sur le petit bourgeon de chair dilaté, l'aspirer, le mordiller encore et encore. Elle n'en revenait pas de ce qui arrivait. Reléguant dans un coin de son cerveau l'incongruité de la situation, elle s'abandonna à ses mains magiques qui prodiguaient mille caresses sur sa chair à vif, jusqu'à ce qu'elle chavire dans un grand cri.

— Oh… Ian… oui… oui… !

La jouissance l'emporta, telle une gigantesque lame de fond qui la submergea dans un déferlement de sensations inouïes, tout se brouilla et elle perdit pied. Un peu plus tard, alanguie, elle flottait sur un petit nuage, le corps vibrant encore d'excitation au rythme obsessionnel du train qui tanguait dans la nuit. Elle ferma les yeux, et il lui fallut plusieurs minutes pour reprendre haleine.

Ian lui releva le menton de l'index, le regard

encore ébloui par le merveilleux spectacle qu'elle lui offrait.

— C'était si beau de te regarder jouir de mes caresses, de t'entendre crier ton plaisir, souffla-t-il. Tu sais ce dont j'ai envie là ?

Elle émergea péniblement de sa torpeur.

— Mmm ? De quoi ?

— De te faire l'amour.

Aussitôt, il la saisit par la taille, la remit sur ses pieds et la plaça devant la fenêtre, face à la vitre où elle pouvait voir la lune briller à travers les nuages dans le ciel de velours noir. Là, debout derrière elle, il lui écarta les jambes avant de la saisir par les hanches, et elle sentit son membre tendu se nicher contre ses fesses, entre ses cuisses. Son sexe encore ruisselant de son précédent orgasme palpita, s'ouvrit, s'enfla de nouveau de désir. Elle devait avoir perdu la tête, mais elle rêvait de le sentir profondément en elle.

— Ian, viens…

— Une minute, ma belle.

Elle perçut un froissement de papier qui se déchirait et patienta pendant qu'il enfilait un préservatif. Puis il pressa son grand corps viril contre le sien et s'enfonça d'une seule poussée.

Sans lui donner le temps de reprendre ses esprits, il s'arc-bouta et se mit à aller et venir sans relâche, la plaquant à la paroi, ses seins nus écrasés contre la fenêtre. Le contraste entre sa chair enflammée et la vitre glacée était d'un érotisme fou, délicieux, irréel.

— Tu aimes les sensations fortes, les vibrations du train, c'est ça ?

A ses mots, son corps devint un brasier ardent et elle sentit un flot de sang rugir dans ses veines et refluer vers son sexe qui se contracta douloureusement.

L'enlaçant d'une main, il posa l'autre sur son pubis, l'infiltra dans l'ouverture et trouva le petit bouton de chair qu'il se mit à masser du pouce.

— Oh oui… c'est si bon…, haleta-t-elle.

Il l'emprisonna alors contre la paroi métallique où les trépidations décuplèrent son plaisir, exactement comme le supervibromasseur de ses fantasmes. Une exquise volupté, qu'exacerbaient les va-et-vient incessants de son sexe au plus profond d'elle.

— Oh ! Ian, c'est trop… je n'en peux plus…

— Attends encore un peu, susurra-t-il d'une voix rauque qui l'électrisa, tandis qu'elle vacillait au bord du gouffre, prête à basculer de l'autre côté.

— Plus fort, Ian, plus fort…

— Oui…

Quand il accéléra la cadence, elle se mit à onduler sous ses coups de reins répétés, et le feu du plaisir monta dans son ventre jusqu'à ce qu'un flot de lave incandescente l'emporte de plus en plus haut vers les cimes du plaisir, dans une pluie d'étincelles.

Il se raidit et succomba à son tour dans une dernière poussée, l'étreignant de toutes ses forces, ses doigts plantés dans sa chair à lui faire mal. Elle s'en moquait. Seuls comptaient son sexe enfoui en elle, la caresse de sa main, le puissant roulis du train.

Des tonnes d'acier, sa sève brûlante, son membre viril… un cocktail absolument détonant !

Ses jambes ne la portaient plus, et elle sentait les cuisses de Ian trembler contre les siennes. Par la fenêtre, elle distingua un cours d'eau sombre et des prairies défilant à perte de vue, cernés par de hautes montagnes à l'horizon, telle une splendide aquarelle au clair de lune.

Face à ce spectacle, elle se délectait de ce corps souple et tiède tout contre le sien. Le train était comme un animal vivant, une créature profondément érotique à la sexualité débridée. Dans l'état second où elle se trouvait, elle confondait le monde fantasmatique avec la réalité.

— Viens, Kate.

Il l'entraîna sur la couchette, et elle se lova contre son torse nu et chaud qui sentait l'amour, son sexe à moitié bandé niché contre ses fesses. Parfaitement détendue, au comble du bonheur, elle fut prise d'une langueur irrésistible.

Elle ne s'était jamais sentie aussi à l'aise en compagnie de Dominic, complètement désinhibée, dans la décontraction la plus totale. Etait-ce parce qu'elle ne connaissait pas vraiment Ian et qu'elle allait bientôt le quitter avec la certitude de ne plus jamais le revoir ?

Ce fut comme une révélation. Etait-ce cela, le

but de la vie — apprendre à se connaître, à être soi-même ? Le destin avait-il mis Ian sur son chemin dans ce but ? Ou peut-être sombrait-elle dans le mélodrame en cherchant le sens caché des choses là où il n'y en avait pas ?

Trop lasse pour réfléchir davantage, elle respira à fond et se pressa plus étroitement contre Ian, se grisant de l'odeur de sa peau, ce parfum épicé de vétiver auquel se mêlaient les senteurs lointaines de la campagne se déroulant comme un ruban sombre dans le noir, au-dehors. Elle ne tarda pas à sombrer dans le sommeil.

Les premiers rayons du soleil l'éveillèrent au petit matin. Elle s'étira, heureuse de sentir le corps tiède de Ian à son côté.

C'était très agréable.

Il tendit la main pour lui ébouriffer les cheveux.

— Bonjour, ma belle, fit-il d'une voix embrumée de sommeil.

Elle lui sourit.

— Bonjour, Ian.

Il déposa un baiser papillon sur ses lèvres, les poils de sa barbe lui caressant la joue. C'était romantique à souhait.

Ne tombe pas dans la sensiblerie, se morigéna-t-elle.

Romantique ou pas, c'était quand même délicieux et charmant.

— Kate, nous arriverons à Oakland dans un peu plus d'une heure. C'est là que tu descends, n'est-ce pas ?

Elle consulta sa montre, surprise. Le temps avait passé si vite.

— Oui.

Il se redressa sur un coude pour la regarder, et elle se perdit dans le lac pur et clair de son regard vert, pareil à une mer d'huile en plein été.

— Nous n'avons plus beaucoup de temps, ajouta-t-il d'une voix grave.

Kate sentit son cœur partir en vrille et elle déglutit avec peine. Les choses prenaient un tour dramatique qui la dépassait.

Elle l'attira contre elle et se mit à l'embrasser follement. Moins d'une seconde plus tard, il l'allongeait sous lui, hanche contre hanche, souffles mêlés. Il pêcha un préservatif dans son sac à dos, et sans interrompre ses baisers, il se glissa en elle, tandis qu'elle soulevait les hanches et nouait les jambes autour de sa taille pour mieux le recevoir.

Cette fois, ils firent l'amour sans préliminaires avec une sauvagerie désespérée. Etait-elle la seule à l'éprouver ainsi ? Il allait et venait avec une sorte de frénésie. Alors elle oublia tout, s'abandonnant au plaisir qui déferlait dans ses veines, telle une coulée de métal en fusion.

L'orgasme la terrassa par surprise avec une puissance inégalée, la propulsant jusqu'aux étoiles, le corps secoué de spasmes comme jamais. Plus rien n'existait hormis son sexe dur fermement planté au fond du sien, leurs deux corps étroitement soudés dans ce bolide d'acier filant à toute allure dans l'infini.

Bientôt, il la rejoignit dans l'extase, plaquant sa bouche sur la sienne pour étouffer un long râle heureux, et elle le sentit vibrer longtemps après que la jouissance eut reflué.

Il rompit son étreinte et roula sur lui-même en l'entraînant avec lui. Il l'observa, béat, le regard vitreux, ses cheveux blonds éparpillés sur l'étroite couchette.

— Kate, c'était fantastique !

Elle aurait voulu s'emparer encore une fois de sa bouche et l'embrasser à perdre haleine, encore et encore, pour se rappeler à jamais le goût de ses lèvres pulpeuses.

— Tu es si beau, murmura-t-elle.

Il lui décocha un sourire éblouissant et, d'un doigt léger, écarta une mèche de cheveux qui retombait sur son front moite dans un geste empreint de tendresse qui la bouleversa.

Non, non, ressaisis-toi...

— Je meurs de faim, pas toi ? demanda-t-elle pour se donner une contenance.

— Je dévorerais un bœuf ! Je crois que le wagon-restaurant ouvre à 6 heures, on y va ?

Sautant sur ses pieds, elle ramassa ses vêtements éparpillés un peu partout et se rhabilla à la hâte, imitée par Ian.

Ils parcoururent les couloirs déserts du train et, arrivés au wagon-restaurant, qui était à moitié vide, Ian insista pour lui offrir un café accompagné de muffins aux myrtilles.

Kate se sentait mal à l'aise, oppressée dans la lumière du jour qui allumait des reflets vermeils dans les cheveux de Ian, sa barbe, la toison de ses bras, ses longs cils épais.

— Hé, que t'arrive-t-il ce matin, ma belle ? Tu regrettes ? Tu regrettes de m'avoir rencontré, et ce qui s'est passé entre nous ?

— Non, bien sûr que non.

— Alors pourquoi fais-tu cette tête ? Toi qui étais si naturelle, si spontanée… on dirait que tu t'es refermée comme une huître.

— Je suis désolée. C'est juste que… tu sais… Je me sentais tellement bien avec toi la nuit dernière, pourquoi le nier, mais ce matin…

— Ce matin ?

A un autre, elle aurait pu mentir, chercher des échappatoires, mais pas avec Ian. Elle devait être honnête.

— Je descends à Oakland, et ensuite je prends la correspondance pour San Francisco, pendant que toi, tu rentreras chez toi, à Hungtington.

— Oui.

— Tu vas retrouver ton chien, reprendre le cours de ta vie.

Il hocha la tête.

— J'aurais tellement aimé…

— Je sais, moi aussi.

Il lui prit la main par-dessus la table.

— Tu t'en veux pour la nuit dernière, c'est ça ?

— Non, pas du tout.

C'était la pure vérité.

— Ecoute, nous ne sommes pas si loin l'un de l'autre. Je pourrai faire le trajet en six heures pour venir te voir.

— Les relations à distance, c'est la galère.

— Mais pas impossible.

Elle soupira.

— Je ne sais pas. Peut-être. On peut toujours rêver d'un monde idéal, mais la réalité finit toujours par être décevante. Ce serait de la folie de se faire des promesses après une seule nuit. Une relation durable ne se construit pas ainsi.

— Probablement.

— Ian, tu me plais beaucoup. Et j'ai adoré ce qui s'est passé entre nous. C'était vraiment… très beau. Je ne voudrais pas tout gâcher. Mieux vaut en rester là.

Son regard vert s'assombrit.

— Comme tu veux.

Mais quand il lui caressa la joue du bout des doigts avec un sourire étincelant, Kate se sentit tout de suite revigorée, comme si le monde se remettait sur ses rails.

— On ferait mieux d'aller chercher ton sac, on est presque arrivés, ajouta-t-il.

Elle lui emboîta le pas tandis qu'ils rebroussaient

chemin dans le vacarme assourdissant des roues. Elle cligna des yeux, éblouie par la vive clarté matinale qui se déversait par les fenêtres.

Ils regagnèrent leur compartiment au moment où le contrôleur annonçait l'arrivée du train en gare.

— Laisse-moi t'aider à porter ta valise.

Elle fit non de la tête pendant que le train s'arrêtait en bout de quai en grinçant. Du coin de l'œil, elle distinguait le béton gris de la ville à l'horizon.

Ian n'insista pas, se bornant à la regarder en silence.

Puis brusquement, il l'enlaça, la serra dans ses bras à l'étouffer et l'embrassa passionnément. Ses lèvres, sa langue si douce avaient un goût de café. Sans réfléchir, elle s'abandonna langoureusement à cette étreinte. Elle en mourait d'envie.

Sois toi-même, se répéta-t-elle comme un mantra.

Il finit par la relâcher avec un sourire.

— Tu dois y aller…

Elle acquiesça, plaça son sac sur son épaule, tourna les talons et franchit le soufflet en sens inverse. Elle descendit du wagon et posa le pied sur le quai. Le monde alentour lui parut glauque, hostile. Elle resta figée sur place, sans un geste, les bras ballants. Un groupe de voyageurs monta à bord et, derrière elle, le convoi s'ébranla avec force cliquetis et crissements. Elle se retourna et chercha désespérément à localiser la fenêtre de Ian — en vain, elles étaient toutes pareilles.

Dire qu'elle ne lui avait même pas demandé son

nom de famille, ni son numéro de téléphone ou son adresse e-mail. Quelle idiote !

Aurait-elle osé aller au bout de ses idées qu'elle aurait proposé à Ian de l'accompagner à Los Angeles pour passer un peu de temps en sa compagnie, apprendre à le connaître. Elle n'aurait pas dû laisser passer cette chance au lieu de se morfondre sur un quai désert. Pour vivre en accord avec soi-même, il ne fallait pas se consumer en regrets inutiles. C'était le b.a.-ba. Elle avait tout faux.

Le train s'éloigna et elle le suivit des yeux, frissonnant sur la plate-forme balayée par le vent. D'un geste impatient, elle écarta une mèche indomptable qui lui retombait sur les yeux puis elle regarda autour d'elle.

Son cœur fit un bond dans sa poitrine. Ian était planté sur le quai d'en face, le regard incertain. Il était resté. Pour elle.

Quand elle lui sourit, l'éclair de joie qui illumina son regard était suffisamment éloquent. Les yeux rivés aux siens, il sauta sur les rails, traversa, courut vers elle et, avant qu'elle ait fait un geste, il la serra si fort qu'il la souleva de terre.

Et elle eut l'impression que le temps s'arrêtait, comme il s'était arrêté toute la nuit, entre ses bras.

Également ce mois-ci

Spicy
romans érotiques

Noces intenses

de Sarah McCarty

Les Hell's eight. *Huit hommes revenus de l'enfer, débordant d'une énergie sauvage, et prêts à tout pour défendre leurs valeurs...*

En apercevant le condamné au milieu de la place, affrontant fièrement la meute d'ivrognes qui s'apprête à l'exécuter, Fei sent le trouble la gagner. Avec ses traits vigoureux qui semblent sculptés dans la pierre, sa haute taille et ses épaules larges, cet homme lui rappelle un splendide animal sauvage, tout en lignes dures et souples. Un homme à la force brute qui pourrait l'aider à protéger sa famille, et la mine d'or qu'elle a découverte… Sauf que le seul moyen pour qu'il accepte de l'aider, ce serait d'obtenir sa grâce. Et pour cela, elle va devoir faire jouer une vieille loi archaïque qui permet de sauver la vie d'un condamné… en l'épousant. Mais est-elle vraiment prête à lier son destin à cet homme dangereux, dont le regard intense la plonge dans un mélange d'espoir, de peur et d'excitation ?

Dès le 1er juillet
8,90 €

Un conseil, une commande : 01 45 82 47 47

www.harlequin.fr

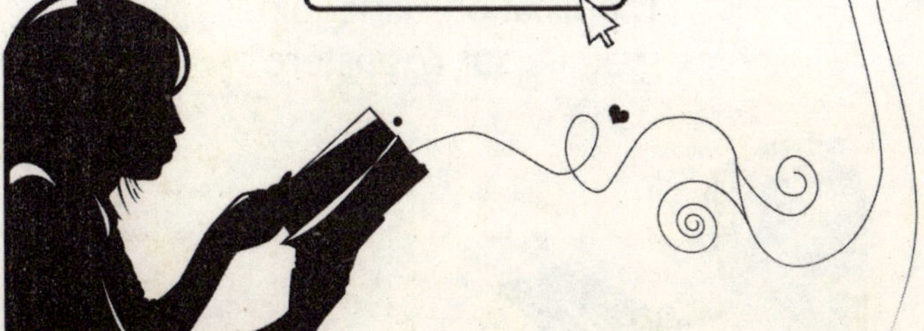

Composé et édité par les
éditions HARLEQUIN
Achevé d'imprimer en France (Malesherbes)
par Maury-Imprimeur
en juin 2013

Dépôt légal en juillet 2013
N° d'imprimeur : 181743